民國文化與文學研究文叢

十五編

李 怡 主編

第 16 冊

民國戲曲文化及其生態變遷（上）

吳 民 著

國家圖書館出版品預行編目資料

民國戲曲文化及其生態變遷（上）／吳民 著 -- 初版 -- 新北市：花木蘭文化事業有限公司，2022〔民111〕
序4+目4+160面；19×26公分
（民國文化與文學研究文叢 十五編；第16冊）
ISBN 978-986-518-974-7（精裝）
1.CST：戲曲史 2.CST：戲劇評論 3.CST：戲劇美學
820.9 111009889

民國文化與文學研究文叢
十五編 第十六冊 ISBN：978-986-518-974-7

民國戲曲文化及其生態變遷（上）

作 者 吳 民
主 編 李 怡
企 劃 四川大學中國詩歌研究院
總 編 輯 杜潔祥
副總編輯 楊嘉樂
編輯主任 許郁翎
編 輯 張雅淋、潘玟靜、劉子瑄 美術編輯 陳逸婷
出 版 花木蘭文化事業有限公司
發 行 人 高小娟
聯絡地址 235 新北市中和區中安街七二號十三樓
電話：02-2923-1455／傳真：02-2923-1452
網 址 http://www.huamulan.tw 信箱 service@huamulans.com
印 刷 普羅文化出版廣告事業
初 版 2022年9月
定 價 十五編21冊（精裝）新台幣55,000元

民國戲曲文化及其生態變遷（上）

吳民 著

作者簡介

吳民，四川大學文學與新聞學院副教授、碩士生導師，上海戲劇學院博士後，中國藝術研究院博士，四川電影家協會影視評論分會副主任，四川文旅廳專家，四川重大藝術項目評審專家，四川藝術節特約評論員，四川省川劇院專家顧問，從事戲曲生態學與地方劇種史論研究，曾參與國家重大項目「中國秦腔史」及中國非物質文化遺產數據庫「秦腔」的撰寫工作。近年來承擔了國家社科基金藝術學項目「戲曲生態學論綱——二十世紀戲曲美學體系嬗變與生態沿革互動關係研究」。

提　　要

二十世紀是中國戲曲發展的重要歷史階段，戲曲生態總體而言從晚清的鄉土生態格局向現代的都市生態格局轉折。然而經歷了民國的複雜生態嬗變之後，傳統的鄉土生態格局瓦解，新的都市生態格局難以自洽成立，戲曲生態面臨崩潰與瓦解的重大危機。然而民國戲曲生態的嬗變發展也孕育了新的生機：都市化的精緻表演藝術，現代化的審美取向，以延安為代表的新的母體文化注入等等。因此，要弄清楚中國近現代戲曲生態嬗變的實質，民國階段，無法繞開。

以民國為考察對象，梳理民國報刊，筆記，以及戲曲相關史料，對戲曲生態體系的演進傳統與美學精神的延續，對母體文化的文化及審美心理積澱，對戲曲衍生生態的豐富多元和生成機制，進行梳理和考證。以民國及建國後的戲曲生態發展為參照，揭示中國戲曲生態格局與審美體系互動的規律。以此為出發點，依次對戲曲改良、民國鄉土—都市二元生態與審美格局、小戲崛起與都市表演為中心的藝術本體演進、延安戲改等問題進行生態與美學互動層面的疏證與考察。雖言民國戲曲文化及其生變變遷研究，然而更多是以點帶面，從掌握的資料出發，各個擊破，再從零散的結論中匯聚出戲曲生態學論綱的基本架構與格局。由於民國戲曲生態事實上是處於整個二十世紀的關鍵時期，其影響力延伸至今，因此附錄中增加了若干當下戲曲生態研究方面的文章，以為參照。

從地方文學、區域文學到地方路徑
——《民國文化與文學研究文叢・十五編》引言

李　怡

2020 年，我在《成都與中國現代文學發生的地方路徑問題》中，以內陸腹地的成都為例，考察了李劼人、郭沫若等「與京滬主流有異」的知識分子的個人趣味、思維特點，提出這裡存在另外一種近現代嬗變的地方特色。這一走向現代的「地方路徑」值得剖析，它與多姿多彩的「上海路徑」「北平路徑」一起，繪製出中國文學走向現代的豐富性。沿著這一方向，我們有望打開現代文學研究的新的可能。〔註 1〕同年 1 月，《當代文壇》開始推出我主持的「地方路徑與文學中國」的學術專欄，邀請國內名家對這一問題展開多方位的討論，到 2021 年年中，共發表論文 33 篇，涉及四川、貴州、昆明、武漢、安徽、內蒙古、青海、江南、華南、晉察冀、京津冀、綏遠、粵港澳大灣區等各種不同的「地方」觀察，也有對作為方法論的「地方路徑」的探討。2020 年 9 月，中國作協創研部、四川省作協、中國人民大學書報資料中心、《當代文壇》雜誌社還聯合舉行了「地方路徑與文學中國」學術研討會，國內知名學者與專家濟濟一堂，就這一主題的問題深入切磋，到會學者包括阿來、白燁、程光煒、吳俊、孟繁華、張清華、賀仲明、洪治綱、張永清、張潔宇、謝有順等等。〔註 2〕2021 年 10 月，中國現代文學理事會在成都召開，會

〔註 1〕李怡：《成都與中國現代文學發生的地方路徑問題》，《文學評論》2020 年 4 期。

〔註 2〕研討會情況參見劉小波：《地方路徑與文學中國——「2020 中國文藝理論前沿峰會暨四川青年作家研討會」會議綜述》，《當代文壇》2021 年 1 期。

議主題也確定為「地方路徑與中國現代文學」，線上線下與會學者 100 餘人繼續就「地方路徑」作為學術方法的諸多話題廣泛研討，值得一提的是，這一主題會議還得到了第一次設立的國家社科基金「學術社團主題學術活動資助」。

經過了連續兩年的醞釀和傳播，「地方路徑」的命題無論是作為理論方法還是文學闡述的實踐都已經產生了重要的影響，在這個時候，需要我們繼續推進的工作恰恰可能是更加冷靜和理性的反思，以及在更大範圍內開展的文學批評嘗試。就像任何一種理論範式的使用都不得不經受「有限性」的警戒一樣，「地方路徑」作為新的文學研究方式究竟緣何而來，又當保持怎樣的審慎，需要我們進一步辨析；同時，這種重審「地方」的思維還可以推及什麼領域，帶給我們什麼啟發，我們也可以在更多的方向上加以嘗試。

一

「名不正，則言不順」，這是《論語》的古訓，20 世紀 50 年代以來，西方史學發現了「概念」之於歷史事實的重要意義，開啟了「概念史」（conceptual history）的研究。這是我們進一步推進學術思考的基礎。

在這裡，其實存在著一系列相互聯繫卻又頗具差異的概念。地方文學、地域文學、區域文學、文學地理學以及我所強調的地方路徑，它們絕不是同一問題的隨機性表達，而是我們對相近的文學與文化現象的不同的關注和提問方式。

雖然「地方」這一名詞因為「地方性知識」的出現而變得內涵豐富起來，但是在我們的實際使用當中，「地方文學」卻首先是一個出版界的現象而非嚴格的概念，就是說它本身一直缺乏認真的界定。地方文學的編撰出版在 1990 年代以後逐漸升溫，但凡人們感到大中國的文學描述無法涵蓋某一個局部的文學或文化現象之時，就會自然而然地將它放置在「地方」的範疇之中，因為這樣一來，那些分量不足以列入「中國文學」代表的作家作品就有了鄭重出場、載入史冊的理由。近年來，在大中國文學史著撰寫相對平靜的時代，各地大量湧現了以各自省市為單位的地方文學史，不過，這種編撰和出版的行為常常都與當地政府倡導的「文化工程」有關，所以其內在的「地方認同」或「地方邏輯」往往不甚清晰，不時給人留下了質疑的理由。

這種質疑很容易讓我們聯想到「區域文學」與「地域文學」的分歧。學界一般認為，「地域文學」就是在語言、民俗、宗教等方面的相互認同的基礎上形成的文學共同體形態，這種地區內的文學共同體一般說來歷史較為久遠、淵源較為深厚，例如江左文學、江南文學、江西詩派等等；「區域文學」也是一種地區性的文學概念，不過這樣的地區卻主要是特定時期行政規劃或文化政治的設計結果，如內蒙古文學、粵港澳大灣區文學、京津冀文學等等，其內在的精神認同感明顯少於地域文學。「『地域』內部的文化特徵是相對一致的，這種相對一致性是不同的文化特徵長期交流、碰撞、融合、沉澱的結果，不是行政或其他外部作用所能短期奏效的。而『區域』內部的文化特徵往往是異質的，尤其是那種由於行政或者其他原因而經常變動、很難維持長期穩定的區域，其文化特徵的異質性更明顯。」〔註3〕在這個意義上，值得縱深挖掘的區域文學必須以區域內的歷史久遠的地域認同為核心，否則，所謂的區域文學史就很可能淪為各種不同的作家作品的無機堆砌，被一些評論者批評為「邏輯荒謬的省籍區域文學史」，「實際上不但割裂了而且扭曲了文化的真實存在形態」。〔註4〕1995年，湖南教育出版社開始推出嚴家炎先生主編的《二十世紀中國文學與區域文化》叢書，涉及東北文學、三晉文學、齊魯文學、巴蜀文學、西藏雪域文學等等，歷經近二十年的沉澱，這套叢書在今天看來總體上還是成功的，因為它雖然以「區域」命名，卻實則以「地域文學」的精神流變為魂，以挖掘區域當中的地域精神的流變為主體。相反，前面所述的「地方文學」如果缺乏嚴格的精神的挖掘和融通，同樣可能抽空「地方性」的血脈，徒有行政單位的「地方」空殼，最終讓精神性的文學現象僅僅就是大雜燴式的文學「政績」的整合，從而大大地降低了原本暗含著的歷史價值。

中國傳統文化其實也一直關注和記錄著地域風俗的社會文化意義，《詩經》與《楚辭》的差異早就為人們所注目，《禹貢》早已有清晰明確的地域之論，《漢書》《隋書》更專列「地理志」，以各地山川形勝、風土人情為記敘的內容，由此開啟了中國文化綿邈深遠的「地理意識」。新時期以後，中國文學研究以古代文學為領軍，率先以「文學地理」的概念再寫歷史，顯然就是對這一傳統的自覺承襲，至新世紀以降，文學地理學的理論建構日臻自覺，似有一統江山，整合各種理論概念之勢——包括先前的地域文學、區域文學。有學者總結認為：「文學地理學是由中國本土學者提出並發展起來的一門學

〔註3〕曾大興：《「地域文學」的內涵及其研究方法》，《東北師大學報》2016年5期。
〔註4〕方維保：《邏輯荒謬的省籍區域文學史》，《揚子江評論》2012年2期。

科，也是由中國本土學者提出與發展起來的一種新的文學批評方法。」〔註5〕這也是特別看重了這一理論建構與中國傳統文化的深刻聯繫。

當然，也正如另外有學者所考證的那樣，西方思想史其實同樣誕生了「文學地理學」的概念，並且這一概念也伴隨著晚清「西學東漸」進入中國，成為近代中國文學地理思想興起的重要來源：「文學地理學是 18 世紀中葉康德在他的《自然地理學》中提出的一個地理學概念，由於康德的自然地理學理論蘊涵著豐富的人文地理學和地域美學思想，在西方美學和文學批評中產生了深遠的影響。清末民初，在西學東漸和強國新民的歷史大潮中，梁啟超、章太炎、劉師培等人將康德的『文學地理學』和那特硜的『政治學』用於中國古代文學藝術南北差異的研究，開創了中國文學地理學的學科歷史。」〔註6〕認真勘察，我們不難發現西方淵源的文學地理學依然與我們有別：「在康德的眼裏，文學地理學是地理學的一個分支學科而不是文學的分支學科」〔註7〕，後來陸續興起的文化地理學，也將地理學思維和方法引入文學研究，改變了傳統文學研究感性主導色彩，使之走向科學、定量和系統性，而興起於後殖民時代的地理批評以「空間」意識的探究為中心，強調作品空間所體現的權力、性別、族群、階級等意識，地理空間在他們那裡常常體現為某種的隱喻之義，現代環境主義與生態批評概念中的「地方」首先是作為「感知價值的中心」而非地理景觀，用文化地理學家邁克・克朗的話來說就是：「文學作品不能被視為地理景觀的簡單描述，許多時候是文學作品幫助塑造了這些景觀。」〔註8〕較之於這些來自域外的文學地理批評，中國自己的研究可能一直保持了對地方風土的深情，並沒有簡單隨域外思潮起舞，雖然在宏觀層面上，我們還是承認，現當代中國的文學地理學是對外開放、中西會通的結果。

「地方路徑」一說是在以上這些基本概念早已經暢行於世之後才出現的，於是，我們難免會問：新的概念是不是那些舊術語的隨機性表達？或者，是不是某種標新立異的標題招牌？

這是我們今天必須回答的。

〔註5〕鄒建軍：《文學地理學：批評和創作的雙重空間》，《臨沂大學學報》2017 年 1 期。

〔註6〕鍾仕倫：《概念、學科與方法：文學地理學略論》，《文學評論》2014 年 4 期。

〔註7〕鍾仕倫：《概念、學科與方法：文學地理學略論》，《文學評論》2014 年 4 期。

〔註8〕【英】邁克・克朗（Mike Crang）：《文化地理學》，楊淑華、宋慧敏譯，南京大學出版社 2003 年版，第 55 頁。

二

在現代中國討論「地方路徑」，容易引起的聯想是，我們是不是要重提中國文學在各個地方的發展問題？也就是說，是不是要繼續「深描」各個區域的文學發展以完整中國文學的整體版圖？

我們當然關注現代中國文學的一系列共同性的問題，而不是試圖將自己侷限在大版圖的某一局部，為失落在地方的文學現象拾遺補缺，從這個意義上來說，跨出地方的有限性，進入區域整合的視野甚至民族國家的視野乃題中之義。但是，這樣的嘗試卻又在根本上有別於我們曾經的區域文學研究。

在中國，區域文學與文化研究集中出現在 1990 年代中期，本質上是 1980 年代以來「走向世界」的改革開放思潮的一種延續。嚴家炎先生主編的《二十世紀中國文學與區域文化》叢書最早在 1995 年推出，作為領命撰寫四川現代文學與巴蜀文化的首批作者，我深深地浸潤於那樣的學術氛圍，感受和表達過那種從區域文化的角度推進文學現代化進程的執著和熱誠。在急需打破思想封閉、融入現代世界的那種焦慮當中，我們以外來文化為樣本引領中國文學與文化的渴望無疑是真誠的，至今依然閃耀著歷史道義的光輝，但是，心態的焦慮也在自覺不自覺中遮蔽了某些歷史和文化的細節，讓自我改變的激情淹沒了理性的真相。例如，我們很容易就陷入了對歷史的本質主義的假想，認為歷史的意義首先是由一些巨大的統攝性的「總體性質」所決定的，先有了宏大的整體的定性才有了局部的意義，中國文化的現代化進程也是如此，先有了整個國家和民族的現代觀念，才逐步推廣到了不同區域、不同地方的思想文化活動之中，也就是說，少數先知先覺的知識分子對西方現代化文化的接受、吸收，在少數先進城市率先實踐，形成了中國現代文化的「總體藍圖」，然後又通過一代又一代的艱苦努力，傳播到更為內陸、更為偏遠的其他區域，最終完成了全中國的現代文化建設。雖然區域文學現象中理所當然地涵容著歷史文化的深刻印記，但是作為「現代文學」的歷史進程的重要環節，我們的主導性目標還是考察這一歷史如何「走向世界」、完成「現代化」的任務，所以在事實上，當時中國文學的區域研究的落腳點還是講述不同區域的地方文化如何自我改造、接受和匯入現代中國精神大潮的故事。這些故事當然並非憑空捏造，它就是中國文化在近現代與外來文化交流、溝通的基本事實，然而，在另外一方面的也許是更主要的事實卻可能被我們有所忽略，那就是文化的自我發展歸根到底並不是移植或者模仿的結果，而是自我的一種演進和生長，也就是說，是主體基於自身內在結構的一種新的變化和調整，這裡的主體性和內源性是不可或缺的基礎。如果說現代中國文學最終表現出了一種不容迴避的「現代性」，那麼也必定是不同的「地方」都出現了適應這個時代的新的精神的變遷，而不是少數知識分子為中國先建構起了一個大的現代的文化，然後又設法將這一文化從中心輸送到了各個地方，說服地方接受了這個新創建的文化。在這個意義上，地方的發展彙集成了整體的變化，是局部的改變最後讓全局的調整成為了現實。所謂的「地方路徑」並非是偏狹、個別、特殊的代名詞，在通往「現代」的征途上，它同時就是全面、整體和普遍，因為它最後形成的輻射性效應並不偏於一隅，而是全局性的、整體性的，只不過，不同「地方」對全局改變所產生的角度與方向有所不同，帶有鮮明的具體場景的體驗和色彩。從這裡，我們可以得出結論：在現代中國文學的學術史上，我們曾經有過的區域文化研究其實還是國家民族的大視角，區域和地方不過是國家民族文學的局部表現；而地方路徑的提出則是還原「地方」作為歷史主體性的意義，名為「地方」，實則一個全局性的民族文化精神嬗變的來源和基礎，可謂是以「地方」為方法，以民族文化整體為目的。

「地方」以這種歷史主體的方式出場，在「全球化」深化的今天，已經得到了深刻的證明。

在當今，全球化依然是時代的主題。然而，越來越多的人都開始意識到一個重要的問題：全球化是不是對體現於「地方」的個性的覆蓋和取消呢？事實可能很明顯，全球化不僅沒有消融原本就存在的地方性，而且林林種種的地方色彩常常還借助「反全球化」的浪潮繼續凸顯自己，在一個相當長的時期內，全球化和地方性都會保持著一種糾纏不清的關係，有矛盾衝突，但也會彼此生發。

文學與地方的關係也是如此。現代中國的文學一方面以「走向世界」為旗幟，但走向外部世界的同時卻也不斷返回故土，反觀地方。這裡，其實存在一個經由「地方路徑」通達「現代中國」的重要問題。

何謂「現代中國」？長期以來，我們預設了一些宏大的主題——中國社會文化是什麼？中國文學有什麼歷史使命、時代特點？不同的作家如何領悟和體現這樣的歷史主題？主流作家在少數「中心城市」如何完成了文學的總體建構？然而，文學的發生歸根到底是具體的、個人的，人的文學行為與包裹著他的生存環境具有更加清晰的對話關係，也就是說，文學人首先具有切實的地方體驗，他的文學表達是當時當地社會文化的有機組成部分，文學的存在首先是一種個人路徑，然後形成特定的地方路徑，許許多多的「地方路徑」，不斷充實和調整著作為民族生存共同體的「中國經驗」，當然，中國整體經驗的成熟也會形成一種影響，作用於地方、區域乃至個體的大傳統，但是必須看到，地方經驗始終存在並具有某種持續生成的力量，而更大的整體的「大傳統」卻不是一成不變的，「大傳統」的更新和改變顯然與地方經驗的不斷生成關係緊密。正是在這個意義上，我們認為，並不是大中國的文化經驗「向下」傳輸逐漸構成了「地方」，「地方」同樣不斷凝聚和交融，構成了跨越區域的「中國經驗」。「地方經驗」如何最終形成「中國經驗」，這與作為民族共同體的「中國」如何降落為地方性的表徵同等重要！在現代中國文學發展的過程之中，不僅有「文學中國」的新經驗沉澱到了天南地北，更有天南地北的「地方路徑」最後匯集成了「文學中國」的寬闊大道。〔註9〕

這樣，我們的思維就與曾經的區域文學研究有所不同了。

在另外一方面，地方路徑的提出也意味著我們將有意識超越「地域文學」或者「地方文學」的方式，實現我們聯結民族、溝通人類的文學理想。

如前所述，我們對區域文學研究「總體藍圖」的質疑僅僅是否定這樣一種思維：在對「地方」缺乏足夠理解和認知的前提下奢談「走向世界」，在缺乏「地方體驗」的基礎上空論「全球一體化」，但是，這卻並不意味著我們要固守在「地方」之一隅，或者專注於地方經驗的打撈來迴避民族與人類的共同問題，排斥現代前進的節奏。與「區域文學」「地方文學」的相對靜止的歷史描述不同，「地方路徑」文學研究的重心之一是「路徑」，也就是追蹤和挖掘現代中國文學如何嘗試現代之路的歷史經驗，探索中國文學介入世界進程的方式。換句話說，「路徑」意味著一種歷史過程的動態意義，昭示了自我開放的學術面相，它絕不是重新返回到固步自封的時代，而是對「走向世界」的全新的闡發和理解。

同樣，我們也與「文學地理學」的理論企圖有所不同，建構一種系統的文學研究方法並非我們的主要目的，從根本上看，我們還是為了描述和探討中國文學從傳統進入現代，建設現代文學的過程和其中所遭遇的問題，是對現代中國文學的「現象學研究」，而不是文藝學的提升和哲學性的概括。當然，包括中外文學地理學的視角、方法都可能成為我們的學術基礎和重要借鑒。

〔註9〕參見李怡：《「地方路徑」如何通達「現代中國」》，《當代文壇》2020年1期。

三

現代中國文學的「地方路徑」研究當然也有自己的方法論背景，有著自己的理論基礎的檢討和追問。

「地方路徑」的提出首先是對文學與文化研究「空間意識」的深化。

傳統的文學研究，幾乎都是基於對「時間神話」的迷信和依賴。也就是說，我們大抵都相信歷史的現象是伴隨著一個時間的流逝而漸次產生的，而時間的流逝則是由一個遙遠的過去不斷滑向不可知的未來的勻速的過程，時間的這種不以人的意志為轉移的勻速前進方式成為了我們認知、觀察世界事物的某種依靠，在很多的時候，我們都是站在時間之軸上敘述空間景物的異樣。但是，二十世紀的天體物理學卻告訴我們，世界上並沒有恒定可靠的時間，時間恰恰是依憑空間的不同而變化多端。例如愛因斯坦、霍金等人的宇宙觀恰恰給予了我們更為豐富的「相對」性的啟示：沒有絕對的時間，也沒有絕對的空間，時間總是與空間聯繫在一起，不同的空間有不同的時間。「相對論迫使我們從根本上改變了我們的時間和空間觀念。我們必須接受，時間不能完全脫離開和獨立於空間，而必須和空間結合在一起形成所謂的時空的客體。」〔註 10〕二十世紀以後尤其是 1970 年代以後，西方思想包括文學研究在內出現了眾所周知的「空間轉向」，傳統觀念中的對歷史進程的依賴讓位於對空間存在的體驗和觀察，這些理念一時間獲得了廣泛的共識：「當今的時代或許應是空間的紀元……我們時代的焦慮與空間有著根本的關係，比之與時間的關係更甚。」〔註 11〕「在日常生活裏，我們的心理經驗及文化語言都已經讓空間的範疇、而非時間的範疇支配著。」〔註 12〕「一方面，我們的行為和思想塑造著我們周遭的空間，但與此同時，我們生活於其中的集體性或社會性生產出了更大的空間與場所，而人類的空間性則是人類動機和環境或語境構成的產物。」〔註 13〕有法國空間理論家列斐伏爾等人的倡導，經由福柯、

〔註 10〕【英】霍金：《時間簡史》，吳忠超譯，湖南科學技術出版社 2002 年版，第 22 頁。

〔註 11〕【法】福柯：《不同空間的正文與上下文》，陳志悟譯，見包亞明主編：《後現代性與地理學的政治》，上海教育出版社 2001 年版，第 18 頁、20 頁。

〔註 12〕【美】詹明信：《晚期資本主義文化的邏輯：詹明信批評理論文選》，陳清僑等譯，三聯書店 1997 年版，第 450 頁。

〔註 13〕愛德華・索亞語，見包亞明：《後大都市與文化研究・前言：第三空間、後大都市與文化研究》，上海教育出版社 2005 年版，第 1 頁。

詹姆遜、哈維、索雅等人的不斷開拓，文學的空間批評得到了前所未有的長足發展，文本中的空間不再只是故事發生的背景，而是作為一種象徵系統和指涉系統，直接參與到了主題與敘事之中，空間因素融入傳統的社會歷史批評、文化批評、性別批評、精神批評等，激活了這些傳統文學研究的生命力，它又對後現代性境遇下人們的精神遭際有著獨到的觀察和解讀，從而切合了時代的演變和發展。

如同地理批評遠遠超出了地方風俗的文學意義而直達感知層面的空間關係一樣，西方文學界的空間批評更側重於資本主義成熟年代的各種權力關係的挖掘和洞察，「空間」隱含的主要是現實社會中的制度、秩序和個人對社會關係的心理感受。

在中國現代文學的研究中，我們長期堅信西方「進化論」思想的傳入是驚醒國人的主要力量，從嚴復的「天演公例」到梁啟超的「新民說」、魯迅的「國民性改造」，中國文學的歷史巨變有賴於時間緊迫感的喚起，這固然道出了一些重要的事實，然而，人都是生存於具體而微的「空間」之中的，是這一特殊「地方」的人生和情感的體驗真實地催動了各自思想變化，文學的現代之變，更應該落實到中國作家「在地方」的空間意識裏。近現代中國知識分子，同樣生成了自己的「空間意識」：

> 中國近現代知識分子是在一種極為特殊的條件下形成自己的時空觀念的。不是時間觀念的變化帶來了他們空間觀念的變化，而是空間觀念的變化帶來了他們時間觀念的變化。我們知道，正是由於鴉片戰爭之後中國的知識分子發現了一個「西方世界」，發現了一個新的空間，他們的整個宇宙觀才逐漸發生了與中國古代知識分子截然不同的變化。
>
> 中國現代知識分子的「地理大發現」，發現的卻是一個無法統一起來的世界，一個造成了空間割裂感的事實。這種空間割裂感是由於人的不同而造成的。
>
> 我們既不能把西方世界完全納入到我們的世界中來，成為我們這個世界的一個有機組成部分，我們也不願把我們的世界納入到西方世界中去，成為西方世界的一個有機組成部分。二者的接近發生的不是自然的融合，而是彼此的碰撞。
>
> 上帝管不了中國，孔子管不了西方，兩個空間結構都變成了兩

個具有實體性的結構，二者之間的衝撞正在發生著。一個統一的沒有隙縫的空間觀念在關心著民族命運的中國近現代知識分子的意識中可悲地喪失了。這不是一個他們願意不願意的問題，而是一個不能不如此的問題；不是一個比中國古代知識分子「先進」了或「落後」了的問題，而是一個他們眼前呈現的世界到底是一個什麼樣子的問題。正是這種空間觀念的變化，帶來了他們時間觀念的變化。〔註 14〕

近現代中國知識分子同樣在「空間」感受中體驗了現實社會中的制度與秩序，覺悟了各種不平等的權力關係，但是，與西方不同的在於，我們在「空間」中的發現主要還不是存在於普遍人類世界中的隱蔽的命運，它就是赤裸裸的國家民族的困境，主要不是個人的特異發現，而是民族群體的整體事實，它既是現實的、風俗的，又是精神的、象徵的，既在個人「地方感」之中，又直陳於自然社會之上。從總體上看，近現代中國的空間意識不會像西方的空間批評那樣公開拒絕地方風土的現實「反映」，而是融現實體驗與個人精神感受於一爐。我覺得這就為「地方路徑」的觀察留下了更為廣闊的可能。

「地方路徑」的提出也是對域外中國學研究動向的一種回應。

海外的中國學研究，尤其是美國漢學界對現代中國的觀察，深受費正清「衝擊／反應」模式的影響，自覺不自覺地站在西方中心的立場上，以西歐社會的現代化模式來觀察東方和中國，認定中國社會的現代化不可能源自本土，只能是對西方衝擊的一種回應。不過，在 1930、40 年代以後，這樣的思維開始遭受到了漢學界內部的質疑，以柯文為代表的「中國中心觀」試圖重新觀察中國社會演變的事實，在中國自己的歷史邏輯中梳理現代化的線索。伴隨著這樣一些新的學術思想的動態，西方漢學界正在發生著引人矚目的變化：從宏大的歷史概括轉為區域問題考察，從整體的國家民族定義走向對中國內部各「地方」的再發現，一種著眼於「地方」的文學現代進程的研究正越來越多地顯示著自己的價值，已經有中國學者敏銳地指出，這些以「地方」研究為重心的域外的方法革新值得我們借鑒：「從時間與空間起源上，探究這些地區如何在大時代的激蕩中形成具有現代意義的文學觀念、如何生發具有地域特色的文學文本，考察文學與非文學、本土與異域、沿海

〔註 14〕王富仁：《時間・空間・人（一）》，《魯迅研究月刊》2000 年 1 期。

與內地、中心與邊緣之間的多元關係，便不失為中國現代文學研究的一種新路徑。」〔註15〕

當然，必須指出的是，中國學者對「地方路徑」問題的發現在根本上說還是一種自我發現或者說自我認知深化的結果，是創立中國學術主體性的積極體現。以我個人的研究為例，是探尋近現代白話文學發生的過程中，接觸到了李劼人的成都寫作，又借助李劼人的地方經驗體驗到了一種近代化的演變曾經在中國的地方發生，隨著對李劼人「周邊」的摸索和勘察，我們不斷積累著「地方」如何自我演變的豐富事實，又深深地體悟到這些事實已經不再能納入到西方—中國先進區域—偏遠內陸這樣一個傳播鏈條來加以解釋了。與「中國中心觀」的相遇也出現在這個時候，但是，卻不是「中國中心觀」的輸入改變了我們的認識，而是雙方的發現構成了有益的對話。這裡的啟示可能更應該做這樣的描述：在我們力求更有效地擺脫「西方中心」觀的壓迫性影響、從「被描寫」的尷尬中嘗試自我解放、重新獲得思想主體性的時候，是西方學者對他們學術傳統的批判加強了這一自我尋找的進程，在中國人自己表述自己的方向上，我們和某些西方漢學家不期而遇，這裡當然可以握手，可以彼此對話和交流，但是卻並不存在一種理論上的「惠賜」，也再不可能出現那種喪失自我的「拜謝」，因為，「地方路徑」的發現本身就是自我覺醒的結果。這裡的「地方」不是指那種退縮式的地方自戀，而是自我從地方出發邁向未來的堅強意志。在思考人類共同命運和現代性命題的方向上我們原本就可以而且也能夠相互平等對話，嚴肅溝通，當我們真正自覺於自我意識、自覺於地方經驗的時候，一系列精神性的話題反而在東西方之間有了認同的基礎，有了交談的同一性，或者說，在這個時候，地方才真正通達了中國，又聯通了世界。在這個時候，在學術深層對話的基礎上，主體性的完成已經不需要以「民族道路的獨特性」來炫示，它同時也成為了文學世界性，或者說屬於真正的「人類命運共同體」的有機組成部分。

上世紀20年代，詩人聞一多也陷入過時代發展與「地方性」彰顯的緊張思考，他曾經激賞郭沫若《女神》的時代精神，又對其中可能存在的「地方色彩」的缺失而深懷憂慮，他這樣表達過民族與世界、地方與時代的理想關係：「真要建設一個好的世界文學，只有各國文學充分發展其地方色彩，同時又

〔註15〕張鴻聲、李明剛：《美國「中國學」的「地方」取向與中國現代文學研究——以中國現代文學研究的區域問題為例》，《中國現代文學論叢》2018年13輯。

貫以一種共同的時代精神，然後並而觀之，各種色料雖互相差異，卻又互相調和」〔註 16〕。在某種意義上，這可以被我們視作中國現代文學沿「地方路徑」前行的主導方向，也是我們提出「地方路徑」研究的基本原則。

〔註 16〕聞一多：《〈女神〉之地方色彩》，《創造週報》第 5 號，1923 年 6 月 10 日。

序 言

戲曲生態研究，乃是基於戲曲生態圈層劃分及戲曲生態體系格局及其演變這一基本前提，對戲曲理論與實踐研究進行新的歸納與概括。由於戲曲生態體系中的本體生態直接對應並接駁戲曲審美體系，將戲曲觀演、創作批評、美學精神等問題納入戲曲生態的整體關照之下。具體而言，就是立於戲曲外部生態關照之下，立於母體文化生態的土壤之上，並推動戲曲衍生生態及新生態的演進。在此基礎上探討戲曲生態學問題，其核心，就是研究戲曲本體生態上行下達的生態要素互動與嬗變問題，具體到民國時期——就是充分探討民國戲曲審美與戲曲生態的互動與嬗變問題。而需要指出的是，此時的戲曲生態一方面從宏觀層面理解，是包括戲曲本體生態在內的廣義生態體系；而從另一方面而言，又是與本體審美相對應，並不包括除本體以外的生態諸層面，即狹義的戲曲生態。戲曲生態學論綱要解決的，就是生態諸要素（狹義）與審美體系的互動與嬗變關係。而要完成這一任務，又必須將戲曲審美這一本體生態納入廣義的戲曲生態關照之下，廓清其作為戲曲生態核心圈層，對外部生態的自洽與適應，對母體文化的回望與堅守，對衍生生態的貢獻和推動。如此，原本孤立的問題變成了一個相互作用的整體，極大提升了戲曲研究的理論視域和學術半徑，也就能夠由表及裏，去除迷霧，廓清戲曲生態演進規律和戲曲審美原旨。

以民國為考察對象，對戲曲生態體系的演進傳統與美學精神的延續，對母體文化的文化及審美心理積澱，對戲曲衍生生態的豐富多元和生成機制，進行梳理和考證。以民國及建國後的戲曲生態發展為參照，揭示中國戲曲生態格局與審美體系互動的規律。以此為出發點，依次對戲曲改良、民國鄉土

—都市二元生態與審美格局、小戲崛起與都市表演為中心的藝術本體演進、延安戲改等問題進行生態與美學互動層面的疏證與考察。雖言民國戲曲文化及其生變變遷研究，然而更多是以點帶面，以掌握的資料出發，各個擊破，再從零散的結論中匯聚出戲曲生態學論綱的基本架構與格局。

通過研究，至少可以得出以下結論：

1. 母體文化精神的延續並非隨著外部生態要素的演進和影響而劇變。換言之，母體文化生態要素具有相對的穩定性，在穩定性的前提之下，形成民族化的文化和審美心理積澱。當然，根據外部生態要素的制約情況，一方面，戲曲可以以不同形式借鑒母體文化，如延安秧歌劇運動；同時，還可以創造新的母體文化要素，如社會主義建設與生產中形成的共產主義信仰和集體主義文化。此外，母體文化的崩塌也會造成戲曲審美發生重要改變，如新時期以後，戲曲的現代化問題，都市化問題，解決危機和培養青年觀眾的問題等等。

2. 戲曲本體，及審美體系會隨著外部生態演進而發生某些改變，然而並不同步，或者說更多表現為一種自我修正式的適應與自洽。也就是說，一旦外部生態制約鬆動，戲曲本體審美生態會迅速回歸自身的獨立品格和峰值狀態。而且戲曲本體生態的峰值狀態也是會不斷提升的，並由此會形成與流派為標杆的基準線。之所以會如此，那是因為戲曲本體生態從本質上而言，是植根於母體文化傳統，植根於民族審美心理積澱。而值得注意的是，外部生態制約並不總是消極性影響，在二十世紀，不乏積極的探索和積極性的影響。如是，外部生態的要素，實質上已經與母體文化的本質規定性同向量，與戲曲審美精神也處於同一向量。如民國都市表演的精緻化要求，建國後新編歷史劇的詩意化要求等。

3. 戲曲外部生態的影響和制約雖則是有限地融入或借鑒母體，並有限地改變戲曲本體，但是這種外部生態與母體文化，與本體生態之間的互動，才是戲曲生態體系健康發展的保證。而戲曲衍生生態的產生，則是這種互動下新質的誕生，具有重要的意義和價值，必須加以呵護。二十世紀前期小戲的崛起；建國後某些地方劇種的新創，如吉劇；新時期後戲曲的影視化和網絡化推廣運營等等，都是必須加以關照和審視的。

4. 戲曲生態與審美的互動，最終的成果在於造就戲曲審美與生態的和諧和共鳴狀態。即戲曲生態諸層面共向量，同力度，產生共鳴效應，從而推動戲曲審美通往峰值狀態。而不同向量的互傷，或者無視某一層面，只顧部分層面的做法，都是與生態體系有傷，會導致困境，甚至絕境的。

5. 狹義戲曲生態與本體生態的互動即是本研究報告所探討的核心，然而探討的目的，仍然在從廣義的整體生態體系層面，考察不同圈層的互動。因此，戲曲生態與審美互動的考察只是開始，更多研究的內容仍有待進一步完成。

6. 目前的研究，限於資料，視域，理論架構的不完善，還存在諸多問題，進一步完善的空間和壓力巨大。

綜上，戲曲生態論綱要梳理母體文化體系及其演進與變革，以此實現對戲曲本體審美與外部生態正反兩方面要素的博弈，進行深度的審視。從而真正保護戲曲生態體系的完整與自洽，保證戲曲審美的獨立品格。最後探討在戲曲生態體系同向量演進下的生態與審美共鳴及峰值，探討在此理想狀態下的戲曲生態衍生新質，真正實現戲曲生態體系的活態傳承和遞進，以最大限度適應外部生態要求，重構母體文化體系。

由於民國戲曲生態事實上是處於整個二十世紀的關鍵時期，其影響力延伸至今，因此附錄中增加了若干當下戲曲生態研究方面的文章，以為參照。是為序。

目次

上冊

迪民智。改良運動一開始就與政治思想的宣揚密切相聯。改良運動的推行者梁啟超認為，戲曲應有利於「新民」，即培養「有國家思想、能自布政治者，謂之國民。」〔註 1〕梁啟超還說：「海禁即開，所謂『西學』者逐漸輸入……」「何以獲存？新之有道，必自學始。」確實，在晚清統治搖搖欲墜的二十世紀初頁，中華民族正經歷「數千年未有之變局」〔註 2〕，面臨「數千年未有之強敵」，（李鴻章：《籌議海防摺》，《李文忠公全集．奏稿》卷二十四），國勢如同康有為在「上清帝第五書」中痛切指出的，清政府是「財弱」「兵弱」「藝弱」「民智弱」「民心弱」「生機已盡，暮色淒慘」。〔註 3〕在這樣的背景下，戲曲改良的思想動力，就是要「變數千年之學說，改四百兆之腦質」，〔註 4〕開啟民智，實現「新民」即啟蒙的目的。這即是晚清戲劇改良理論的基本理論依據。

（一）戲劇改良社會的必要性

晚清戲劇改良的參與者，主要是由一批倡言社會變革立志改造社會的政治思想家、理論家，以及具有鮮明政治立場的文人學者、留學生和戲劇家組成。梁啟超、嚴復、歐榘甲、王鍾麟、陳獨秀、柳亞子、陳去病、汪笑儂、蔣觀雲、李桐軒等人，都是這個「陣營」的中堅分子。他們「隱憂時事」，面對「外夷交逼」「瓜分豆剖」〔註 5〕，「欲救亡圖存，非僅恃一二士所能為也，必使愛國思想普及於最大多數之國民而後可」〔註 6〕。從這個層面而言，晚清戲劇改良具有十分鮮明的社會改良意義。

1. 戲曲改良之必要

改良戲曲首先需要發揮其教化民眾，「振國民精神，開國民智識」〔註 7〕

〔註 1〕梁啟超《飲冰室合集．專集之四》，北京：中華書局，1989 年，第 25～27 頁。

〔註 2〕李鴻章於同治十一年五月，即公曆 1872 年《覆議製造輪船未可裁撤摺》中說：「臣竊惟歐洲諸國，百十年來，由印度而南洋，由南洋而中國，闖入邊界腹地，凡前史所未載，亙古所未通，無不款關而求互市……此三千餘年一大變局也。」三年後，李鴻章於光緒元年，即公曆 1875 年在《因臺灣事變籌畫海防摺》中說：「今則東南海疆萬餘里，各國通商傳教，往來自如，麇集京師，及各省腹地，陽託和好之名，陰懷吞噬之計，一國生事，諸國構煽，實惟數千年來未有之變局。」李鴻章「變局」論出處轉引自梁啟超《李鴻章傳》第六章。

〔註 3〕湯志均編《康有為政論集》，北京：中華書局，1998 年，第 205 頁。

〔註 4〕梁啟超《飲冰室合集．文集（三）》，北京：中華書局，1989 年，第 14 頁。

〔註 5〕湯志均編《康有為政論集》北京：中華書局，1998 年，第 205 頁。

〔註 6〕阿英編《晚清文學叢鈔：小說戲曲研究卷》，北京：中華書局，1960 年，第 52 頁。

〔註 7〕《新小說》第 1 號，《新民叢報》第 20 號，1902 年。

的作用。針對國民的現狀，箸夫在論及傳統戲曲問題時有一段頗具代表性的話：「中國成周優孟衣冠，為劇之濫觴。及李唐時，梨園菊部，一時稱盛，厥後愈傳愈訛，久而漸失其真。其所以濫者，多取材於說部稗史，綜其大要，不外寇盜、神怪、男女數端。」〔註8〕並認為正是《水滸》《七俠五義》等唆使民眾橫行剽劫，犯禮越禁；而《西遊記》《封神記》等造成民眾信念的支離荒誕；《西廂記》《金瓶梅》專寫幽期密約，褻淫穢穡之事，這種種現狀必生錮蔽智慧，阻遏進化之弊端。也即是說，傳統戲曲歷史很悠久，一度稱盛，但其中有很大一部分糟粕，必須加以改良。這個評價也未必客觀，但其意是說戲曲必須要改良。

柳亞子更是以激越的感情，對傳統戲曲思想發表了較為激烈的看法，他在《二十世紀大舞臺》發刊詞裏寫到：

> 顧我國民，非無優美之思想，與刺激之神經也。萬族瘡痍，國亡胡虜，而六朝金粉，春滿江山，覆巢傾卵之中，箋傳《燕子》；焚屋沉舟之際，唱出《春燈》；世固有一事不問，一書不讀，而鞭絲帽影，日夕馳逐於歌衫舞袖之場，以為祖國之俱樂部者。事雖民族之污點乎？而利用之機，抑未始不在此。又見豆棚柘社間矣。春秋報賽，演劇媚神，此本不為善良之風俗，然而父老雜坐，鄉里劇談，某也賢，某也不肖，一一如數家珍，秋風五丈，悲蜀相之隕星；十二金牌，痛岳王之流血，其感化何一不受之於優伶哉？世有持運動社會鼓動風潮之大方針者乎？盍一留意於是。〔註9〕

柳亞子批評了國人「日夕馳逐於歌衫舞袖之場」，同時深知「社會鼓動風潮之大方針者」，「其感化何一不受之於優伶哉？」因此，必須對戲曲多加利用，而要利用就務必予以改良，以利於教化新的國民。在發刊辭中，他還表達了對戲曲改良的呼喚：「吾儕崇拜共和，歡迎改革，往往傾心於盧梭、孟德斯鳩、華盛頓、瑪志尼之徒，今當捉碧眼紫髯兒，被以優孟衣冠，而譜其歷史，則法蘭西之革命，美利堅之獨立，意大利、希臘恢復之光榮，印度、波蘭滅亡之慘酷，盡印於國民之腦膜，必有歡然興者。此皆戲劇改良所有事，而為此《二十世紀大舞臺》發起之精神。」

〔註8〕箸夫《論開智普及之法首以改良戲劇為先》，《芝罘報》，1905年7月。

〔註9〕阿英編《晚清文學叢鈔：小說戲曲研究卷》，北京：中華書局，1960年，第176頁。

歐榘甲以自己熟悉的廣東戲班為例積極討論戲曲改良的方法，說：「昔在上海，聞有同慶茶園者，廣東戲也，與春仙、丹桂各外江班抗行，未久即歸消滅。蓋外江班能變新腔，令人神往，廣東班徒拘舊曲，令人生厭，宜其敗也。外江班所演多悲壯慷慨之詞，其所重在武生；廣東班所演多床笫狎褻之狀，其所重在花旦。武生有英雄氣象，花旦有腐儒氣象。英雄使人敬，腐儒使人憎。廣東班若不重新整頓，吾恐十年後，皆歸消滅無疑也！近年有汪笑儂者，撮《黨人碑》，以暗射近年黨禍，為當今劇班革命之一大鉅子。意者其法國、日本維新之悲劇，將見於亞洲大陸歟？中國不欲振興則已，欲振興可不於演戲加之意乎？加之意奈何？一曰改班本，二曰改樂器。」〔註 10〕通過對戲曲演出的劇本進行改革，宣傳新的思想；通過掃除戲曲舞臺的靡靡之音，加入令人振奮的音樂，激發國人的救亡圖存的信念。

陳獨秀認為戲曲作用於人心之力量比小說更強大，他說：「編小說，開報館，然不能開通不識字人，益亦罕矣。惟戲曲改良，則可感動全社會，雖聾得見，雖盲可聞，誠改良社會之不二法門也。」〔註 11〕同時陳獨秀也認為：舊戲好演「神仙鬼怪之戲」「淫戲」和「富貴功名之俗套」，以致「不大合情理，宜急改良」，這類戲要決宜禁止。改良的同時，「宜多新編有益風化之戲。宜吾濟中國昔時荊軻、聶政、張良、南雲、岳飛、文天祥、陸秀夫、方孝孺……等大英雄之事蹟，排成新戲，做得忠孝義烈，唱得激昂慷慨，於世道人心極有益。」〔註 12〕陳獨秀既指出了戲曲中存在的問題，也提出了編演新戲內容，這些主張十分可貴。

2. 政治革新當以戲曲改良為始

戲曲可以有益於啟迪民智，改良社會風氣，更應該用於政治革新之宣傳。王鍾麒在《論戲曲改良與群治之關係》中說：

> 是故欲革政治，當以易風俗為起點；欲易風俗，當以正人心為起點；欲正人心，當以改良戲曲為起點。……誠以戲曲之力足以左右世界，其範圍所及，十倍於新聞紙，百倍於演說臺。……吾儕今

〔註 10〕阿英編《晚清文學叢鈔：小說戲曲研究卷》，北京：中華書局，1960 年，第 72 頁。

〔註 11〕阿英編《晚清文學叢鈔：小說戲曲研究卷》，北京：中華書局，1960 年，第 55 頁。

〔註 12〕徐中玉主編《中國近代文學大系 · 文學理論集 2》，上海：上海書店出版社，1995 年，第 619 頁。

日誠欲改良社會，宜聘深於文學者多撰南北曲（鄙人自撰有《血淚痕》《斷腸花》傳奇二種，尚未脫稿），宜廣延知音之士，審定宮譜，宜於內地多設劇臺，宜多演國家受侮之悲觀，宜多演各國亡國之慘狀。凡一切淫靡之劇黜勿庸，一切牛鬼蛇神迷信之劇黜勿庸，一切曲詞之不雅馴者黜勿庸。夫如是則根本清，收效速，數年以後，國民無愛國思想者，吾不信也。吾故曰：欲革政治，當以改良戲曲為起點。〔註 13〕

政治變革需要鼓吹，需要在思想上進行一定的準備，而這種準備必須有賴於某種載體的傳播，戲曲便是天然的，具有極大群眾基礎的載體。這種載體可以宣傳政治變革之思想，激發民眾變革政治之思考與行動。所以，「欲革政治，當以改良戲曲為起點。」

蔣觀雲在《中國之演劇界》中以極其贊同的態度說：「悲劇者，君主及人民高等之學校也，其功果在歷史以上。……悲劇者，能鼓勵人之精神，高尚人之性質，而能使人學為偉大人物者也。」並且指出中國戲曲「最大之缺憾」就在於「無悲劇」，故而為了振興國家和民族，就必須首先振興中國社會對悲劇的創作和演出。「夫劇界多悲劇，故能為社會造福，社會所以有慶劇也；劇界多喜劇，故能為社會造孽，社會所以有慘劇也。……欲保存劇界，必以有益人心為主，而欲有益人心，必以有悲劇為主。」〔註 14〕說悲劇能鼓舞人之精神，喜劇故為社會造孽。為了變革政治，他們不僅過分誇大了戲曲的功用，甚至將戲曲作為政治革新之工具。

戲曲改良過程中，對於戲曲的社會功用和匡扶政治的作用，箸夫也作了重點介紹，他在談廣東程子儀戲曲改良的經驗時說：

其法議招青年子弟數十人，每日於教戲之外，間讀淺近諸書，並灌以普通知識，激以愛國熱誠，務使人格不以優伶自賤。復於暇日煉以兵式體操，將來學成，赴各村演劇，初到時操衣革履，高唱愛國之歌，和以軍樂，列隊而行，繞村一周，然後登臺。先用科諢，將是日所演戲本宗旨、事實，演說大事，使觀者了然於胸。而曲中

〔註 13〕王鍾麒（署名「僇」）《論戲曲改良與群治之關係》，《申報》，1906 年 9 月 22 日。

〔註 14〕阿英編《晚清文學叢鈔：小說戲曲研究卷》，北京：中華書局，1960 年，第 51 頁。

> 所發揮之理論，可藉此輾轉流傳，以喚起國民之精神。已撰成者，如《黃帝伐蚩尤》《大禹治水》諸齣，不勝枚舉。中國舊日喜閱之寇盜、神怪、男女數端，淘汰而改正之。復取西國近今可驚、可愕、可歌、可泣之事，如芬蘭分裂之慘狀、猶太遺民之流離、美國獨立之慷慨、法國改革之劇烈，以及大彼得之微行、梅特涅之壓制、意大利之三傑、畢士麥之聯邦，一一詳其歷史，摹其神情，務使鬚眉活現，千載如生。彼觀者刺激日久，有不鼓舞奮迅，而起尚武合群之觀念，抱愛國保種之思想者乎？〔註 15〕

如此看來，改良戲曲在當時確實為社會改良發揮了作用。

（二）改良戲曲的主張和方法

在轟轟烈烈的戲曲改良運動中，許多進步的知識分子，紛紛提出了自己的理論主張。陳獨秀在《論戲曲》中，提出了五項改良戲曲的方法：一、宜多新編有宜風化之戲，把荊軻、岳飛、文天祥、史可法等英雄的事蹟排成新戲；二、採用西法。戲中有演說，最可長人之見識，完全可以為我們借鑒；三、不可演神仙鬼怪之戲；四、不可演淫戲；五、除富貴功名之俗套。並強調說：「我看惟有戲曲改良，多唱些諳對時事、開通風氣的新戲，無論高下三等人，看看都有可以感動。便是聾子也看得見，瞎子也聽得見，這不是開通風氣第一方便的法門嗎？我很盼望內地各處的戲館，也排些開通民智的新戲唱起來」。〔註 16〕健鶴《改良戲劇之計劃》一文，提出改良戲劇「最關緊要者」有五項內容：一是「演劇之注意」。二是「演劇之價值」。三是「劇部之組織與本能之擴張」。四是「腳本之改良與演劇之進步」。五是「演劇當根據實地」。〔註 17〕陳獨秀在《安徽俗話報》的創辦中努力實踐他的戲曲改良理論，非常重視對優秀劇本的刊發，從第 3 期開始開闢了戲曲專欄，前後共發表了六個戲曲劇本。第 3 期《睡獅園》，第 9 期《團匪魁》，第 10 期《康茂才投軍》、第 11 和 13 期《瓜種蘭因》連載，第 14 期《薛慮祭江》，第 18 和 19 期《胭脂夢》連載。張湘炳曾考證，這六本新戲中，除了《團匪魁》為春夢生作、《瓜種蘭

〔註 15〕阿英編《晚清文學叢鈔：小說戲曲研究卷》，北京：中華書局，1960 年，第 61 頁。

〔註 16〕阿英編《晚清文學叢鈔：小說戲曲研究卷》，北京：中華書局，1960 年，第 54 頁。

〔註 17〕孫蓉蓉《近代戲曲改良理論》，《藝術百家》，1995 年第 3 期。

因》為汪笑儂作，沒有署名的《睡獅園》《康茂才投軍》和《薛慮祭江》，實際都是陳獨秀創作的。

與此同時，還有一些人發表了一些戲曲改良的主張，如健鶴者提出：

> 自今以往，必也一一寫真，一一紀實。舉民族何以受制異族之乎，而異族又何以受制於強族之乎，使吾同種為兩重之奴隸無告之窮民；上自二百六十年前亡國之紀元，下自二十世紀以來亡種之問題，一一痛哭流涕，為局中人長言之。鐵板銅琶，高唱大江之曲；歌喉舞袖，招回中國之魂。則或者於保種保國之道，而得間接一助也夫！〔註 18〕

可見，要保國救國，必須「高唱大江之曲」，只有這樣，才能為中國召回魂魄。這魂魄便是民族自強之精神。陳佩忍也曾撰文發表自己對於戲曲改良的主張，他說：

> 我青年之同胞，赤手掣鯨，空拳射虎，事終不成，而熱血徒冷，則曷不如一決藩籬，遁而隸屬諸梨園菊部之籍，得日與優孟、秦青、韓娥、駒之儔為伍，上之則為王郎之悲歌斫地，次之則繼柳敬亭之評話驚人，要反足以發抒民族主義，而一吐胸中之塊壘，此其奏效之捷，必有過於勞心焦思，孜孜以作《革命軍》《駁康書》《黃帝魂》《落花夢》《自由血》者，殆千萬倍。彼也囚首而喪面，此則慷慨而激昂；彼也間接於通人，此則普及於社會；對同族而發表宗旨，全部舞臺而親演悲歡；大聲疾呼，垂涕以道，此其情狀，其氣慨，脫較諸合眾國民，在米利堅費城府中獨立廳上撞自由之鐘，而宣告獨立之檄文，夫復何所遜讓？道故事以寫今憂，借旁人而呼膚痛，燦青蓮之妙舌，觸黃胤之感情，吾知軒羲有靈，其亦必將旌羽葆乘雲下降，以證斯盟也。〔註 19〕

改良戲劇必須創作呼喚變革的慷慨激昂之作，必須以情感打動觀眾，使觀眾在潛移默化中受到影響。

但是，也不難看出，改良戲曲對戲曲的社會政治功能被極大的渲染和不恰當的強調，這是改良人士對於戲曲改良的最大理論基點。就戲曲改良的主張來看，毫無異議是值得肯定的，然而值得深思的是，這些戲曲改良的理論

〔註 18〕健鶴《改良戲劇之計劃》，《警鐘日報》，1904 年 6 月 1 日。

〔註 19〕陳佩忍《論戲劇之有益》，《二十世紀大舞臺》，1904 年第 1 期。

沒有從戲曲藝術的本體出發，只是流於表面和形式上的宣傳，既無法從根本上提升戲曲的藝術品格，也無法與社會現實相結合。與此相反的是，此後一段時間，一批立志改良的戲曲團體和個人真正實施了戲曲改良，並將戲曲改良推向了全國。

二、改良戲曲的創作實踐

與 20 世紀初戲曲改良的理論主張相伴隨的是改良戲曲的創作實踐，戲曲創作者用新的觀念嘗試著藝術上的革新。早在 1890 年甲午戰爭前後，京劇演員汪笑儂就於變法維新運動過程中，在上海演出改良過的京劇《瓜種蘭因》。該劇是較早的「時裝新戲」。1905 年，汪笑儂在上海「春仙茶園」排演《波蘭亡國慘》等改良新戲。他在與熊文通致曾少卿的信中表明自己對改良京劇的主張：「取波蘭遺事，……以證波蘭亡國原因」，進而「鼓舞激揚」，啟蒙民心。同年，被奉為「伶界大王」的譚鑫培就與田際雲同臺演出時事京戲《惠興女士》，揭露清政府的腐敗。1908 年 7 月，中國第一個具有新式設備的劇場——上海新舞臺在上海創建。1910 年前後，早在清末出現的「時裝新戲」再度復蘇，《玫瑰花》《新茶花》《秋瑾》《宦海潮》等劇目上演。在「時裝新戲」演出的影響下，到 20 世紀二十年代，許多著名的表演藝術家都先後排演了時裝新戲。可以說，改良戲曲的創作集合了文學界、戲曲界、演藝界各路精英，形成了一個蔚為大觀的改良戲曲創作高峰，成為 20 世紀初期戲劇界最值得書寫的歷史一頁。

（一）改良戲曲的創作概貌

戲曲改良除理論宣傳之外，在劇目創作上也進行了積極地實踐，許多資產階級文人，加入到戲曲創作的行列，創作了大量的新劇目，這些劇目有以傳奇的形式編寫的歷史劇，也有以社會生活和現實為題材的時事劇和時裝新戲。

戲曲改良時期，在《新小說》《新民叢報》《二十世紀大舞臺》《繡像小說》《月月小說》《小說月報》等刊物上，出現了大量傳奇、雜劇劇本。這些作品反映當時的重大政治事件，宣揚資產階級改良主義或革命民主主義思想。據阿英編輯的《晚清戲曲小說目》所收錄，傳奇劇目有 54 種、雜劇劇目 40 種。這些劇目大多都是積極配合當時的民主革命運動，迅速反映社會現實，反對民族壓迫，宣傳改良和革命思想；歌頌歷史上的民族英雄和資產階級改良運動中的代表人物，這也是這個時期戲劇創作的突出特點和主要內容。其中影響較大的作品有寫岳飛抗金的《黃龍府》（幽并子著，1904 年），寫文天祥抗元的《愛國魂》（筱波山人著，1908 年），寫鄭成功抗清的《海國英雄記》（浴日生著，1906 年），寫張煌言、瞿式耜抗清的《懸嶴猿》（洪楝園著，1907 年）和《風洞山》（吳梅著，1905 年），寫史可法抗清的《陸沉痛》（無名氏著，1903 年）等。這些劇目在創作方法上雖然是傳統戲的形式，但其內容無疑是戲曲改良所主張的倡導救國、智民和革命的思想主題。

時事新劇是資產階級文人根據當時社會上發生的時事描寫的劇目，所以稱作時事新劇。這個時期的時事新劇有：寫鄒容入獄的《革命軍》（浴血生著，1903 年）；寫皖浙起義失敗，徐錫麟、秋瑾殉國的《蒼鷹擊》（傷時子著，1907 年）、《軒亭秋》（吳梅著，1907 年）、《碧血碑》（龍禪居士著，1908 年）、《開國奇冤》（華偉生著，1912 年）、《皖江血》（孫雨林著，1907 年）、《軒亭冤》（湘靈子著，1907 年）等。此外，這個時期還有借用西方資產階級革命的歷史故事，以宣傳資產階級的民主、自由、平等思想的作品。如寫法國羅蘭夫人的《血海花》（玉瑟齋主人著，1903 年），寫日本維新愛國志士故事的《海天嘯》（劉鈺著，1906 年），寫古巴學生愛國運動的《學海潮》（春夢生著，1903 年）。反對帝國主義侵略的戲劇作品也時有所見，如南荃居士的《海僑春》，敘述反美華工禁約運動的情況；陳季衡的《非熊夢》揭露沙俄對黑龍江的侵略；洪炳文（楝園）編寫的《警黃鐘》和《後南柯》，此劇借童話和寓言故事宣傳反對侵略、救亡圖存的愛國思想。還有宣傳婦女解放、提倡女權的作品，如柳亞子的《松陵新女兒》、大雄的《女中華》、挽瀾的《同情夢》、蔣景緘的《俠女魂》、玉橋的《廣東新女兒》等等。這些作品「皆激昂慷慨，血淚交流，為民族文學之偉著，亦政治戲曲之豐碑。」這些作品對傳統形式有所突破，人物形象高大，語言慷慨激昂，雄勁有力，通俗易懂，但政治說教太重，多數作品只注意政治宣傳，忽略戲劇藝術的基本特徵，形象性、文學性不強，人物語言缺乏個性色彩，且多長篇議論，藝術上的革新成就不大。

時裝新戲，也是這個時期戲曲創作的一個重要內容，它試圖用戲曲的形式表現新的生活內容，儘管還存在「新瓶裝舊酒」的問題，但為中國戲曲提供了一個新的思維角度。時裝新戲是指清末出現的表現現實生活題材的新編戲曲，以穿戴時裝而得名。清道光二十五年（1845），已有《煙鬼歎》等劇演出。到資產階級戲曲改良活動時期（1910年前後），時裝新戲的創作逐漸繁榮，許多劇種都有演出。如京劇的《新茶花》《潘烈士投海》《玫瑰花》《黑籍冤魂》《波蘭王國慘》《拿破崙》等，河北梆子的《惠興女》，川劇的《煙鬼現形》《武昌光復》以及粵劇、滇劇都有時裝新戲的劇目。演出時裝戲的主要劇團有潘月樵和夏月潤、夏月珊兄弟合營的上海「新舞臺」，田際雲及其玉成班，西安的易俗社，成都的三慶會等。梅蘭芳演出的《一縷麻》《孽海波瀾》《宦海潮》《鄧霞姑》《童女斬蛇》等。另外，譚鑫培、孫菊仙、高慶奎、程繼仙、路三寶等人都參與了時裝新戲的演出。除了京劇之外，以編寫河北梆子劇本而出名的楊韻譜也編演了大量的時裝新戲以反映當時的社會生活。有《二烈女》《一念差》《丐俠記》《姊妹花》《空谷蘭》《薄倖郎》等等。清光緒三十年（1904）有嚴範孫、李湘琴的時裝新劇《潘公投海》在天津上演。其後又有《捉拿宋景詩》《大鬧天津三岔口》《大姐捉強盜》《煙鬼歎》等時裝新劇上演。由於北京、上海、天津都以演出京劇為主，因而就有許多的交流機會。各自編演的時裝新戲也能在其他城市上演，因而獲得了更為廣泛的效果。在社會經濟較為發達的沿海地區，時裝新戲在這一時期也得到了發展。閩劇排演了大量的時裝新戲，「有揭露殖民主義者在福州拐騙華工到南洋當奴隸的《馬達加》，有描寫蔡愕起兵討袁的《蔡松坡》，有反映男女青年要求婚姻自主的《孤兒血》，有讚揚古田人民為驅逐披著宗教外衣從事侵略活動的外國傳教士的《古田案》等。抗日戰爭爆發後，閩劇還編演了《救國救民》《盧溝橋》《夜光杯》等反映抗日救國的時裝戲。」〔註20〕廣東志士班編演的《文天祥殉國》《熊飛起義》《火燒大沙頭》《黑獄紅蓮》等，多採用時裝新戲的形式演出。辛亥革命時期的許多重大事件都被粵劇班社搬上舞臺，有《溫生才打孚琦》《三氣康有為》《雲南起義師》等反映時事的劇目。這些時裝新戲與傳統戲相比，形式還不夠嚴謹，說教的成分很濃，但因為「時裝新戲針砭時弊，順應潮流」，〔註21〕又是一種新的戲劇樣式，在當時產生了一定的影響。

〔註20〕中國戲曲志編輯委員會《中國戲曲志·福建卷》，北京：文化藝術出版社，1993年，第82頁。

〔註21〕中國戲曲志編輯委員會《中國戲曲志·四川卷》，北京：文化藝術出版社，1995年，第15頁。

（二）改良戲曲劇目的內容及藝術特色

對歷史興亡進行反思和借鑒，這是改良劇目的重要思想內容。但是與此同時，戲劇的藝術性往往要讓位於思想性，因此改良劇目中的不少作品都是情節較為簡單，藝術上還不夠完善的口號式的作品。

第一，救亡圖存是這個時期戲曲創作的主要內容，同時在藝術上也開創了新風。梁啟超在戲曲改良運動初期，便發表了劇本《劫灰夢》〔註22〕，希望引起觀戲民眾的警覺，劇中「想起中國現在情形，真乃不勝今昔之戚。看官啊！你道甲午、庚子兩役，就算是中國第一大劫嗎？只怕後來還有更甚的哩。你看那列強啊！〔註23〕」「你看今日的人心啊，依然是歌舞太平如昨，到今兒便記不起昨日的雨橫風斜。」〔註24〕這些激烈的臺詞將救亡圖存的聲音發揮到極致。此後，他還先後創作並發表了《新羅馬》《劫灰夢》《俠情記》《班定遠平西域》等戲曲改良劇本，並在藝術上做了新的探索，如「《新羅馬》打破了傳奇中正生正旦在首出中必須出場的慣例」〔註25〕等，給舞臺演出和劇本創作帶來新的風尚。

1902 年以後，隨著戲曲改良運動的開展，戲曲界人士也開始進行新劇本的創作和表演。汪笑儂是清末著名的戲曲界人物，被稱為「一代伶聖」「中國第一戲劇改良家」。他早年從官，後棄官從藝，一方面由於其愛好新劇，另一方面因做官期間，對清政不滿，心中生怨。「慨清政不綱，憤然棄軒冕」「遂隱于伶，每日優孟登場，以陶寫其胸中鬱勃之氣」〔註26〕。與梁啟超等人著手改良傳統雜劇、傳奇不同的是，他主要以當時最為流行的京劇為對象進行改良，創作了《黨人碑》《哭祖廟》等歷史劇和《瓜種蘭因》等時裝戲，影響很大。此後，又創作了多部宣揚救國圖存，以民族英勇志士為題材的作品。如以革命志士徐錫麟的英雄事蹟為題材的《蒼鷹擊》《揚州夢》等，劇中通過扮演革命者的演員之口說出：「要二百年前冤魂目兒瞑，除非

〔註22〕阿英編《晚清戲曲小說目》，上海：上海文藝聯合出版社，1954 年，第 11～16 頁。

〔註23〕阿英編《晚清文學叢鈔：傳奇雜劇卷》，北京：中華書局，1962 年，第 687 頁。

〔註24〕阿英編《晚清文學叢鈔：傳奇雜劇卷》，北京：中華書局，1962 年，第 687 頁。

〔註25〕胡星亮《二十世紀中國戲劇思潮》，南京：江蘇文藝出版社，1995 年，第 39 頁。

〔註26〕中國社會科學院文學研究所近代文學研究組編《中國近代文學論文集 1949～1979 戲劇、民間文學卷》，北京：中國社會科學出版社，1982 年。

是十八省齊革命，」〔註 27〕觀眾看完這部劇的感受是「非常沉痛，異樣尖新」〔註 28〕。

1904 年，署名「醒獅」的作者在《二十世紀大舞臺》第二期，發表《告女優》一文，「我們大舞臺裏頭，原是沒有成見的。你們姊姊妹妹，倘能唱得好，也會做出新戲。也借著激動人心，勸勸世人。喚醒喚醒這幫癡迷的男子。」〔註 29〕針對目前戲曲男演員取得的成績，作者說道：「俺這兒雖是個旁觀的人，心裏頭倒有點不甘服，極願你們姊妹們，快快兒做個預備，把這些瓜種蘭因、長樂老、玫瑰花、縷金箱、桃花扇，照著他一齣一齣的演唱起來，這是真真了不得哩」〔註 30〕。

「蕭山湘靈子」的劇本《軒亭冤》是一部描寫女英雄秋瑾的時事劇，作者在劇詞中評價她「其氣足以薄風雲，其勇足以驚天地，其義足以格鬼神、其事業刺激於多數漢族之腦中。」〔註 31〕此外，在「覺佛」的劇本《女英雄》中，言「切齒之仇忍得不，身雖女子解同仇。」〔註 32〕靜菴的《安樂窩》、寰鏡廬主人的《鬼燐寒》、汪笑儂的殉國慘劇《縷金箱》《二十世紀新茶花》等劇都以宣傳救亡等新思想獲得了觀眾的好評。其中，《二十世紀新茶花》1909 年 6 月 12 日在新舞臺的首演受到特別歡迎，「演出效果很好，轟動一時」〔註 33〕。

第二，對歷史興亡的借鑒。近代改良戲曲中大量而集中出現的歷史題材劇，如洪炳文的《撻秦鞭》、幽并子的《黃龍府》、楊與齡的《岳家軍》，筱波山人的《愛國魂》等，直接表達了作者效法先賢、抵抗外敵侵略的用心。陳烺的《海雪吟》和王蘊章的《綠綺臺》寫主角因國破家亡而投海，意在鼓勵觀眾寧為玉碎、不為瓦全的氣節和堅守民族大義的決心。吳梅的《風洞山》和浴日生的《海國英雄記》表現鄭成功堅決抗清；佚名的《陸沉痛》寫史可法在揚州殉國；高增的《女英雄》表現梁紅玉擊鼓抗金。此類作品試圖從歷史上抵

〔註 27〕阿英編《晚清戲曲小說目》，上海：上海文藝聯合出版社，1954 年，第 11～16 頁。

〔註 28〕阿英編《晚清文學叢鈔：傳奇雜劇卷》，北京：中華書局，1962 年，第 187、183、193、209 頁。

〔註 29〕醒卿《告女優》，《二十世紀大舞臺》，1904 年第 2 期。

〔註 30〕醒卿《告女優》，《二十世紀大舞臺》，1904 年第 2 期。

〔註 31〕阿英編《晚清文學叢鈔：傳奇雜劇卷》，北京：中華書局，1962 年，第 108、109、111 頁。

〔註 32〕阿英編《晚清文學叢鈔：傳奇雜劇卷》，北京：中華書局，1962 年，第 673 頁。

〔註 33〕《戲談》，《申報》，1913 年 3 月 9 日。

抗侵略殺身成仁的英雄事蹟裏尋求救亡圖存的精神力量。還有李文翰的《鳳飛樓》、陳烺的《蜀錦袍》、曾傳鈞的《蕙蘭芳》、楊恩壽的《理靈坡》《麻灘驛》等寫張獻忠和李自成農民起義，也明顯寄託著作者的故國情思和對時局的憂患意識，以史明志的傳統筆法在此時顯示出巨大的生命力和創作熱情。即便是那些涉及外國題材的劇作，也多以弱小國家的命運和抗爭為取向，以他山之石的用意躍然紙上。洪炳文的《古殷鑒》、陸恩煦的《李范晉殉國》、貢少芹的《亡國恨》、梁啟超的《新羅馬》和《俠情記》以及麥仲華《血海花》都市取自國外的題材，表現外國人自強奮鬥的歷史，以之為鑒的創作意圖和拳拳愛國之心不言而喻。

第三，情節與藝術的淡化。改良戲曲在表現方法及藝術特徵上，對戲曲藝術傳統的唱、念、做、打關注不夠，出現了大量情節淡化甚至無情節無故事的作品，其主要目的偏重抒發「不平則鳴」的情感以及呼喚理想世界，更多則是為了排遣鬱悶和宣傳政治立場。這種講演式的戲曲比較典型的表現在一些政治宣傳型劇作者身上，如賀良樸的《歎老》、袁祖光的《仙人感》、無名氏的《少年登場》、吳魂的《迷魂陣》、柳亞子的《松陵新女兒》、高增的《女中華》《血海恨》、佚名的《巾幗魂》等，這些劇作大多篇幅簡短，以一二折居多，人物角色也往往只有一兩個，其主要結構模式是抒情加議論。更有如《少年登場》一劇，全劇僅一折，講一少年登臺演唱，斥責維新，進而主張投身革命就結束了。李慈銘的《舟覯》《秋夢》、洪炳文的《撻秦鞭》《普天慶》、袁祖光的《藤花秋夢》《暗藏鶯》《東家顰》《鈞天樂》等可作為此類作品的代表。這些劇目沒有情節，沒有載歌載舞的表演，沒有通常戲曲所具備的起承轉合的戲劇結構和矛盾糾葛，從一定的意義上說，這些劇目根本還不能稱其為劇作，只是借助於戲曲的概念而宣傳自己的政治主張而已。短劇如此，有些篇幅較長的傳奇、雜劇作品，也不同程度地存在這種傾向，如俞樾的《驪山傳》《梓潼傳》、楊子元的《新西藏》《黃金世界》、魏熙元的《儒酸福》、楊子元的《女界天》、梁啟超的《新羅馬》、吳承烜的《星劍俠》、陳時泌的《武陵春》、姜繼襄的《漢江淚》等，對社會現狀的描述以及對未來理想的期盼代替了對故事情節的設計。此類作品越來越多的出現，概括起來有以下四個原因：一是為了集中反映社會問題和表達作者見解的目的而弱化了故事情節，忽視了戲曲創作的基本規律；二是為了便於敘述比較複雜的歷史過程或現實事實而弱化了戲劇行動和塑造人物；三是由於作者特別集中筆墨於議論和抒情而忽視了結構與戲劇衝突；四是因為作品議論演說和宣傳成分過多、以學問為戲曲、以考證入戲曲的創作方式，失去了戲劇藝術寓教於樂的通俗化和大眾特徵，這些都是時裝新戲創作必定要走向失敗的原因。

三、戲曲改良運動的演出與退出

1900 年，八國聯軍侵佔北京，清廷倉皇西遁，京城陷於危難之中，很多戲園子化為瓦礫，戲班紛紛解散，名伶衣食無著，許多人紛紛南下，這為上海的舞臺平添了不少京都聲色。同年，丹桂戲園和天樂茶園、仙樂茶園開張，夏月珊、夏月潤兄弟接辦丹桂勝記茶園。第二年，汪笑儂經過加工修改的《黨人碑》演出於天仙茶園，引起了強烈的社會反響。他在演出中時常即興發揮的當眾演講，開創了舞臺上「言論老生」的先河。潘月樵、夏月珊、夏月潤等在丹桂茶園先後編演了時裝新戲《潘烈士投海》《黑籍冤魂》等，馮子和與汪笑儂、夏氏兄弟合演了第一齣時裝戲《玫瑰花》；上海南洋中學演出的話劇《張汶祥刺馬》《英兵擄去葉名琛》《張廷標被難》等，都搬演了公眾熟悉的時事事件。1904 年，戲曲改良進入高潮，這一年發生了一連串的事：《20 世紀大舞臺》在上海創辦；希望演員加強社會責任感的《告憂》一文發表：主張改革戲劇使之服務於資產階級民族民主革命的《戲曲改良之計劃》提出；署名劉師培的《原戲》論文發表；介紹法國大革命的雜劇《斷頭臺》、借引發古巴獨立的事件以激勵國人的《學海潮》技藝《活地獄》《安樂窩》等多部傳奇作品的刊出；汪笑儂創編的「洋裝新戲」《瓜種蘭因》（又名《波蘭亡國慘》）首演等等，這些都為改良戲曲的創作實踐起到了很好的理論支持和宣傳作用。這時，由思想傾向革命的資產階級文人進行的劇本創作工作，在 1904 年達到了一個高潮，戲曲改良運動也開始從最初的宣傳文化啟蒙，鼓吹政治改良向號召推翻帝制，動員民眾革命過渡，激揚的文字很快走向舞臺演出。自此，改良戲曲的演出蔚為大觀，引領一時劇壇風尚。

（一）汪笑儂的改良戲曲演出

汪笑儂（1858～1918），本名德克俊（一作德克金），又名僢，字笑儂，號仰天、竹天農人，齋名天地寄廬，滿族人。〔註 34〕他在其《自題肖像》詩

〔註 34〕汪笑儂《汪笑儂戲曲集》，北京：中國戲劇出版社，1957 年。

中寫道：「手挽頹風大改良，靡音曼調變洋洋，化身千萬倘如願，一處舞臺一老汪。」〔註 35〕有不少人都稱他為「伶隱」。〔註 36〕

光緒中期以後，汪笑儂到上海，先後在丹桂茶園和春仙茶園演出。時逢京劇改良運動興起，他與陳去病等人於光緒三十年（1904）九月創辦了中國最早的戲劇雜誌《二十世紀大舞臺》，宣稱「以改革惡俗，開通民智，提倡民族主義，喚起國家思想，為惟一之目的。」〔註 37〕他先後在北京、上海、南京、濟南、天津等地演出、講學並從事戲劇改良活動。每到一地，都引起不小的反響。近人劉豁公《洗耳記》劇本云：「伶隱汪笑儂，為滿人之具革命者。生當清季，目擊時艱，深以清廷之舉措為非，怨憤之情，時復見於言表，群以狂士目之。……汪既不惟人所諒，遂託於歌以諷世。嘗編《黨人碑》劇，以刺滿清之捕殺民黨；編《哭祖廟》劇，以刺權奸之賣國求榮；編《洗耳記》，以刺官僚之爭權奪利。演時慷慨悲歌，聲與淚俱。人皆賞其飾偽如真，不知其用心苦也。」〔註 38〕為了推動戲劇改良運動的發展，汪笑儂還親自到各地演戲並傳播戲劇改良的種子。1911 年，他曾赴濟南演出，被聘為山東戲劇改良所主任，並制定山東戲劇改良規劃。1912 年他又赴天津演出，被天津戲劇界推為正樂育化會副會長，主辦易俗改良社，招生百餘人。他親自講授，播下戲劇改良的種子。天津後來之所以成為北方戲劇改良運動的中心之一，大約與汪笑儂的努力分不開。後來，汪笑儂又一度回到他開始從藝的北京，連續演出自己編演的《博浪椎》《哭祖廟》《刀劈三關》《黨人碑》《桃花扇》等劇目，頗受人們的歡迎。他還參與由著名戲劇改革家田際雲創辦的翊文社，有力推動了北京的京劇改良運動。1915 年，汪笑儂重返上海演出，他毅然與上海戲劇同行合作，演出《宦海潮》《張文祥刺馬》等富有民主革命思想的新戲，影響很大。

汪笑儂編演的時裝新戲除了歷史題材以外，大多都來自社會新聞和報紙上所登載的新聞事件，並且自編、自導、自演，這些戲「講中國就穿當代服裝，演外國就著洋裝。」〔註 39〕有著引領改良戲曲風向的積極作用。

〔註 35〕祖襲堯《京劇界的怪傑汪笑儂》，《文史雜誌》，1995 年第 4 期，第 26～27 頁。
〔註 36〕孫玉聲《退醒廬筆記》（第一版），臺北：文海出版社，1982 年。
〔註 37〕張次溪《清代燕都梨園史料》（第一版），北京：中國戲劇出版社，1988 年。
〔註 38〕董維賢《京劇流派》（第一版），北京：中國戲劇出版社，2006 年。
〔註 39〕張俊才《近代戲劇改良運動的始末及意義》，《河北師範大學學報（哲學社會科學版）》，1994 年 8 月第 3 期，第 69～74 頁。

在許許多多創作改良戲曲劇本的人中，汪笑儂的劇本創作是比較有成就的，他懂戲，能很好地按照戲曲的要求創作劇本。如《瓜種蘭因》共有十六本，他採用中國戲曲的分場體制，運用戲曲的分場體制，自由的時空處理為劇情服務。他還突破了傳統戲曲按照行當寫人物的方法，從寫人物共性轉向注重描寫人物個性。根據內容需要，增加具有演說性的念白，增加念白的口語化。在劇本《瓜種蘭因》第一本第十三場中關於波蘭衰亡的原因是這樣寫的：「列位，我波蘭雖有熱心之人拼鐵血恢復國權，俺前門拒虎，他後門引狼，可憐同胞多少頭顱，終歸失敗，此波蘭衰亡之原因也……」〔註40〕陳獨秀首先肯定了這種添加在戲中的演說新形式，認為：戲中夾些演說，大可長人見識。再次，為充分表達劇旨，增加唱詞。汪笑儂不僅增加言論念白，還用增加唱詞的方式來抒發人物的真實情感。在改編的傳統戲《空城計》中，汪笑儂就添加了一大段蔣琬向諸葛亮求情，痛哭先帝以自責的唱詞，使得整部戲劇感情真摯，催人淚下。汪笑儂還編演連臺戲。光緒中葉以前，京劇演出以單本戲為主。汪笑儂的戲劇改良活動，在上海形成了演出京劇連臺本戲的盛況，他編過很多連臺本戲，如十本《黨人碑》、二本《哭祖廟》、三本《瓜種蘭因》等等。連臺本戲是南派京劇的重要特徵之一。在南派京劇的形成和興盛中，汪笑儂發揮了重要作用。

（二）改良戲曲與「新舞臺」演出

改良戲曲在北京、福州、西安、天津、成都等地都有演出，其中最令人矚目的是上海「新舞臺」。

上海「新舞臺」是中國近代史上較早擁有新式設備的劇場，同時也是一個從事戲曲改良活動的演出團體。上海「新舞臺」的建立，被看作是京劇改良運動高漲的重要標誌之一。1908年7月〔註41〕，京劇演員潘月樵及夏月潤、夏月珊兄弟共同於上海南市十六鋪創建了上海「新舞臺」。他們將這裡當作宣傳革命思想的陣地，夏月珊與潘月樵、汪笑儂、馮子和等人一起編演了一批時裝新戲，如《新茶花》《血淚碑》《潘烈士投海》等。「新舞臺還演出了《明末遺恨》《宦海潮》《秋瑾》等時裝戲、洋裝戲，這些劇均以其針砭時弊、宣傳

〔註40〕汪笑儂《汪笑儂戲曲集》（第一版），北京：中國戲劇出版社，1957年，第20頁。

〔註41〕此處以《中國人百科全書·戲曲曲藝卷》記載為準。另《中國京劇史》一書認為上海「新舞臺」建立的時間是光緒三十四年（1908）年十月。

革命而贏得了大量的觀眾。夏月潤還先後在《潘烈士投海》《新茶花》《波蘭亡國慘》等一批時裝戲、洋裝戲中擔任主角。還率先排演了表現關羽敗亡的《走麥城》一劇。這期間夏月潤還專心研究京劇改良，為傳統的戲曲反映現實生活總結了經驗。民國初年，上海伶界聯合會成立，夏月潤被推舉為首任會長。

上海「新舞臺」的演員以京劇演員為主，當時的演員除了有潘月樵、毛韻珂、馮子和以及夏氏兄弟夏月恒、夏月珊、夏月潤、夏月華之外，還有周鳳文（藝名夜來香）、沈韻秋、小萬盞燈、小桂芳、張順來、三盞燈、何志文、毛仲琪、張燕芳、雲中燕、雲中仙、小保珊、瑞德保、新奎官、薛瑤卿、小雙鳳、邱蕊卿、馬飛珠、賽魁冠、李祥麟、潘海秋、倪金利、米秀山、小六子、龍小雲、天娥旦等。姚公鶴在《上海閒話》中對「新舞臺」在革命鬥爭中所發揮的作用給予了高度的評價，他說：「南市新舞臺開而戲劇為之一變，形式改良，固其先導，而《新茶花》《黑籍冤魂》等新戲，亦頗有裨社會。」就上海「新舞臺」演出的劇目來看，除了眾所周知的《新茶花》《潘烈士投海》《波蘭亡國慘》《空谷蘭》《槍斃閻瑞生》等劇目之外，還有《黎元洪》《犧牲》《新馬浪蕩》《博覽會》《恨海》《黃勳伯》等一批新劇目。

上海「新舞臺」改變了傳統戲曲的演出形式，使舞臺面貌煥然一新。

第一，上海「新舞臺」，是中國第一個採用新式舞臺與布景、上演新戲的重要場所。在劇團的組織建制上，屬於股份有限公司式，是中國民族資產階級對戲曲行業投入最早的新式戲曲團體。第一個將戲曲演出引入新型劇場。在劇場的建築形式上，它第一次將「茶園」式的劇場改為鏡框式的月牙形舞臺。並從外國引進了布景、燈光設備和新技術。由於這些新技術的使用，開創了戲曲舞臺的新面貌，使得戲曲舞臺由原來簡單的「一桌二椅」，變成既能像原來一樣閉起眼睛聽戲，又能看到演員演技和精美舞臺美術相得益彰的表演。

第二，上海「新舞臺」演出的時裝新戲脫掉了傳統戲曲的服裝，穿戴時裝，在戲曲舞臺上刮起了時代的旋風。除了服裝上的革新外，劇本題材的不斷拓展也是上海「新舞臺」演出時裝新戲的重要內容。時裝新戲有外國題材的「洋裝戲」、取材於時事新聞的「時事戲」，以及「清裝戲」。上海「新舞臺」是推動時裝新戲的重要力量。此間，他們先後演出了表現富國強兵的、要求推翻清政府黑暗統治的、揭露官場腐敗、反映資產階級民主思想和歌頌革命志士的一大批時裝新戲。

第三，上海「新舞臺」首先引進機關布景。機關布景是中國戲曲舞臺的一種布景形式。以表現離奇景象和迅速變換場景為特徵。多用於偵探、武俠、神怪等劇的演出。在辛亥革命前後，「新舞臺」作為戲曲改良團體，不僅演出過一批反映資產階級民主革命要求的劇目，在劇場建築和舞臺美術上，受中外話劇的影響，還首先採用了幕布、轉檯和寫實布景。這些改革，曾影響全國。

隨著資產階級改良運動的失敗，「新舞臺」喪失了繼續改革戲曲的勇氣，醉心於追逐利潤，演出了一些內容荒誕、情節離奇的壞戲，並把布景「機關」化，藉以招徠觀眾。「新舞臺」的機關布景戲使得上海及其他大城市的戲曲劇場競相模仿，遂使機關布景泛濫一時。機關布景的弊病在於濫用布景特技、排斥表演藝術。從設計思想上來說，機關布景是噱頭主義，只要能賣弄噱頭、爭奪觀眾，任何荒唐、畸形、醜惡的形象都可以在舞臺上出現。這是資本主義商業化所帶來的惡果。總之，上海「新舞臺」的戲曲實踐標誌著戲曲改良運動進入高潮。

但是，由於參與戲曲改良的資產階級文人，一方面他們不懂舞臺，不懂戲曲藝術的「登場之道」，由於救亡圖存心切，僅把戲曲的功能侷限於起宣傳鼓動作用，當作「使民開化」的工具，違背了戲曲藝術規律；另一方面，隨著資產階級改良運動的失敗，改良派的文人們放棄了對於戲曲改良的主張，隨之使那些案頭之作也失去了民主色彩，出現了兇殺、公案、色情和機關布景戲，封建意識和賣弄噱頭以迎合市民心理的演出充斥舞臺，這些都背離了戲曲改良運動的初衷。總之戲曲改良運動隨著資產階級改良運動的失敗最終退出歷史舞臺。

第二節　戲曲改良的成敗與新舊劇論爭及其對當下的啟示

20 世紀初的戲曲改良運動掀起了傳統戲曲現代化、時政化的大幕，自此改革成為 20 世紀戲曲發展的重要關鍵詞。回顧百年前的改良，不難發現，以改良社會為宗旨的戲曲改良運動，因為過於強調與時代、政治的緊密聯繫，忽略了戲曲藝術發展的自身規律，最終走向了失敗。然而即便如此，這次改良還是具有重大的意義，它給中國戲曲後世的發展提供了鮮活的經驗，即戲曲之改革必須自內而外，由「得戲曲三昧」的行家裏手發起；戲曲不可能淪為政治或時代的傳聲筒，審美與娛樂價值永遠是它的內在訴求；傳統戲曲的現代化過程必須從傳統中生發，不可能無視傳統而創造新的所謂現代戲曲形式，那終將失敗或傷害戲曲的本體。戲劇改良運動發生於 20 世紀初期「五四」新文化運動前，與詩界革命、文界革命、小說界革命一樣，都是近代文學改良運動的重要組成部分。20 世紀初葉，戲劇改良運動勃然興起，成為晚清文學革新運動的一個組成部分，並誕生了新的劇種——話劇。1902 年（光緒二十八年）梁啟超在《新民叢報》創刊號上發表傳奇《劫灰夢》，直抒國家興亡感慨，成為戲劇改良之先聲。他又陸續發表了傳奇《新羅馬》《俠情記》，「以中國戲演外國事」，引起強烈的社會反響。1904 年（光緒三十年）中國第一個戲劇雜誌《二十世紀大舞臺》問世，發起人陳去病、汪笑儂等標舉「以改革惡俗，開通民智，提倡民族主義，喚起國家思想為唯一之目的」（《簡章》），柳亞子所撰《發刊詞》，高張「梨園革命軍」大纛，呼籲「建獨立之閣，撞自由之鐘，以演光復舊物推倒虜朝之壯劇、快劇」，揭開了戲劇史上新的一頁。

一、戲曲改良——為社會的改良

（一）戲曲為改良社會之工具

戲曲改良到底是從藝術上改造戲曲，還是使戲曲充當社會變革之工具呢？20 世紀初之中國，「幾有朝不保夕之勢」「於是愛國之士，奔走呼號，鼓吹革命，提倡民主，反對侵略，即在戲曲領域內，亦形成了宏大潮流。」〔註 42〕在五四運動以前的十幾年間，梁啟超、陳獨秀、柳亞子、李良材、蔣智由等先驅一反「視戲曲為末技」之傳統觀念，致力提高戲曲地位。梁啟超、健鶴、陳獨秀、陳去病等先驅們提出戲曲與詩同源的說法，王國維、吳梅、劉師培、姚華等人更進一步，如王國維繼承和發展了焦循「一代有一代之所勝」的觀點，指出：「凡一代有一代之文學：楚之騷，漢之賦，六代之駢語，唐之詩、宋之詞，元之曲，皆所謂一代之文學，而後世莫能繼焉者也。」〔註 43〕

雖然王國維從文學上對戲曲進行了極高評價，吳梅也從曲學上對戲曲給

〔註 42〕阿英編《晚清文學叢鈔：傳奇雜劇卷》，北京：中華書局，1962 年，第 1 頁。
〔註 43〕徐中玉主編《中國近代文學大系・文學理論集 2》，上海：上海書店出版社，1995 年，第 526 頁。

予極大推崇。但對改革先驅而言，優先考慮的依然是社會變革之問題。如清代《論戲劇彈詞之有關地方自治》一文就說到：「事之有害於地方也，莫如戲曲；事之有益於地方也，亦莫如戲曲。……戲曲良，則風俗與之具良；戲曲窺，則風俗與之俱窺；戲曲退步，則風俗與之俱退；戲曲進步，則風俗與之俱進；講治地方，必自風俗始，講治風俗，必自戲劇、彈詞始。」〔註 44〕李良材則充分肯定了戲曲與民心的關係：「不傷財，不勞民，使民日遷善而莫知為之者，捨戲曲末由也。」

（二）改良戲曲的社會政治關切

在改良社會的宗旨下，以《中國白話報》《新民叢報》《二十世紀大舞臺》《中國白話報》為主要陣地，出現了如《捉酸蟲》《打醋缸》《風洞山》《血海花》《安樂窩》《磷骨寒》《新上海》《長樂老》《斷頭臺》《繡像小說》《維新夢》《軒亭冤》《警黃鐘》《六月霜》《懸吞猿》《愛國魂》等一大批作品。「皆激昂慷慨，血淚交流，為民族文學之偉著，亦政治劇曲之豐碑。」〔註 45〕然而這些作品大多是案頭劇，勉強上演，也存在諸多問題：

> 最具典型意義的是傳統戲曲中固定地曲套以變為規則或不規則的自由的唱詞，並明顯地摻雜著二黃等地方戲曲的血液；劇中科白等表演仍是傳統的一套，但有時也會借鑒西方戲劇的某些手法一一如同思想內涵，其藝術審美也呈現出新舊雜陳的『雜燴』式的變革特色。」〔註 46〕

改良戲曲「不過拿些新名詞或取演說的形式，或不管妥與不妥胡亂應用，以取悅一時；不能把真正的思想融會在藝術裏面。這種淺薄的方式，只顯得不調和，不自然，觀眾也極容易厭倦。」〔註 47〕隨著辛亥革命的失敗，戲曲改良所依附的精神力量也轟然倒塌，改良戲曲逐漸銷聲匿跡，戲曲改良失敗了。

〔註 44〕徐中玉主編《中國近代文學大系・文學理論集 2》，上海：上海書店出版社，1995 年，第 588 頁。

〔註 45〕阿英編《晚清戲曲小說目》（新 1 版），上海：古典文學出版社，1957 年，第 2 頁。

〔註 46〕胡星亮《二十世紀中國戲劇思潮》，南京：江蘇文藝出版社，1995 年，第 39 頁。

〔註 47〕胡星亮《二十世紀中國戲劇思潮》，南京：江蘇文藝出版社，1995 年，第 42 頁。

（三）舊劇被全面否定

因為戲曲改良涉及更多的是社會的問題，因此改良在藝術上並未取得成功。「五四」時期，胡適、錢玄同、劉半農、傅斯年等對戲曲進行了全面的否定。但是這種否定歸根結底，對戲曲也是無益的。因為誠如傅斯年所言，「第一，我對於社會上所謂舊戲、新戲，都是門外漢。第二，我對於中國固有的音樂和歌曲，都是門外漢」。〔註48〕因此，他們的否定，更多地是非藝術化的討論。

首先是從「進化論」認為舊劇當廢。傅斯年認為「中國的戲，到了元朝，成了『雜劇』『南戲』的體裁，就停住了，再也不能脫開把戲了」。「中國現在的戲界，不僅沒有進化到純粹的戲劇，並把真正歌曲的境界，也退化出去了」，使人覺得現在的京調「尚且不如死了五百年的元曲」，而正見其「黔驢技窮」。〔註49〕周作人則認為中國舊劇「多含原始的宗教的分子」，還處在「野蠻」的階段。〔註50〕

第二，他們認為舊劇的各方面都存在問題。首先在劇本方面，錢玄同認為是「理想既無，文章又極惡劣不通」，〔註51〕傅斯年也認為「舊戲的人物，不是失之太多，就是失之太少。……文學的妙用，組織的工夫，全無用武之地了……不配第一流文學」。〔註52〕在表演形式方面，劉半農概括為「一人獨唱，二人對唱，二人對打，多人亂打」。「每見一大夥穿髒衣服的，盤著辮子的，打花臉的，裸上體的跳蟲們，擠在臺上打個不止，襯著極喧鬧的鑼鼓，總覺眼花繚亂，頭昏欲暈」。〔註53〕胡適指出：打筋斗、爬槓子、賣弄武把子都是「遺形物」〔註54〕錢玄同也指出：「戲子打臉之離奇，舞臺設備之幼稚，無一足以動人情感」。〔註55〕「美術的戲劇，戲劇的美術，在中國現在，尚且是沒有產生」。〔註56〕再次在內容方面，周作人概括為色情狂、迷信、

〔註48〕張寶明、王中江主編《回眸〈新青年〉·語言文字卷》，鄭州：河南文藝出版社，1998年，第356頁。
〔註49〕傅斯年《戲劇改良各面觀》，《新青年》，第5卷第4號。
〔註50〕周作人《論中國舊戲之應廢》，《新青年》，第5卷第5號。
〔註51〕錢玄同《寄陳獨秀》，《新青年》，第3卷第1號。
〔註52〕傅斯年《戲劇改良各面觀》，《新青年》，第5卷第4號。
〔註53〕錢玄同、劉半農、陳獨秀《通信》，《新青年》，第4卷第6號。
〔註54〕胡適《文學進化觀念與戲劇改良》，《新青年》，第5卷第4號。
〔註55〕錢玄同、劉半農、陳獨秀《通信》，《新青年》，第4卷第6號。
〔註56〕傅斯年《戲劇改良各面觀》，《新青年》，第5卷第4號。

神仙、妖怪、奴隸、強盜、才子佳人、下等諧謔、黑幕等類文學在舞臺上的結晶。〔註57〕因此，傅斯年認為舊劇「全不離物質上的情慾」，「是非人類精神的表現」。簡單地說，中國歷史和社會「這兩件不堪東西的寫照，就是中國的戲劇」〔註58〕。

第三，從民族心態和審美心理而言，「五四」先驅胡適說：「快樂團圓的文字，讀完了，至多不過能使人覺得一種滿意的觀念，決不能叫人有深沉的感動，絕不能引人到徹底的覺悟，絕不能使人其根本上的思量反省……悲劇的觀念，故能發生各種思力深沉，意味深長，感人最烈，發人深省……」〔註59〕兩相比較，「團圓」與悲劇之間優劣盡現。傅斯年也認為：「戲劇做得精緻，可以在看的人心裏，留下深切不能忘的感想。可是結尾出了大團圓，就把這些感想和情緒一筆勾銷。最好的戲劇，是沒結果，其次是不快的結果。這樣不特動人感想，還可以引人批評的興味。」〔註60〕「中國文學最缺乏的是悲劇的觀念。無論是小說，是戲劇，總是一個美滿的團圓。……有這種悲劇的觀念，故能發生各種思力深沉、意味深長、感人最烈、發人猛省的文學。這種觀念乃是醫治我們中國那種說謊作偽、思想淺薄的絕妙聖藥」〔註61〕。對此，王國維從民族性格的角度出發，對這種觀點做出了回應：「吾國人之精神，世間的也，樂天的也。故代表其精神之戲曲小說，無往而不著此樂天之色彩，始於悲者終於歡，始於離者終於合，始於困者終於亨，非是而欲閱者之心，難矣。」〔註62〕王國維還斷定「明以後，傳奇無非喜劇，而元則有悲劇在其中。……其最有悲劇之性質者，則關漢卿之《竇娥冤》，紀君祥之《趙氏孤兒》。劇中雖有惡人交構其間，而其湯蹈火者，仍出於其主人翁之意志，即列於世界大悲劇中，亦無愧色也」。〔註63〕

〔註57〕周作人《人的文學》，《新青年》，第5卷第6號。

〔註58〕傅斯年《再論戲劇改良》，《新青年》，第5卷第5號。

〔註59〕徐中玉主編《中國近代文學大系・文學理論集2》，上海：上海書店出版社，1995年，第649頁。

〔註60〕徐中玉主編《中國近代文學大系・文學理論集2》，上海：上海書店出版社，1995年，第649頁。

〔註61〕張寶明、王中江主編《回眸〈新青年〉・語言文字卷》，鄭州：河南文藝出版社，1998年，第353～354頁。

〔註62〕徐中玉主編《中國近代文學大系・文學理論集2》，上海：上海書店出版社，1995年，第365頁。

〔註63〕王國維《宋元戲曲考・王國維戲曲論文集》，北京：中國戲劇出版社，1984年，第85頁。

20 世紀初的戲曲首次勃興，與民族存亡之下的「戲曲改良」社會推動密切相關。無論是改良劇目的繁盛、時裝新戲的興起、戲曲界的積極響應，還是後來「五四先驅」的否定及「戲曲鬥士」如張厚載的堅守，抑或是從西方歸來的余上沅等人的對舊劇的「理解」，都是建立在時代大背景之下。只有與時代相契合，戲曲藝術才可能走向勃興。但是也應該看到，二十世紀初的「戲曲改良」以及關於「舊戲」的論爭問題，最終都歸於失敗或沉寂，而即便如汪笑儂、潘月樵、梅蘭芳等深諳傳統戲曲之道的藝術家，其戲曲改良實踐也難以為繼。這是戲曲藝術在極大的釋放其社會功用的同時，背離了藝術的規律，雖短期內可能繁盛一時，終將消逝，如梅蘭芳先生的「新戲」實踐，就是一個很值得總結的例子。

（四）行家裏手的改良——汪笑儂與歐陽予倩

汪笑儂是與老生「後三傑」同時期的老生演員，他的唱腔於孫菊仙、汪笑儂、譚鑫培、汪桂芬、劉鴻升之外，另闢蹊徑，於清末民初蜚聲南北，亦稱「汪派」。汪笑儂曾在政治上深受康有為、梁啟超資產階級改良主義的思想影響，對清末的腐敗朝政深惡痛絕。他先後創作了許多出借古諷今、具有鮮明進步傾向的劇作。《罵王朗》《罵安祿山》《罵毛延壽》《罵閻羅》等「罵戲」，在他的創作中是很有名的，這些劇作充分體現了對冥頑昏聵的封建統治者的強烈不滿。而《喜封侯》《將相和》等劇目，則集中地表達了作者對開明政治的渴望和憧憬。戊戌變法在清政府頑固派的無情鎮壓之下失敗了，汪笑儂對譚嗣同赴刑時「我自橫刀向天笑，去留肝膽兩崑崙」的豪情無比敬重，發出了「他自仰天長笑，我卻長歌當哭」的慨歎，隨即編寫上演了四場京劇《黨人碑》，借鞭撻宋代姦佞蔡京、高俅、童貫之流的劣跡，來控訴鎮壓變法維新的反動勢力。1900 年八國聯軍入侵北京，清廷被迫簽訂庚子條約，更使汪笑儂悲痛欲絕。他創作而且演出了六場京劇《哭祖廟》，以三國時期劉禪投降後其子劉諶殺妻斬子又殉國家的故事，抨擊當權者的賣國行徑。劇中的一句臺詞「國破家亡，死了乾淨」，一時竟成了觀眾們議論時局的口頭禪。辛亥革命後袁世凱篡位復辟，他又由崑曲原作改編上演了京劇《博浪錐》，借劇中人張良之口唱出：「我想把專制君一腳踢倒，我想把秦嬴政萬剮千刀，我想把好乾坤重新構造，我想把秦苛政一律勾消。本是我祖國仇理當應報，恨不能學專諸刺殺王僚！」有《耕塵會劇話》一書中形容汪笑儂的演出說：「檀板一響，淒涼幽鬱，茫茫大千，幾無託足之地。出愁暗恨，觸緒紛來，低回咽嗚，慷慨淋漓，將有心人一種深情和盤托出，借他人酒杯澆自己之塊壘。笑儂殆以歌場為痛苦之地也！」

汪派特有劇目大都為他自己創作、改編，有的係由其他劇種移植，《哭祖廟》《刀劈三關》《馬前潑水》《黨人碑》《受禪臺》《博浪椎》《罵閻羅》《桃花扇》《罵王朗》《煤山恨》《分金記》等是他代表作。他演其他傳統劇目也往往進行加工、改造，使之別開生面，新穎而有活力，如《柴桑口》《喜封侯》《八義圖》《失街亭》《逍遙津》《鎮潭州》《四郎探母》等。汪笑儂吸收各家之長，借鑒了孫的豪邁、譚的清雋、汪的雄勁和劉的激越，又採用了徽調、漢調的唱腔、韻味，結合自己的嗓音，創造出一系列獨特的唱腔，使人耳目一新。汪笑儂總的演唱風格是突出個性，聲情並茂。他的唱腔清越激昂，通俗而不庸俗，雖變化多端而不顯生硬勉強，或自高昂處跌宕而下，或於低回處曲折而起，都能傳情、動人。汪笑儂的嗓音窄而高，氣力稍單弱，因此，在唱法上注意控制、運用氣息，突出抑揚、吞吐和收放的對比，用抑、吞、收來反襯揚、吐、放，以造成效果。於唱段收尾時，多在似急流奔瀉的行腔之後，強力頓住、然後用全力一放，使尾腔噴薄而出，格外飽滿。汪笑儂尤善於駕馭超長的唱段，如《哭祖廟》中的大段反二黃共 120 句，最長句達 40 餘字，他並不從頭至尾平均使用力氣，而是將它分為 7 個層次，每個層次中都由弱至強、由低至高，盤旋而上，形成各自的高潮，7 個高潮又依次遞進增強，自然地推上頂峰，造成總體上的慷慨激昂，將劇中人悲憤之情宣洩無餘，給人以一氣呵成的印象。短段唱腔則儘量迂迴委婉，重點唱句也有鮮明的特色，如《刀劈三關》的二六、流水板。汪笑儂善於刻畫人物，表演有書卷氣，能充分體現文人、賢士、書生的氣質，如《馬前潑水》中朱買臣的寒酸，《罵閻羅》中郭胡迪的狂狷，都能不溫不火，恰到妙處。汪笑依能演靠把戲，武打精練而不花梢。可以說，汪笑儂的改良是在寄託社會政治懷抱的同時在戲曲藝術內部加以改良，而其流傳後世的佳作都是在藝術上極為精進的劇作。

1918 年，歐陽予倩發表《予之戲劇改良觀》〔註 64〕，指出「劇本文學」，須「能代表一種社會，或發揮一種理想」，文字上「不必故為艱生；貴能以淺顯之文字，發揮優美之思想。無論其為歌曲，為科白，均以用白話，省去駢儷

〔註 64〕歐陽予倩《歐陽予倩全集》（第五卷），上海：上海文藝出版社，1990 年，第 1～2 頁。

之句為宜。蓋求人之易於領解」。歐陽予倩認為，「中國的二黃戲本從花鼓調起，經過許多混合和變遷而形成的野生藝術，但自乾隆中葉入北京以後，精神就漸漸的改變了。在技術上縱然有些進步，可是在特殊階級支配之下，便一天一天和平民相遠。」「至於二黃戲，歌詞有許多是粗俗荒謬，間或有些好詞，可是往往與全篇不稱。元曲、崑曲都能讀，二黃戲能讀的很少。……就一般而論，二黃戲裏文學的成分是很不充分的。正因為專重歌唱與動作，所以把文詞方面完全忽略了。」因而往往只能淪為「供人消遣的玩藝兒」或「社會教育的工具」〔註 65〕。1929 年 5 月，在廣東主持戲劇研究所、倡導「民眾劇」運動的歐陽予倩發表了《怎樣完成我們的戲劇運動》《民眾劇研究》《戲劇改革之理論與實際》〔註 66〕等系列文章，主張對包括舊戲在內的中國戲劇進行全面的革新，要通過改革，使它成為「民治、民有、民享」的藝術。

歐陽予倩的 1910 年代的舊劇改革實驗還是基本遵照舊劇傳統的，編演了《黛玉葬花》《晴雯補裘》《饅頭庵》《黛玉焚稿》等 9 個紅樓戲，受到了觀眾的普遍歡迎，「一演必然滿座」。〔註 67〕那麼 1920 年代以後則立足於傳統上的革新，主要是借鑒西方成熟戲劇編劇和舞臺經驗，並加以時代的思想力量，「大體在消極方面的態度是：反封建，反奴隸道德，反侵略；積極方面便是要把被壓迫者的反抗精神，人類的正義感，自由平等解放的努力，貫輸在戲劇的血脈裏面。」〔註 68〕形式上也有變化，如《潘金蓮》（1926）在形式上「多少有點話劇加唱的味道」〔註 69〕「採京劇之形式而加以現代劇之分幕」〔註 70〕。又如《荊軻》（1927）中，「寫荊軻刺秦王，為天下除暴，雖說這秦王應該是隱射當時的北洋軍閥，但也可以指蔣介石這個暴君」〔註 71〕。再如《楊貴妃》

〔註 65〕歐陽予倩《歐陽予倩全集》（第四卷），上海：上海文藝出版社，1990 年，第 21 頁。

〔註 66〕歐陽予倩《歐陽予倩全集》（第四卷），上海：上海文藝出版社，1990 年。

〔註 67〕歐陽予倩《歐陽予倩全集》（第六卷），上海：上海文藝出版社，1990 年，第 67 頁。

〔註 68〕歐陽予倩《歐陽予倩全集》（第六卷），上海：上海文藝出版社，1990 年，第 313～314 頁。

〔註 69〕歐陽予倩《歐陽予倩全集》（第六卷），上海：上海文藝出版社，1990 年，第 316 頁。

〔註 70〕田漢著、董健等編《田漢全集 第 15 卷 文論》，石家莊：花山文藝出版社，2000 年，第 118 頁。

〔註 71〕歐陽予倩著、《歐陽予倩文集》編輯委員會編《歐陽予倩文集》，北京：中國戲劇出版社，1980 年。

（1929），從結構上看「近於小歌劇」〔註 72〕。1930～40 年代，歐陽予倩在編劇技巧方面趨於穩定，同時由於國內階級鬥爭的白熱化和神聖抗戰的爆發，他的創作在主題方面也明顯地更切近時代的要求，如《漁夫恨》（1934）「根據《打漁殺家》改編，加強了階級仇恨的描寫」；《桃花扇》（1937）、《梁紅玉》（1938）、《木蘭從軍》（1942）等「都是為抗戰作宣傳」〔註 73〕。在表演方面，則有話劇的傾向。1937 年冬，歐陽予倩和金素琴、金素雯姐妹組成的中華京劇團，在上海卡爾登劇院演出京劇《桃花扇》。飾演鄭妥娘的金素雯嘗試「把現代戲劇諸如話劇、電影的表演元素，揉進了傳統的京劇表演程式」，取得了極好的演出效果，當時有評論曰：「二小姐之妥娘，妙到毫巔。於此人身上，愚方感覺『改良平劇』四字之真正含義。蓋二小姐之念、之笑，完全話劇韻味，冶新舊於一爐，其做表實已跳出舊劇窠臼矣。」〔註 74〕這「話劇韻味」實則是給程式表演以內心體驗的基礎。導演方面，據歐陽山尊回憶，1933 年，歐陽予倩從國外考察回來，關於導演有一系列想法：「他計劃和梅蘭芳先生合作，用新形式上演京劇《打漁殺家》，他告訴我，演出時不用『守舊』，而用天幕和邊沿幕，燈光不是打得一片亮，而是用聚光燈和彩色光打出氣氛，他要我來具體考慮這些問題。另外，他還有一個設想，就是用大套琵琶來代替鑼鼓，他認為琵琶的指法豐富多彩，可以彈出各種鑼鼓點的節奏，而且更具備『樂音』與『和聲』的優點。」〔註 75〕這已經類似於歌劇了，但仍然是源自戲曲的，是在傳統中生發出來的新的藝術形式。

二、一個戲曲改良個案的美學分析——梅蘭芳的「新戲」

梅蘭芳主要排演過五個時裝戲，即《宦海潮》《鄧霞姑》《一縷麻》《孽海波瀾》《童女斬蛇》。但是這些戲的排演在梅蘭芳看來，教育的因子明顯大於其藝術的追求。梅蘭芳說：「時裝戲能夠描寫現實題材，但是舊社會裏的形形色色，可以描寫的地方很多，一齣戲裏是包括不盡的。每一齣戲只能針

〔註 72〕歐陽予倩《歐陽予倩全集》（第六卷），上海：上海文藝出版社，1990 年，第 274 頁。

〔註 73〕歐陽予倩《歐陽予倩全集》（第六卷），上海：上海文藝出版社，1990 年，第 279 頁。

〔註 74〕胡思華《大人家》，上海：上海人民出版社，2007 年，第 33 頁。

〔註 75〕南通市文聯戲劇資料整理組整理《京劇改革的先驅》，南京：江蘇人民出版社，1982 年，第 6 頁。

對著社會某些方面的黑暗，加以揭露。我在民國三年演的《孽海波瀾》，是暴露娼僚的黑暗和妓女的受壓迫。民國四年排的《宦海潮》，是反映官場的陰謀險詐、人面獸心。《鄧霞姑》是敘述舊社會裏的女子為了婚姻問題，跟惡勢力作艱苦的鬥爭的故事。《一縷麻》是說明盲目式的婚姻，必定有它的悲慘後果。這都是當時編演者的用意。」「到了 1918 年春天，我演出《童女斬蛇》，用意是為了破除迷信。」〔註 76〕

（一）梅蘭芳對新戲的清醒認識

對於這些時裝新戲的演出效果，梅蘭芳非常清醒：「（一）新戲是拿當地的實事做背景，劇情曲折，觀眾容易明白。（二）一般老觀眾聽慣我的老戲，忽然看我時裝打扮，耳目為之一新，多少帶有好奇的成分的。並不能因為戲館子上座，就可以把這個初步的試驗，認為是我成功的作品。」〔註 77〕為什麼這麼說呢？因為時裝戲在「身段方面，一切動作完全寫實。那些抖袖、整鬢的老玩藝，全都使不上了。」〔註 78〕上世紀 50 年代初，梅蘭芳對此進行過深入思考，他說「時裝戲表演的是現代故事。演員在臺上的動作，應該儘量接近我們日常生活裏的形態，這就不可能像歌舞劇那樣處處把它舞蹈化了。在這個條件之下，京戲演員從小練成的功和經常在臺上用的那些舞蹈動作，全都學非所用，大有『英雄無用武之地』之勢。有些演員，正需要對傳統的演技，作更深的鑽研鍛鍊，可以說還沒有到達成熟的時期，偶然陪我表演幾次《鄧霞姑》和《一縷麻》，就要他們演得深刻，事實上的確是相當困難的。我後來不多排時裝戲，這也是其中原因之一。」〔註 79〕一些地方劇種在「形式上更適宜於表現現代生活」，但他卻明確地告誡我們，大劇種，尤其是積澱深厚的劇種「長於此，絀於彼」，應該「保持自己的特點」。〔註 80〕尤其是如崑曲等古老劇種。齊如山曾在《與陝西易俗社同人書》中說：「欲藝術精美，

〔註 76〕楊紹武等編《梅蘭芳全集》（第一卷），石家莊：河北教育出版社，2001 年，第 265、544 頁。

〔註 77〕楊紹武等編《梅蘭芳全集》（第一卷），石家莊：河北教育出版社，2001 年，第 213 頁。

〔註 78〕楊紹武等編《梅蘭芳全集》（第一卷），石家莊：河北教育出版社，2001 年，第 211 頁。

〔註 79〕楊紹武等編《梅蘭芳全集》（第一卷），石家莊：河北教育出版社，2001 年，第 276 頁。

〔註 80〕楊紹武等編《梅蘭芳全集》（第一卷），石家莊：河北教育出版社，2001 年，第 565 頁。

則須先練舊戲也。因永排新戲，則各腳之神情、身段必皆模糊而不堅實。倘排新戲太多，更必把舊規全失，而國劇亦隨之破產矣。因國劇之規定皆係用美術化方式表現，非將各種方式練的確有根柢者則表演時不能美觀；率爾操觚，必不值方家一哂也。」〔註 81〕尤其值得一提的是，梅蘭芳在《鄧霞姑》演出中，在劇中唱了一段《宇宙鋒》的唱段，「唱幾句宇宙鋒，雖調門不高，而曲盡其妙，唱至『搖搖擺擺』一句，楊柳腰肢，一唱一舞，娉娉婷婷，好看極矣。」〔註 82〕在此，梅蘭芳意識到，新戲的唱腔，比如《鄧霞姑》採用一點《宇宙鋒》的精華，唱一段反二黃都是比較容易辦的，但「做的部分，就費事了。時裝戲的動作和說話，都不宜太慢，太慢了就顯得過於做作。我們常用的抖袖、整鬢、提鞋等身段，又全使不上來，只好揀一些可用的身段，加以新的組織，才能配合這種新的舞臺環境。為了表演這場時裝戲的裝瘋，我當時倒真是下了一番苦工。今天回想起來，距離我們的理想，還差得很遠呢。」〔註 83〕此外，「時裝新戲」還存在「念多唱少」或話多唱少的問題，因此常有冷場。

（二）梅蘭芳新戲悄然向傳統靠攏

然而，不可否認，提倡「新戲」為二十世紀初的戲曲勃興注入了強勁的動力，這種動力的源泉一則是加入民族大義的思想成分，為戲曲開闢了更大舞臺，為戲曲勃興營造了關乎國家民族存亡的聲勢；再則其中蘊含的新的藝術變革精神，客觀上推動了戲曲藝術走向光明的未來。梅蘭芳最初被觀眾投票推舉為「五大名伶」之一，也是因為演「新劇」。1927 年 6 月 20 日《順天時報》在第五版刊出告示：「為鼓吹新劇，獎勵藝員，現舉行徵集五大名伶新劇奪魁投票活動。」一個月後，梅蘭芳、程硯秋、尚小雲、荀慧生和徐碧雲分別以《太真外傳》《紅拂傳》《摩登伽女》《丹青引》和《綠珠》獲得最佳新劇劇目推舉。但這裡所說的「新劇」與梅蘭芳民國初年所編演的五個「新戲」不同，《太真外傳》是他 1919 年從日本演出回來以後編演的，它已與民國初年所編演的「話多唱少」的「新戲」有了本質的區別。梅蘭芳自 1919 年第一次到日本演出提出要「編演新戲」，直到 1927 年因演「新劇」而被評選為

〔註 81〕齊如山《齊如山文存》，瀋陽：遼寧教育出版社，2010 年，第 26 頁。
〔註 82〕張聊公《聽歌想影錄》（單行本），天津：天津書局，1941 年，第 51 頁。
〔註 83〕楊紹武等編《梅蘭芳全集》（第一卷），石家莊：河北教育出版社，2001 年，第 268 頁。

「五大名伶」之一，這8年間其實他只編演了三齣「新戲」，一齣是1920年3月編演了應節令的《上元夫人》，一齣是1923年10月編演了《洛神》，一齣是1925年夏編演了《太真外傳》頭本（秋又編演了第二本，1926年12月又續編演了第三、四本）。這三齣戲的共同特徵都是新編古裝戲，都注重舞蹈、聲腔的編創。《大光明》曾從聲調、容貌和技藝三方面評價《上元夫人》「聲色藝之佳可稱三絕」。1923年春，梅蘭芳演出的《上元夫人》中的「拂塵舞」還被美國一家電影公司拍成無聲黑白電影。

（三）梅蘭芳新戲的啟示

梅蘭芳的「新戲」實踐表明，只有尊重戲曲傳統，發揮戲曲藝術優長，才能創造出好的作品。這一點在易俗社的《甄別舊戲草》中也得到了鮮明的反映。《甄別舊戲草》指出可去之戲為「誨淫、無理、怪異、無意識、不足為訓、歷史不實。」其中「無理」條就指出「淺陋之夫所意造」會使「人民智識蔽」。而改良過程中出現的很多劇作，就是這種「無理」之作，為了宣傳口號，不顧理之有無。「怪異」條指出，並非所有鬼神都不能演，原初「尤有醇樸之風」，因此可「補法律所不及」。「今人心漸離，往往假之作奸犯科。」也就是「醇樸之風」的「怪異」仍然是有益的，這也是很多「鬼神戲」深得民間歡迎的原因，而一旦這種題材與人民相左，就必然要去之。此外，「無意識」強調戲要「奇」，不應與「歷史不符」。所有這些都強調尊重人民，尊重藝術的真實和本質，不可因為個人的私欲或者其他原因隨意改削藝術。《甄別舊戲草》同時指出可改者三類：善本流傳失真者、落常套者、意本可取者。這就說明，戲曲的發展是允許不斷提高，也需要不斷從舊有題材中大理開掘的。建國後的戲曲改編整理正是對「舊」的梳理和發現。而「可取之戲」則有四類「激發天良、灌輸知識、武打之可取者、諧謔之可取者」。說明了「寓教於樂」，尊重民間趣味的重要性。應該說，第一次勃興源於改良，而又止於改良，而易俗社的改良宗旨則成為這次勃興中的最大財富之一，值得後世借鑒。20世紀初的戲曲改良具有重要的意義，它第一次讓人們知道戲曲也能夠反映時代變幻，反映社會鬥爭的現實，鼓舞人民的鬥志。此外，戲曲可以以現代的形式，穿上現代的服裝進行演出，可以利用現代化的舞臺和聲光電氣。但是，改良者恰恰忽視了戲曲藝術傳統中最精華的風情、鬧熱、奇趣等核心要素，忽視了傳統戲曲一整套的藝術語言的完整藝術審美效果。所有這些本質往往不需要現代化的聲光電氣也能夠得到精準的表現，往往不需要宏大的題材也能達到極高的藝術水平。應該是戲曲改良的諸多戰將，很多是不大懂得戲曲藝術的真諦的，當然也有汪笑儂、歐陽予倩這樣的大家，但一方面他們也受時代洪流的影響，一方面聲音較小，無法對抗時代的洪流，因而無法引領改良的方向。而梅蘭芳先生的藝術實踐恰恰證明，真正的戲曲藝術總是能夠找到應循之路，梅先生的時裝新戲便是一個證明。戲曲改良的失敗讓我們至少明白必須尊重藝術傳統，必須尊重藝術的內行，必須將藝術與時政拉到一個恰當的距離，否則，即便初衷再好，也對戲曲藝術的發展毫無裨益。

第三節　新潮演劇與二十世紀戲曲生態重構及其嬗變

新潮演劇是一個較新的概念，其內涵包括清末民初的改良戲曲、文明新戲、以及學生演劇等一切新的戲劇演出形式。但是，這種概括一方面誇大了新潮演劇內部諸多形式的同質性，企圖以共同的精神內涵和美學本質去歸納、釐清；另一方面，過分標舉了諸多演劇形式的區別。新潮演劇諸形式其實是在特定戲劇生態場域結構中的有機組成，其歷史價值和美學意義，必須從二十世紀戲曲生態重構與嬗變全局予以把握。新潮演劇概念的提出是隨著清末民初演劇史的不斷深入而漸次完成的，這一概念，企圖為清末民初紛繁鬧熱的演劇活動提供一個高度的歸納與概括。新潮成為這種概括話語的核心關鍵詞，無論是改良戲曲、還是文明新戲，抑或是業餘演劇（包括學生演劇和下海票友及社會人士演劇），都顯得十分新潮，尤其是在特定的歷史條件下，演劇中穿插的非傳統表現手法，如演說和活報；採用的新式的演劇手段，機關布景和聲光電氣等等；不同於傳統的非伶人演出，如大學劇社和社會劇社的興起等等……所有這些，都是傳統演劇形態中所沒有的。但是，以新潮演劇對如此紛繁鬧熱的演劇進行歸納是需要謹慎的。因為這些演劇形式的統一性和同質性在審美意義和思想價值這兩方面而言都是非常有限的，甚至是彼此斷裂的，如早期文明新戲和改良戲曲之間，其審美本質各異，其思想蘊含一為啟蒙（也不是所有文明新戲都涉及這一深刻的思想主題，有的僅為戲劇的藝術和遊戲），一為救亡圖存（不少改良戲曲甚至連救亡圖存的意義也不存在，只在於勸人戒煙，勸人戒賭，勸人為善等等，其思想並未出傳統戲曲範疇）。這種複雜性和豐富性，在新潮演劇的框架下極易被模糊和消解。其實，對晚清民初這一特定歷史時期的新潮演劇進行歸納，完全可以借助戲曲生態體系建構分層理論，將諸多演劇形式代入晚清民初戲曲生態構成，從而洞悉新潮演劇真正的藝術價值和歷史意義，那就是開啟二十世紀初戲曲生態重構格局，引領二十世紀戲曲生態的發展路向。

一、新潮演劇的研究實績與小小遺憾

2009 年底，由中國華南師範大學文學院、日本早稻田大學演劇博物館聯合主辦的「清末民初新潮演劇」國際學術研討會在廣州成功舉行。來自中國、日本、韓國、新加坡的四十多位學者圍繞清末民初的「文明新戲」「改良戲曲」「學生演劇」等種種現象進行了深入探討。其中，關於「清末民初新潮演劇」的概念為學界首次提出。〔註 84〕近年來，新潮演劇的研究領域主要涵蓋了清末戲曲改良與演員社會地位、現代戲劇、中國現代劇場、「演說」、戲劇報刊、中國戲劇現代化、海外觀劇、新派劇與文明戲、早期話劇、外來影響與近代戲曲的舞臺藝術、學生戲劇、20 世紀中國戲曲改革、「時裝新戲」等方面。〔註 85〕

新潮演劇的研究最早立足於改良戲劇。在清末民初內憂外患的格局下，具有愛國思想的知識分子，認識到國家民族的危機。他們認為戲劇是具有廣泛群眾性的文藝樣式，因而倡導了一場戲劇改良運動。清末民初中國戲劇舞臺上的演劇活動形式多樣，我們將其統稱為「新潮演劇」。「新潮演劇」在題材和內容方面很大程度上來源於歷史記憶。其對歷史記憶資源的利用大致可歸為以下三方面。「第一是中國古代的歷史記憶；第二是對清末到近代重要歷史事件，乃至剛發生不久的『時事』的回顧；第三是對外國歷史事件的追憶或借鑿。『新潮演劇』誕生後，尤其為中下層民眾所接受，對於革命啟蒙起到了巨大的推動作用。但辛亥革命失敗後，新潮演劇不可避免地向著商業化、庸俗化發展，並逐漸走向衰落。」〔註 86〕

在改良戲劇這一核心關照下，新潮演劇論者首先關注的是這種演劇的具體形式和新潮之處。如「演說」問題，如袁國興就認為「戲中有演說」是清末

〔註 84〕袁國興、飯冢容、黃愛華、康保成、鄒元江、朱棟霖《清末民初的新潮演劇（筆談）》，《戲劇藝術》，2010 年第 3 期，第 4～17 頁。

〔註 85〕袁國興《清末民初新潮演劇研究》，《廣東教育》，2011 年第 2 期。

〔註 86〕徐達《清末民初新潮演劇中的歷史記憶與革命啟蒙》，北京：首都師範大學，2012 年。

民初新潮演劇的一個普遍現象，它主要通過情節演說、主題演說和角色演說得以實現。國外戲劇樣式的誤讀對這一現象的產生有重要影響，但起決定作用的還在於傳統中國戲曲文類和戲劇意識本身。他進一步說：

> 從「戲中有演說」現象可以反窺和證明：新潮演劇在中國現代戲劇發展史上是一個獨立的特殊階段；新潮演劇在戲劇文類抉擇上體現出的「新舊並舉」企圖並沒有實現；現代戲曲和話劇都曾經歷過新潮演劇的洗禮，都是中國現代戲劇場域的必要組成部分。〔註 87〕

也就是說，這使得傳統戲曲與話劇的文體結合成為一種可能，然而這種可能性的論斷，是以忽視傳統戲曲演劇的藝術生態構成為前提的，因此，這種可能性本身是一個偽命題，因此也是不可能實現的，這在二十世紀以後的戲曲生態演進過程中得到了印證。其實，袁教授沒有意識到在傳統戲曲生態格局中，母體文化生態主要控著戲曲生態演進，母體文化生態包括中華民族的審美文化及這種文化在戲曲演劇中的高度凝聚，母體文化是不會隨著外部歷史條件的變化而發生顯性突變的；但是戲曲生態本身又具有極強的沿革性，這種生態沿革的發生，就在於戲曲生態的特定觀演場域。也就是說，戲曲生態嬗變的核心動力不是從根本上的本體移易，而是通過觀演選擇而形成的自然進化。這種變化是無時不在發生，但同時又是一個潛移默化的過程。正是忽視了這一生態遞進要素，近年來的新潮演劇論者，往往將新潮演劇的某些創新之處直接等同於傳統演劇，並與傳統演劇並列，這自然會造成困惑和不解。不僅對於改良戲曲是如此，對於外來演劇，這種生態遞進規律也無法變更，這就是為什麼西方文明新戲的藝術追求在中國行走的格外艱難的緣故，也是為什麼文明新戲以後，話劇藝術者必須開啟所謂的「國劇運動」(余上沅等)和民族化探索道路(歐陽予倩、田漢到後來的焦菊隱、黃佐臨等)。這種影響是由內而外的，而不是由外而內，就如著名的新潮演劇論者黃教授所言：

> 春柳派戲劇是文明新戲的先行者和王牌軍，其戲劇審美追求和對外來演劇模式的自覺借鑒，使它成為當時劇壇站在最前沿的頗有先鋒意義的演劇流派。悲劇情感、悲劇情境的強化，日本新派劇情

〔註 87〕袁國興《清末民初新潮演劇中的「演說」問題》，《學術研究》，2010 年第 3 期。

> 調和悲劇模式，濃厚的浪漫主義和沉鬱婉約的悲劇美等，構成其悲劇審美的獨特追求。把春柳派戲劇放在清末民初新潮演劇的背景中考察，更能清晰地看到外來演劇模式對中國戲劇變革的影響及其決定性意義。〔註88〕

很顯然，黃教授對於西方悲劇的藝術審美價值是非常認同的，但是需要注意的是黃教授所提出的「浪漫主義和沉鬱婉約的悲劇美」在傳統演劇中是非常罕見的，因為誠如王國維先生所言，中國戲劇是「樂天的也」。雖然，我們也有《竇娥冤》《玉堂春》這樣的悲劇，前者是文本意義上的，後者是演劇意義上的，但都與日本新派劇情調相去甚遠，因此，斷言這種外來藝術品格對中國戲劇變革的決定性意義是很值得商榷的，因為這違背了戲曲生態嬗變的基本規律。

既然從審美形式而言，新潮演劇乃是戲曲生態演進的末端和結果，而不是主因和動力，那麼新潮演劇的形成又是從何說起呢。尤其是新潮演劇的思想內涵，又是如何從戲曲生態的演進中不斷深入而勃發的呢？其實在戲曲生態結構中，除了母體生態圈層和本體生態核心圈層而外，還存在一個外部生態圈層。如前文所述，母體生態圈層規定的是戲曲審美本質和文化凝聚，是根本意義上的戲曲生態演進的原動力；本體生態規定的是戲曲藝術的審美形式和展演方式，是戲曲生態演進的內在驅動力，因此也是戲曲藝術的本體；外部生態圈層，則是戲曲生態與外在條件發生聯繫和碰撞的場域，這一場域的核心是觀演場域，也可以說是演劇場域。觀者的思想狀態必然反過來影響演者的思維邏輯，而觀者的思想又源於更大的歷史推動和時代格局。在清末民初，最大的歷史格局就是救亡圖存和現代啟蒙。

> 清末民初的中國劇壇，以「新潮演劇」為標誌，開啟了中國戲劇現代化的歷程。「新潮演劇」不僅蘊涵著中國現代戲劇發展中的各種文化矛盾，而且以此為起點，顯示了中國戲劇審美現代性的確立。從而，在藝術精神上，表現出傳統教化意識轉化為現代形態的啟蒙訴求；審美形態上，形成了話劇與戲曲的二元對應。從而，以清末民初「新潮演劇」為開端，在中西之間、傳統與現代之間以及審美與功用之間體現出一種明顯的矛盾張力結構，影響和制約著現代中

〔註88〕黃愛華《春柳派的悲劇審美追求及外來影響》，《杭州師範大學學報（社會科學版）》，2010年第2期。

國戲劇的歷史走向與邏輯進程。〔註89〕

在上述論斷中，明確了現代啟蒙訴求對中國戲劇歷史走向的影響和制約，提出了現代啟蒙訴求過程中，中國戲劇審美的話劇與戲曲的二元對立。這種觀點，代表了以董健先生為核心的現代戲劇論學術群的基本看法。學界對於現代化的問題早有不同意見，而在這裡，施先生忽略的依然是，中國戲曲生態格局的演進規律，那就是傳統的教化意識恰恰是戲曲母體生態中的文化凝結，而現代訴求是非母體的文化，必須通過觀演場域的時代累積進入本體藝術範疇，即形成與現代訴求為核心的演劇形式，在這種演劇形式的倒推下，進入母體文化圈層，佔據一席之地。非常遺憾的是，直到新時期以後，現代化和啟蒙依然未能成為中國戲曲生態母體圈層的組成，因為以這一思想和審美意識為指導的成功演劇並不多見。

綜上，新潮演劇的研究是游離於中國戲曲生態演進格局以外的，因此雖然取得了很多實績，但仍然留下一絲小小的遺憾。

二、新潮演劇與二十世紀戲曲生態格局

清末民初的中國劇壇，西方文化與西方戲劇樣式引入，以梁啟超為起點的現代工具主義與以王國維發端的現代審美主義給國人以較大影響。在這一影響下，戲曲生態的外部圈層，即觀演場域發生了對於崑曲、皮黃等舊有的演出以外的訴求。從而在 19 世紀末至 20 世紀 20 年代中後期，「戲曲改良」、學生演劇，到 1907 年之後春柳社、春陽社、進化團及「南開新劇團」等一系列的「文明新戲」的演出，共同構成了二十世紀初中國戲曲生態重構與嬗變的雛形——「新潮演劇」。然而這種雛形並未最終成形，乃是因為，這種生發並不是完全源於中國戲曲生態演進的內在驅動，這種自外而內的影響和沿革，由於沒有尊重中國戲曲生態內部母體和本體的本質慣性，因而最終歸於沈寂。（也有少數成功，如陝西易俗社，後文將會再述）。戲曲改良、「文明新戲」之後的「國劇運動」「話劇」前者提倡愛美劇，後者倡導西方戲劇審美，都與傳統戲曲生態作了一定的釐清，才獲得了相對的發展。但由於中國戲曲生態審美文化本質凝聚的沉積，話劇演劇也無法完全擺脫這一沉積的影響，因為從本質而言，話劇作為中國戲劇的構成，也必須歸屬到中國大戲劇生態構成，

〔註89〕施旭升《「新潮演劇」：中國戲劇現代化的邏輯起點》，《廣東社會科學》，2010 年第 4 期。

而這一構成的內核母體文化圈層與傳統戲曲是同質的且難以移易的，指向的是相對統一的觀者。〔註 90〕因此，所謂新潮演劇，並沒有形成本質的審美屬性，而是從外在形態上標新立異而已。以閩劇為例：

> 民國時期是閩劇藝術大變革的時期。受當時席捲全國的戲曲改良浪潮影響，城市中相繼建立了新型的現代劇場，改變了傳統舞臺演出格局，新潮演劇競相展現。閩劇舞臺藝術也進行了全面的變革，尤其在景物造型方面，其變革的步伐邁得更快，一改傳統舞臺中性化裝置為西式寫實布景的介入，所創造的畫幕布景與機關布景，在全省乃至全國戲曲界皆屬走在前列，並名揚全國各地及海外東南亞一帶。〔註 91〕

而一旦觸及戲曲生態的母體和本體，新潮演劇就必須格外小心，以「唱」為例。「唱」，作為中國戲曲的主要舞臺手段和呈現方式，在新潮演劇當中首當其衝成為革新的對象。「廢唱」曾經成為「新劇」形態發生的重要標誌之一。或者說，「唱」之存廢不僅隱含著新舊戲劇觀念的尖銳對立，而且成為中國現代戲劇形成與發展的重要基因。從而，新潮演劇一方面是在趨新求變中輕「唱」重「白」，另一方面又不可避免地受到「唱」戲的傳統的制約，表現出一種混雜型的演劇形態。並由此而對於後來中國戲劇的形態演變及發展路向都產生了決定性的影響。〔註 92〕此外，清末民初新潮演劇對古今中外不同文化、文學、戲劇現象的「誤讀」和錯位性理解，曾大面積發生，此即袁國興教授所言的「跨界現象」〔註 93〕。這便是新潮演劇游離於中國戲曲生態母體和本體的結果，也即無根的結果。

雖然新潮演劇並未成形為新的戲曲生態結構，但是新潮演劇為後世戲曲生態的繁盛提供了一定的鋪墊，其中最重要的就是舞臺技術。

〔註 90〕有一種可能，話劇可以相對獨立形成自己的生態圈層，即話劇形成自己獨特的觀演場域和審美本質，在這一場域的觀者，已經完全擺脫了戲曲審美範式的束縛，而其實這只是一個理想的場域而已，因為，一個民族的審美心理沉積是潛在而持久的，即便是新時期以後先鋒戲劇和小劇場的觀者，也很難說已經完全走出了傳統民族審美的心理沉積。

〔註 91〕劉閩生《民國時期閩劇舞臺景物造型的變革》，《福建藝術》，2014 年第 3 期。

〔註 92〕施旭升《「唱」與 20 世紀中國戲劇發展之路》，《廣東社會科學》，2014 年第 4 期。

〔註 93〕袁國興《清末民初新潮演劇中的「跨界現象」》，《北方論叢》，2014 年第 4 期。

> 清末民初新潮演劇的興盛，除了世紀交替時期的社會時代原因和中國戲劇從古典形態向現代形態轉型的自身需要之外，還得力於一批新式劇場的出現。笑舞臺作為文明新戲運動後期出現的以專演新劇著稱的劇場，為後期文明戲的生存發展作了最後的堅守，為清末民初新潮演劇的繁榮作出了積極貢獻。同時它也見證了後期文明戲由盛至衰的整個全過程，從它的變遷和演劇活動，可以折射出後期文明戲的發展演變和生存狀況。從第一手資料入手作歷史的考察，可以從模糊的歷史鏡象中還原一個較為真實的笑舞臺。〔註 94〕

此外，在談及新潮演劇時，常常為學界忽略的是蘇區演劇。活報劇是 20 世紀初期興起的一種具有先鋒色彩的新型現代演劇形式，借由蘇維埃革命通道大規模湧入中國鄉村革命根據地，成為蘇區戲劇舞臺上最重要的演出形式和革命者建構「工農大眾藝術」最現實的歷史樣本。在蘇維埃革命歷史空間裏，活報劇是革命宣傳戰線的「輕騎兵」，演出形式靈活，不拘一格，既天然地帶有蘇俄及左翼戲劇舞臺的「新潮」和「前衛」特徵，又不可避免地承襲了某些鄉村民間藝術的「原始」精神，表現出獨特的歷史個性。活報劇的興起是蘇區群眾性戲劇運動走向深入的產物，折射出蘇區紅色戲劇運動複雜的現代性面相〔註 95〕。而更為重要的是，蘇區的民眾審美在經歷了若干次紅色風暴後，與傳統戲曲生態母體是較為游離的（但遠未斷裂），而紅色蘇區文化由填補了這一游離狀態帶來的生態母體真空，從而為紅色戲劇生態構建提供了可能。遺憾的是，這種建構的可能性並沒有受到相應的重視，而隨著戲劇為宣傳的功利性目的的急迫提出，最終還是回歸到傳統戲曲生態母體，以秧歌劇，改良京劇等形式調和紅色戲劇生態與傳統戲曲生態的隔膜。而這種調和，恰恰是二十世紀上半葉，最成功的戲曲生態嬗變先例之一。

三、重構的可能性與嬗變方向

戲曲藝術發展至清代中後期，其文學價值漸趨枯萎，而其表演美學卻日漸輝煌，至京劇誕生並確立劇壇盟主之地位，戲曲以表演為中心之審美形態固定下來。隨著清廷之瓦解，尤其是在「五四」新文化運動與國家危難的雙

〔註 94〕黄愛華《上海笑舞臺的變遷及演劇活動考論》，《南京大學學報（哲學・人文科學・社會科學版）》，2011 年第 6 期。

〔註 95〕劉文輝《活報劇在蘇區：歷史與形態》，《戲劇（中央戲劇學院學報）》，2015 年第 1 期。

重背景下，戲曲作為消閒的藝術，已經不能滿足時代之需求。戲曲改良啟幕，發起者恰為新文體之倡導者，這些先驅借助演說、報章等新文體，為戲曲改良提供理論支撐。戲曲改良之「新劇」，事實上已經成為「五四」新文學之發端，甚至早於小說、詩歌等文學形式。這一點，常常被學界所忽視。改良新劇無法在新文學之林立足之原因，在於以新文學、新思想改良戲曲之努力，違背了戲曲生態演進之規律，忽視了對母體文化生態的吸收，也忽視了戲曲藝術本體的鍛造和歷練，造就的新劇無本體藝術品格（表演粗糙，劇本乾癟），無母體文化支撐（老百姓不愛看或看不懂）。

戲曲生態包含三個層面，核心層面為戲曲本體生態，或曰內部生態，包括創作、觀演、批評。近代戲曲是以表演為中心的藝術，因此戲曲本體以觀演為中心。然創作是觀演的前提，而觀演在消遣娛樂的同時需要追求藝術的合理與真諦，故而催生了批評，批評返回去影響創作。第二個層面為戲曲外部生態，即影響戲曲藝術發展的一切外部要素的生態圈層或系統。外部生態由近而疏，包括戲曲經營、戲曲文化、戲曲民俗等泛戲曲生態層，以及相應的社會、經濟、政治生態狀況。戲曲生態的第三個方面，常常被忽視，那就是母體生態體系，包括孕育戲曲藝術成長成熟的民族民間素樸文化與人倫因子，如民族民間的樂天精神、善惡觀念、喜好習俗，也包括內在的人生、哲學、世界觀等方面的思考和積澱。二十世紀新文學與戲曲生態的接軌，常常忽視了這個母體，比如對某些所謂壞戲的禁止，忽略的恰是民間的審美趣味的質樸性和原初性。

戲曲藝術的發展，既要保證內部外部生態的協調發展，也需要不斷地向母體生態回望，甚至要不斷豐富母體生態的內涵，把具有時代性的人的訴求，加入母體生態範疇。戲曲批評在戲曲生態建構過程中，應該擴大視野，在三個層面上予以整體關照，形成一個體系化、理論化的批評語系，這個語系，就是戲曲生態學建構的前提。

由於戲曲藝術屬小道末技，一直以來，關於戲曲之史料大都留存於「筆記」文體中。清代筆記空前繁盛，尤其是晚清以降，文人筆記的種類繁多，記錄範圍廣闊，其中大量筆記記錄了戲曲的審美規律和近代嬗變，如《清稗類鈔》《嘯亭雜錄》等。晚清，報章出現，報章文體作為新文體有更大的自由度和發揮空間，其中隨著市民文化的發達，扎根於都市的報章有大量篇幅記錄都市演藝，如《申報》等。中國戲曲向缺理論，非真少理論，而是傳統劇論或高深玄奧，或隨意指謫，或比附譬喻，缺乏一套理論語系。近代筆記報章之品評（如《北洋畫報》之「戲劇專刊」，又如《立言畫刊》等）所對為相對固定之觀眾，其論劇語言相對統一，漸次構成一套理論語系。這套語系在以後新文學對戲曲的融入過程中，不斷成為戲曲保持其獨立性的基礎性話語。

第四節　從啟蒙者「論戲曲」到「甄別舊戲」

二十世紀是中國戲曲生態格局變易最為劇烈的百年，也是戲曲審美由古及今的重要嬗變時期。明清雅化文人趣味、城市表演與色藝崇拜、鄉土民俗與社火狂熱漸次退潮，取而代之的是啟蒙者的新思想，再是新思想在戲曲生態的不自洽，最後又歸於都市消閒與鄉土鬧熱與風情、奇趣。建國之後，改革與甄別，依然伴隨著戲曲生態與審美的兩翼，螺旋交替發展。而戲曲生態本體格局內部的體系規律，卻依舊被忽視，終至二十世紀末戲曲生態的困境與審美內涵的急劇萎縮。而從戲曲生態的角度從新關照過去一個世紀的戲曲命運，將會得出一個更切合中國戲曲與民族文化客觀現實的新結論。

二十世紀初，伴隨著五四新文化運動，一批啟蒙者開始關注文化上的改良與啟蒙，戲曲藝術納入改良視域。其中陳獨秀《論戲曲》提綱挈領：「戲曲雖為有益，然現演者之中，亦有不盡善處」「不善者宜改弦而更張之」；他指出：一、宜多編有益風化之戲；二、採用新法；三、不可演神仙鬼怪之戲；四、不可演淫戲；五、除富貴功名之俗套。雖然，這些論點後來一再被肯定甚至被認為是真理。但也有學者冷靜指出，這種脫離戲曲生態實際而去妄議並強加改良的做法，其實並無裨益〔註 96〕。相比較而言，另一個可供比對的文本是易俗社的李良才《甄別舊戲草》，由於李良才（李桐軒）本身就熟諳戲曲三昧，因而雖然也立足改良之主旨，提倡「移風易俗」，然其落腳點，則較多在戲曲生態本體範疇之內，因而取得了啟蒙者魯迅先生的肯定，並被魯迅先生譽為「古調獨彈」。這是頗值得玩味的。而同為啟蒙者的陳獨秀和魯迅，二者之間的思想差異，又不得不說，集中於對於鄉土文化的認識上。魯迅先生對於鄉土文化生態的眷戀是持續而貫穿於他的藝術生命的，這或許也是作為政治家和作為藝術家的啟蒙思想家，對於文化生態的不同認知造成的。

〔註 96〕傅謹、陳獨秀《「論戲曲」與二十世紀中國戲曲之命運》，《文藝研究》，1997 年第 5 期，第 55～66 頁。

一、從陳獨秀《論戲曲》到李桐軒《甄別舊戲草》

戲曲藝術一直以來，都是中國都市和鄉土極為迷戀的藝術形式。自明清以來，雅化的文人趣味、鄉土的民俗狂熱、都市的精緻追求（表演與色藝）共同構成戲曲生態多維格局的互為依存的自洽體系。鄉土的母體文化滋養，文人的思想文化供給，都市的藝術發展方向，與戲曲的母體文化生態，外部生態要素，藝術本體生態幾乎互為吻合，共同推進戲曲生態格局與審美體系螺旋上升。然而，無論是母體文化，還是文人旨趣，抑或都市興趣，一切要素都是在「寓教於樂、潛移默化」的和諧狀態下，經過漫長的時間累積、疊加而形成的。這與二十世紀初的戲曲改良暴風驟雨似的批評和否定是完全不一樣的。在《新青年》雜誌上傅斯年說中國舊戲在藝術上還很原始，簡直是「各種把戲的集合品」，是「下等把戲的遺傳」「百衲體」〔註 97〕。錢玄同認為「如其中國有真戲，這真戲自然是西洋派的，決不是那『臉譜』派的戲。要不把那扮不像人的人，說不像話的話全數掃除，盡情推翻，真戲怎樣能推行呢？」〔註 98〕戲曲在這個時期所受到的眾多批評中相對善意的，是陳獨秀以「三愛」為筆名寫的《論戲曲》一文。〔註 99〕陳獨秀的核心觀點有五條：一，宜多編有益風化之戲；二，採用新法；三，不可演神仙鬼怪之戲；四，不可演淫戲；五，除富貴功名之俗套。而此核心觀點的前提，則是戲曲可以像正統文學一樣「載道」，若加以改良，是仍然「有益」的。這與傳統戲曲生態格局中，將戲曲或作為小道末技，或作為無聊消遣，甚而只是聲色之歡，耳目之娛很是不同。而這種認識，顯然與傳統戲曲生態格局的內部認知是大相徑庭的。因此，以這種「有益」為前提的改良方法或許也是頗為值得商榷的。然而，這也正是清末民初，啟蒙者的一貫思維。比如梁啟超，梁啟超辦《新小說》，著《論小說與群治之關係》，極言小說之重要，甚至聲稱「欲新一國之民，不可不先新一國之小說。故欲新道德，必新小說；欲新宗教，必新小說；欲新政治，必新小說；欲新風俗，必新小說；欲新學藝，必新小說；乃至欲新人心，欲新人格，必新小說。」〔註 100〕這些社會改良者為了達到社會改良的目的，終於將

〔註 97〕《新青年》，第 5 卷第 1 號。

〔註 98〕《新青年》，第 5 卷第 1 號。

〔註 99〕該文最早發表於《俗話報》1904 年第 11 期，署名三愛，次年以文言在《新小說》第 2 卷第 2 期重新發表，並被收入《晚清文學叢鈔：小說戲曲研究卷》。本文所引係被錄入《晚清文學叢鈔》之後者，且不再注出。

〔註 100〕《新小說》，1902 年創刊號。

原本並不熟悉，甚至不屑的戲曲拿來充當工具，大言特言改革。

> 我青年之同胞，赤手掣鯨，空拳射虎，事終不成，而熱血徒冷，則曷不如一決藩籬，遁而隸屬諸梨園菊部之籍，得日與優孟、秦青、韓娥、駒之儔為伍，上之則為王郎之悲歌斫地，次之則繼柳敬亭之評話驚人，要反足以發抒民族主義，而一吐胸中之塊壘，此其奏效之捷，必有過於勞心焦思，孜孜以作《革命軍》《駁康書》《黃帝魂》《落花夢》《自由血》者，殆千萬倍〔註101〕。

在陳獨秀等以社會功能為先的改良者而言，真正的好的作品已經不再是傳統戲曲生態格局中佔據文化與藝術最高本體意義的優質作品，「《西廂》《金瓶梅》，非幽期密約，褻淫穢稽之事」，因此必須演出復取西國近日可驚、可愕、可歌、可泣之事，如波蘭分裂之慘狀、猶太遺民之流離、美國獨立之慷慨、法國改革之劇烈、以及大彼得之微行、梅特涅之壓制、意大利之三傑、畢士麥之聯邦，一一詳其歷史，摹其神情，務使鬚眉活現，千載如生。〔註102〕」然而毫無疑問，這些都是遠超戲曲生態涵蓋範圍的，也是傳統戲曲藝術審美難以企及的。

當然，傳統戲曲生態格局也不是不講社會功能，戲曲誕生近千年來，有關戲曲無益甚至是有傷於「風化」的指責，比比皆是〔註103〕。然而，在傳統戲曲生態格局體系中，恰恰是那些所謂的「有傷風化」，承載了戲曲藝術「鬧熱、風情、奇趣」，以及為當局者所不能容忍的「人性」與「至情」。而陳獨秀主張「有益風化」，是否是從另一個方面否定戲曲生態的本體，而僅僅截取其作為工具載體「傳聲筒」的意義呢？

> 顧我國民，非無優美之思想，與刺激之神經也。萬族瘡痍，國亡胡虜，而六朝金粉，春滿江山，覆巢傾卵之中，箋傳《燕子》；焚屋沉舟之際，唱出《春燈》；世固有一事不問，一書不讀，而鞭絲帽影，日夕馳逐於歌衫舞袖之場，以為祖國之俱樂部者。事雖民族之污點乎？而利用之機，抑未始不在此。又見豆棚柘社間矣。春秋報賽，演劇媚神，此本不可以為善良之風俗，然而父老雜坐，鄉里劇

〔註101〕陳佩忍《論戲劇之有益》，《二十世紀大舞臺》，1904年第1期。

〔註102〕箸夫《論開智普及之法首以改良戲劇為先》，《芝罘報》，1905年7月。

〔註103〕如宋陳淳《上傅寺丞論淫戲書》記載了宋代民間戲曲演出狀況最早的可靠文獻；另明祝允明《猥談》關於戲文的記載就是對戲曲有傷風化的最早記錄。

談，某也賢，某也不肖，一一如數家珍，秋風五丈，悲蜀相之隕星；十二金牌，痛岳王之流血，其感化何一不受之於優伶社會哉世有持運動社會鼓動風潮之大方針者乎？盍一留意於是〔註 104〕？

正是從這個意義上而言，戲曲需要改良，而所謂改良，則是要摒棄傳統戲曲生態要素，甚而摒棄傳統戲曲審美要素。這種改良，如何得「良」呢？雖然當時也有人激烈抨擊中國舊文學藝術，認為「中國小說之範圍，大都不出語怪、誨淫、誨盜三項之外；故所演戲曲亦不出此三項。〔註 105〕」然而，如《西廂》《牡丹亭》，其「淫」到底該如何解讀，加之作為舞臺表演藝術之戲劇的附帶價值又該如何評價，如果不回到戲曲生態格局的體系當中，是很難做出公允評價的。當然，即便在二十世紀初，戲曲改良舞臺之無由與混亂，也並不是沒有被看到。「今海上諸梨園，亦稍稍知改良戲曲矣。然僅在上海之一部分，而所演新劇，又為諸劇中之一部分，即此一部分中，去其詞曲鄙劣者十之三，去其宗旨乖謬者十之三，去其所引證事實與時局無涉者十之三，則夫異日所獲之實亦僅矣。〔註 106〕」「新戲萌芽初茁，即遭蹂躪，目下已如腐草敗葉，不堪過問」〔註 107〕。而在戲曲生態格局內部，由於思想上的混亂和都市的消閒文化需要，為了招攬觀眾，這時候甚至放棄了清末以來的精緻表演，朝著與改良者期望南轅北轍的方向發展：

這時期上海的京劇，雖然在傳統的繼承方面未失規模，但已趨向於連臺本戲的排演，或取材歷史，或就舊有章回小說逐段敷演，為了加強戲劇性，至有超出原有故事情節而另作安排者，寖且花樣翻新，專以機關布景及色情歌舞相號召。這情況，雖然和當時上海的特殊環境有關，但京劇藝術未免每況愈下……〔註 108〕

而在此種情勢下，有滋生出新的論點：那就是中國傳統的是落後的，需要從內容到形式上都以西方為馬首是瞻。「日本報中屢詆誚中國之演劇界，以為極幼稚蠢俗……如雲，中國劇界演戰爭也，尚用舊日古法，以一人對一人，刀槍對戰，其戰爭猶若兒戲，不能養成人民近世戰爭之觀念。」（按義和團之起，不知兵法，純學劇場之格式，致釀庚子伏屍百萬，一敗塗地之禍。演戰爭

〔註 104〕柳亞子《〈二十世紀大舞臺〉發刊詞》，《二十世紀大舞臺》，1904 年第 1 期。
〔註 105〕定一語，原載《新小說》，引自新小說社刊《小說叢話》，1906 年。
〔註 106〕王鍾麒（署名天生）《劇場之教育》，《月月小說》，1908 年第 2 期。
〔註 107〕歐陽予倩《予之戲劇改良觀》，《新青年》，第 5 卷第 4 號。
〔註 108〕周貽白《中國戲曲發展史綱要》，上海：上海古籍出版社，1979 年，第 437 頁。

之不變新法，其貽禍之昭昭已若此。）〔註 109〕」此外，對於內容上的「大團圓」，蔣先生也認為「中國之演劇也，有喜劇，無悲劇。每有男女相慕悅一折，其博人之喝彩多在此，是尤可謂卑陋惡俗也。」……夫劇界多悲劇，故能為社會造福，社會所以有慶劇也；劇界多喜劇，故能為社會種孽，社會所以有慘劇也〔註 110〕。此外，則是禁止一切與西方寫實相悖的「非科學」的劇目，尤其是鬼戲和妓女戲。五十年代初國家政務院頒布的禁演劇目表中，還第一次將數十部以鬼魂與神靈為主體和以因果報應為主題的劇目定為禁戲，它與以前歷屆政府只將涉及到道德與性禁忌的戲劇作品列為禁戲的慣例具有明顯的區別〔註 111〕。而其實，此前，對於鬼神戲，也不乏相對公允的評價，如李桐軒：

> 鬼神，吾不謂其無有也。古人神道設教，足以助法律所不及，以其人猶有醇樸之風焉。今人心澆漓，往往假之以作奸犯科，得其收效者蓋寡矣〔註 112〕。

而事實上，李桐軒的《甄別舊戲草》就是二十世紀初與戲曲生態體系契合度相對較好的改良宣言。

二、《甄別舊戲草》的戲曲生態的觀照

如果說陳獨秀等改良者並沒有進入戲曲生態內部，那麼李桐軒的《甄別舊戲草》則在一定程度上尊重並保留了戲曲生態體系的整體和自洽。尤其是其對於「淫」與「風情」;「鬼神」與「迷信」的區分；對「詼諧」「武打」等戲曲審美本體要素的堅持，造就了民國戲曲生態的獨特景象，被魯迅先生譽為「古調獨彈」。

1913 年李桐軒寫出推動戲劇改革的論著《甄別舊戲草》，1917 年出版發行。書中列舉大量事實，將當時戲曲分為三大類：「可去之戲分六類：一曰誨淫；二曰無理；三曰怪異；四曰無意識；六曰歷史不實。（例證 158 種）可改之戲分三類：一曰善本流傳失真者；二曰落常套者；三曰意本可取而抽象者。

〔註 109〕蔣觀雲《中國之演劇界》，《新民叢報》，1904 年 3 月。

〔註 110〕蔣觀雲《中國之演劇界》，《新民叢報》，1904 年 3 月。

〔註 111〕如 1980 年 6 月 6 日《文化部關於制止上演禁戲的通知》所述，文化部在 1950 年到 52 年間曾經明令禁止上演 36 個戲曲劇目，原因都是主要因為「宣揚迷信」。至六十年代中期有更多「鬼戲」被禁，終於達到登峰造極之程度，餘風至今尚存。參見吳民《政治禁演與民間風情的悖謬——建國初期「壞戲」藝術趣味重估》，《戲劇（中央戲劇學院學報）》，2015 年第 3 期，第 57～67 頁。

〔註 112〕李良材《甄別舊戲草》，《易俗雜誌》，1913 年。

（例證 43 種）可取之戲大致分為四類：一曰激發天良；二曰灌輸知識；三曰武打之可取者；四曰詼諧之可取者。（例證 130 種）」先生的目的在序言裏表達得很清楚：「由是言之，戲曲之改良，俱以膏粱易藜藿，此外固無多事也。擬人亦有言曰：『推其陳，出其新，病乃不存。陳之不推，新將焉出？』不揣固陋，特甄別舊戲以貢獻社會，以就正於教育大家。」為什麼能夠得出這個結論呢？

> 我國人知書者百只一二，戲則自士君子，下逮皁隸、愚氓、巷閭婦孺、無不知也。善者可以感發人之善心，惡者可以懲創人之逸志。是為普及教育之，天然機關，已為世界所公認。故曲本之作，不可不慎慎之。如何？當以影響於人心為斷。吾得准是以甄別舊戲，分之為可去者，可改者，可取者。可去之戲，分六類：一日誨淫，二日無理，三日怪異，四日無意識，五日不可為訓，六日歷史不實〔註 113〕。

在甄別舊戲草中，李先生通過闡釋新劇與舊戲不同的藝術特徵及社會效用，論證了舊戲改良的必要性。他認為新劇一洗舊戲之陋習，務求「傳神寫真」「感人易入」，可謂戲劇改良之「極軌」。然而，新劇普及需要觀眾有一定文化水平：「必學有程度而後可」，在當時文盲充斥、民智錮蔽的社會歷史環境下，「安得如許有程度之人遍滿伶界，為全國人民一新其知識哉」？由於舊戲的普及性及在普通百姓中的影響力，故為達到思想宣傳、文化傳播的目的，又不得不用舊戲。他認為，舊戲雖有「不合人世之真相」的瑕疵，然而為了「補不善傳神者之闕」，除了用說白外，又借用長鬚、塗面、舞蹈、歌唱以及絲竹鼓鐃等，來「促人注意」「動人視聽」，凡此數端，「借前人幾經研究而得之」，即學無程度之童子亦堪可「規矩準繩」。因而，為了謀求社會教育之普及，必須採取舊戲，於是得出舊戲乃為「普及教育之天然機關」的結論。

然何為「誨淫」？

> 國風貞淫、正變，所以兼收者，有美有刺也。戲曲雖有戲戒，恒在末場。而賤伶每節取中場男女相悅之詞，且極意形容，以迎合斯世下流社會。惡乎，知所懲戒哉。風俗之靡，為國家憂，與其因戒，以生弊，不如盡去之為得也。其藍本如：《金瓶梅》本戒多妻，然編為戲曲，則意不可見，而但見其淫。《肉蒲團》等，俱不可用〔註 114〕。

可見沒有情感的「非風情化的」肉慾則為「淫」。此外，淺陋之夫其所意

〔註 113〕李良材《甄別舊戲草》，《易俗雜誌》，1913 年。
〔註 114〕李良材《甄別舊戲草》，《易俗雜誌》，1913 年。

造，齊東野人或信之，而不知乃事之所必無者也。以之反訓，則人民智識愈蔽；人民智識蔽，則國家無進步之希望矣。此為無理。鬼神吾不謂其有無也。古人神通設教，足以助法律所不及，以其人猶有醇樸之風焉。今人心漸漓，往往假之以作奸犯科，得收其效者，蓋寡矣。義和拳之禍，世謂由戲產出，實非妄評。故務民之義者，寧勿語之為得。此為怪異。凡書史所載者，皆傳奇也。是故奇則傳，不奇則不傳。不遇頑父嚚母，雖大舜之孝，亦無得而稱。況小說戲曲？尤以傳奇為義者哉！日用尋常之事，編為戲曲，故不害道，究亦無益，作無益則害有益。故不如其已。此為無意識。可與人共由之，謂道：以道率人而莫之，應謂非。率者之咎可也，若陳義過高，不可仰企，或放誕風流，逾越禮法而傳為佳話，是賢智之過，與愚不肖等何取乎？此為不可為訓。最後還有歷史不符者也應該被禁止。

不難看出，由於李良材先生本身就是一位戲曲作家，具有豐富的戲曲實踐經驗，他所提出的觀點不僅切合當時戲曲生態實際，因此在審美價值上，保留了戲曲本體的美學特色。比如對於詼諧、動作戲的肯定，其實質就是對傳統戲曲生態的「鬧熱、趣味、風情」的尊重。

綜上，李良才在其《甄別舊戲草》中，提出戲劇的「謀社會教育」作用，並把新舊戲作了比較，提出了改革劇本等問題，對傳統劇目要「逐目甄別改編上演」，以符合時代需要。就代表了易俗社藝術發展、劇目創作的目的和指導思想。因此，易俗社編輯部裏聚集的一批具有民主思想和道德素養的文人學士，先後編寫出大量的提倡科學民主、宣揚愛國主義；揭露官場腐敗和社會黑暗；抨擊吸食鴉片、纏足、賭博、買賣婚姻、迷信鬼神等當時社會惡習的劇目。如：既有李桐軒的《一字獄》，孫仁玉的《三回頭》《櫃中緣》，高培之的《奪錦樓》，范紫東的《軟玉屏》《翰墨緣》《三滴血》，李約祉的《庚娘傳》《韓寶英》，呂南仲的《雙錦衣》，封至模的《還我河山》等古典劇目。又有高培之的《鴉片戰記》，范紫東的《關中書院》《頤和園》，封至模的《香妃恨》等近代劇目。還有高培之的《人月園》，孫仁玉的《大婚姻談》以及《白先生看病》《算卦騙人》《金手錶》等現代時裝劇目。更有孫仁玉的《巴里西燒瓷》，王輔丞根據莎士比亞的《威尼斯商人》編寫的《一磅肉》，范紫東根據俄《托爾斯泰傳》改編的《托爾斯泰》，李儀祉根據西班牙民間故事編寫的《盧彩英救夫記》外國題材劇目。這些劇目，都反映了新思想、新風尚、新文化、新生活。同時，也開闢了秦腔表演清裝戲、時裝戲、外國戲的先河。

三、啟蒙者魯迅先生的新啟示

（一）魯迅戲曲觀的鄉土情懷與母體文化眷戀

魯迅先生對紹興的鄉土文化是極為眷戀的，這種眷戀體現為對民間母體文化中的正義、溫情、恩怨分明等素樸因子的無限懷念和禮讚。這種眷戀是構成魯迅戲曲觀的重要文化要素，正是在這種眷戀的關懷下，魯迅先生對家鄉紹興一帶的目連戲、鬼神戲、社火戲與祭祀劇都寄寓著飽滿的同情與理解。而在五四新文化運動的背景下，這種同情地理解是十分卓爾不群的，在新文化幹將的思想中，這些戲曲往往是愚昧、落後的代名詞。胡適就以進化論的觀點，認為戲曲的唱工、武打、臉譜等都是進化史上的「遺形物」，「這種『遺形物』不掃除乾淨，中國戲劇永遠沒有完全革新的希望」〔註115〕。傅斯年列舉了戲曲舞臺藝術的「顯著缺點」，「就技術而論，中國舊戲，實在毫無美學之價值」「美術的戲劇，戲劇的美學，在中國現在，尚且是沒有產生」〔註116〕。目連，鬼神，社火等演出恰恰就是高度臉譜化、以武打、特技、煙火等形式取勝的演出形式。不過，這些演出真的毫無思想價值和美學價值嗎？魯迅先生並不這麼認為，他指出：

> 不過一到做「大戲」或「目連戲」的時候，我們便能在看客的嘴裏聽到「女吊」的稱呼。也叫「吊神」。橫死的鬼魂而得到「神」的尊號的，我還沒有發見過第二位，則其受民眾之愛戴也可想。〔註117〕

此外，還有一種鬼，人民之於鬼物，「惟獨與他最為稔熟，也最為親密，平時也常常可以遇見他」，這就是「一頂白紙的高帽子」和拿著「破芭蕉扇」的無常〔註118〕。與其說是熟稔，不如說是愛戴，人民對無常鬼，確實是頗多好感的。在魯迅看來，衡量戲曲藝術的價值以及戲曲人物或題材的內涵，最主要的一點便在於「民眾之愛戴」。民眾愛戴的便是滋養一方水土和人文的鄉土母體文化以及承載與這種文化之上的民間好惡和習俗。那麼民間的這種樸素好惡會帶有低俗或愚昧的因子，因此無法用以評估藝術嗎？不會，因為，這種民間的喜愛已經充分藝術化為一種帶有豐富趣味和嚴肅意義的儀式，這種儀式貫穿中國傳統人文社會的鄉土層面，是教育性的、也是準宗教性與精

〔註115〕陳金淦《〈胡適研究〉資料》，北京：十月文藝出版社，1989年。
〔註116〕胡適《中國新文學大系・建設理論集》，上海：上海文藝出版社，1980年。
〔註117〕魯迅《魯迅全集》（第六卷），北京：人民文學出版社，2005年，第637頁。
〔註118〕魯迅《魯迅全集》（第二卷），北京：人民文學出版社，2005年，第277頁。

神性的，任何愚昧、落後、無意義的東西從本質上與這種民間儀式都是相牴觸的。魯迅先生說：

> 凡做戲，總帶著一點社戲性，供著神位，是看戲的主體，人們去看，不過叨光。但「大戲」或「目連戲」所邀請的看客，範圍可較廣了，自然請神，而又請鬼，尤其是橫死的怨鬼。所以儀式就更緊張，更嚴肅。一請怨鬼，儀式就格外緊張嚴肅，我覺得這道理是很有趣的。〔註 119〕

但是，雖說民間儀式性的演藝出發點是儀式性的娛神與樂人，不過民間接受的過程中，往往也可能夾雜封建社會小農意識的某些偏狹的思想因子，如所謂「討替代」。然而，即便如此，民間的偏狹在魯迅看來，也遠遠不及剝削階級的詭計，不過是一種消極的抵抗罷了，其本質是無甚麼害處的。因為「被壓迫者即使沒有報復的毒心，也決無被報復的恐懼，只有明明暗暗，吸血吃肉的兇手或其幫閒們，這才贈人以『犯而勿校』或『勿念舊惡』的格言，——我到今年，也愈加看透了這些人面東西的秘密。〔註 120〕」與此相應，被壓迫者往往是最富同情與溫情的，因此當女弔唱道：「奴奴本身楊家女，呵呀，苦呀，天哪！……〔註 121〕」時，是極具感染力和共鳴性的，這種共鳴基於這樣一個基本的共同認識：

> 在無意中，看得住這「蔭在薄霧的裏面的目的地」的道路很明白：求婚，結婚，養孩子，死亡。但這自然是專就我的故鄉而言，若是「模範縣」裏的人民，那當然又作別論。他們——敝同鄉「下等人」——的許多，活著，苦著，被流言，被反噬，因了積久的經驗，知道陽間維持「公理」的只有一個會，而且這會的本身就是「遙遙茫茫」，於是乎勢不得不發生對於陰間的神往。〔註 122〕

民間的教化和訓誡就在這神往中，在對陽世惡的同仇敵愾，對世間悲苦的悲憫嗚咽中形成了鄉土母體文化的藝術基因，澆灌著中國民間戲曲藝術的血脈。不認識到這一點，就很難理解戲曲審美的基本局式，也就可能墮入胡適、傅斯年的錯誤理解上去。遺憾的是，時至今日，對中國戲曲生態的鄉土

〔註 119〕魯迅《魯迅全集》（第六卷），北京：人民文學出版社，2005 年，第 638 頁。
〔註 120〕魯迅《魯迅全集》（第六卷），北京：人民文學出版社，2005 年，第 642 頁。
〔註 121〕魯迅《魯迅全集》（第六卷），北京：人民文學出版社，2005 年，第 641 頁。
〔註 122〕魯迅《魯迅全集》（第二卷），北京：人民文學出版社，2005 年，第 278 頁。

母體文化層面的體認還是遠遠不夠的，由此造成兩方面的不良後果。一方面是對民間的趣味和訴求持鄙薄和壓制態度，更罔論保護與發展；二是片面追求經濟效益，將民間訓誡和儀式變為惡搞和玩樂，大打假民間，假民俗之牌，放任真正的民間鄉土文化斷層流失。中國戲曲生態重構必須從母體文化層的培育起步，努力建構新時代的民間母體文化體系，否則，必然是緣木求魚。對於民間母體文化，魯迅先生也說：最好是去看戲。但看普通的戲也不行，必須看「大戲」或者「目連戲」。目連戲的熱鬧，張岱在《陶庵夢憶》上也曾誇張過，說是要連演兩三天。在我幼小時候可已經不然了，也如大戲一樣，始於黃昏，到次日的天明便完結。這都是敬神禳災的演劇，全本裏一定有一個惡人，次日的將近天明便是這惡人的收場的時候，「惡貫滿盈」，閻王出票來勾攝了，於是乎這活的活無常便在戲臺上出現。〔註 123〕這種母體文化經過戲曲的演繹，是十分具有人情味的，這種人情在無常鬼，是因為他「生人走陰，就是原是人，夢中卻入冥去當差的，所以很有些人情。」在普通觀眾，則在於他爽直，愛發議論，有人情，要尋真實的朋友，倒還是他妥當。也就是說，人們可以借助一方戲曲舞臺（其實也是一個公共的文化場域），找尋內心的寄託、慰藉、相依相偎。這種文化場域甚而能成為母體文化關照下的芸芸眾生的一方心靈港灣，無怪乎魯迅先生會感慨：「真的，一直到現在，我實在再沒有吃到那夜似的好豆，也不再看到那夜似的好戲了」〔註 124〕。這種人情味作為母體文化的重要基因，過去很長時間內一直被頑固地拉入「人民性」〔註 125〕「人性」〔註 126〕這一類頗具政治意味和拔高意味的名詞之中。近年雖然也有一些研究有意無意的切入了母體文化的範疇，如：

> 作為母體文化的紹興戲與魯迅存在著互動關係。一方面，豐富多彩的紹興戲對魯迅的思想與藝術進行了最初的啟蒙與滋養，不僅使魯迅從中承傳著越文化精神，而且使他接受了社會人生的教育，對黑暗的社會現實和底層悲苦的人生狀況有了初步的認知和理解，還使魯迅受到了戲劇教育，積累了戲劇知識，培養了戲劇審美的經驗與情趣，奠定了魯迅賞戲論劇，指導戲劇創作的基礎，同時還對

〔註 123〕魯迅《魯迅全集》（第二卷），北京：人民文學出版社，2005 年，第 280 頁。
〔註 124〕魯迅《魯迅全集》（第一卷），北京：人民文學出版社，2005 年，第 597 頁。
〔註 125〕王志蔚《魯迅戲曲思想的人民性及其啟示》，《戲曲研究》，2006 年第 3 期。
〔註 126〕華金余《論魯迅的戲曲批評：從「人學」視角進行解讀》，《瀋陽大學學報》，2010 年第 1 期。

> 他的創作產生了深刻的影響。另一方面，魯迅對紹興戲十分的鍾愛和關心，既高度評價了它的藝術成就，形成了引領人們走進紹興、瞭解紹興戲、把握紹興文化的強大內驅力與裹挾力，又對紹興戲存在的不足給予了誠懇的批評，飽含著對保存和發掘這一家鄉文化資源的真摯期待〔註 127〕。

顯然，這裡雖然出現了母體文化字眼，但缺乏理論的自覺，仍然是在地方文化與藝術的圈子中打轉〔註 128〕。

（二）魯迅戲曲觀的現代意識與啟蒙主義色彩

與對鄉土戲曲的同情的理解不同，魯迅先生對京戲的態度是很不一樣的，早在六十年代就有學者提出「《社戲》這一篇裏寫出他看戲的兩種經驗，前部四分之一是說看京戲的不愉快，後部四分之三是說看地方戲的愉快。」還說，「對於京戲是仁者見仁，智者見智，難得一致，而魯迅是不喜歡京戲的」〔註 129〕。而在九十年代，就有學者注意到這種不同態度背後的深意：

> 五四新文化運動以來，我國思想文化界對戲曲的否定與肯定的論爭，一直沒有停止過。有一種流行說法，認為魯迅是否定戲曲的，並且據此非難魯迅對民族文化的態度。這是一種誤解。事實上，正是偉大的魯迅在舊戲曲與新文化之間架起了一座橋樑，為實現戲曲領域內舊文化向無產階級新文化轉變作出了歷史性的貢獻。〔註 130〕

這座橋樑，就是在尊敬母體文化的基礎上，不斷走向現代，實現啟蒙價值。魯迅先生的啟蒙，是基於一個樸素的願望，即：人民的「辛苦麻木」，因此，其取材多採自「病態社會的不幸的人群」中，以「揭出病苦，引起療救的注意」〔註 131〕。因此，他對母體文化中的民間疾苦與訴求給予了同情的理解，對社戲等鄉土戲劇抒發了樸素的理解。然而，「魯迅為什麼對京劇何以不相容？」〔註 132〕「五四」時期，以胡適、劉半農、傅斯年、錢玄同等為代表，

〔註 127〕劉家思、周桂華《論魯迅與紹興戲的互動關係》，《紹興文理學院學報（哲學社會科學）》，2005 年第 6 期。

〔註 128〕孫淑芳《魯迅的藝術個性與紹興地方戲》，《上海魯迅研究》，2014 年第 1 期。

〔註 129〕王爾齡《魯迅與戲曲》，《上海戲劇》，1961 年第 10 期。

〔註 130〕張新元《簡論魯迅與中國戲曲》，《魯迅研究月刊》，1991 年第 12 期。

〔註 131〕魯迅《魯迅全集》（第四卷），北京：人民文學出版社，2005 年，第 526 頁。

〔註 132〕力蒙主編《中國戲曲史．紹興戲》，北京：學苑出版社，第 131 頁。

一方面提倡戲劇表現人生，反映現實生活，另一方面批判京劇，指出京劇中的「團圓迷信」，不能「引人到徹底的覺悟使人從根本上進行思量和反省」〔註 133〕。把京劇中的臉譜、唱工、臺步、武打、鑼鼓等悉視為應拋棄的「遺形物」，甚至不承認京劇是戲，認為它只是「玩把戲」的「百納體」，「毫無美學價值」〔註 134〕。其實，傳統文化走向現代化的進程中，有一個問題常被人提起：戲曲走向何處？五四新文化運動中，舊戲受到了猛烈的衝擊。但直到魯迅所處的三十年代，舊戲並沒有受到根本觸動，還走向了國際舞臺。對此，「魯迅先生通過對梅蘭芳的評價，揭示了都市京劇的問題所在。」〔註 135〕至於用京劇表現現代生活，魯迅更是認為根本不可能。根據魯迅的摯友郁達夫回憶：「在上海，我有一次談到了茅盾、田漢諸君想改良京劇，他（魯迅）根本就不贊成，並很幽默地說，以京劇來救國，那就是『我們救國啊啊啊』了，這行嗎？」〔註 136〕如果說，鄉土戲曲是基於母體文化與民眾風俗喜惡的樸素啟蒙（或曰民間教化與準宗教訓誡），都市京劇因為完全墮入「樂人」甚至「娛俗」，從本質上而言，是反現代、反啟蒙的。啟蒙和現代都不可能是憑空進行的，需要一個文化基底，那就是鄉土母體文化，同時要避免走向反訓誡，反啟蒙的俗樂。

都市京劇的反啟蒙，非現代主要體現在以下幾個方面：

一是過度注意外在的美感，缺乏思想內容和精神蘊含。魯迅先生的文字是頗值得玩味的，往往不能從表面字義上理解。如他在《論照相之類》其第三節「無題之類」可以說是專門調侃京劇的。魯迅寫道：「我在先只讀過《紅樓夢》，沒有看見『黛玉葬花』的照相的時候，是萬料不到黛玉的眼睛如此之凸，嘴唇如此之厚的，本以為她應該是一副瘦削的癆病臉，現在才知道她有些福相，也像一個麻姑。然而只要一看那些繼起的模仿者們的擬天女照相，都像小孩子穿了新衣服，拘束得怪可憐的苦相，也就會立刻悟出梅蘭芳君之所以永久亡故了。其眼睛和嘴唇，蓋出於不得已，即此以證明中國人實有審

〔註 133〕胡適《中國新文學大系．建設論卷》，上海：上海文藝出版社，1980 年，第 382～383 頁。

〔註 134〕胡適《中國新文學大系．建設論卷》，上海：上海文藝出版社，1980 年，第 363 頁。

〔註 135〕張新元《中國戲曲發展道路的哲人思考——魯迅三十年代論梅蘭芳》，《四川戲劇》，1995 年第 1 期。

〔註 136〕郁達夫《郁達夫文集》，北京：人民文學出版社，1982 年，第 97 頁。

美的眼睛……」這裡貌似魯迅先生過於刻薄，其實不然，魯迅並非審美有問題，真的認為梅博士扮演的林黛玉不美，非但如此，而是過於刻意的美，因此要利用京劇勾臉讓眼睛更凸出（這在很多京劇旦角扮相中均可見，並非凸便不美，反而更美）；利用京劇粉妝使嘴唇更厚（因為京劇舞臺的扮相要求具有鮮明的輪廓，為的是防止後排的人完全看不清），這便是民國都市戲曲的常態和基本藝術處理方式。「魯迅反感的不是梅博士的『醜陋』，恰恰是梅博士為了追求（單一地追求）美而構成的都市京劇藝術。不僅《黛玉葬花》，《天女散花》《貴妃醉酒》這些梅博士最拿手的劇目，其實都是只有美感（這種美感，對於單純的京劇審美而言是至關重要的），缺乏內容（內容恰恰不是京劇藝術追求的，但是卻是啟蒙所必須的）」〔註 137〕。

二是過於雅，切斷了與民間母體文化的聯繫。魯迅在晚年又寫了《略論梅蘭芳及其他》，對京劇的藝術進行了理論的探討。文章議論的中心是關於京劇的雅俗問題。魯迅認為：京劇是由俗變雅的典型，雅是雅了，但多數人看不懂，不要看，還覺得自己不配看了。魯迅這種人民本位的藝術觀，也建築在他對整個社會歷史的考察上。他認為「士大夫常將《竹枝詞》改為文言，將『小家碧玉』作為姨太太，但一沾著他們的手，這東西也就跟著他們滅亡」，而魯迅心目中的京劇，正是這樣的「竹枝詞」或「小家碧玉」。待到化為「天女」高貴了，然而從此死板板，「矜持得可憐」。因此，他斷言人民大眾是不會喜歡京劇的。

然而，有一類戲曲，卻是少有地得到了魯迅先生及其強烈的偏愛甚至讚賞，那就是易俗社的改良戲曲。1924 年暑期，魯迅先生等十幾位學者應西北大學邀請來陝講學，其間適逢西安易俗社成立 12 週年，先生在該社看戲 5 場，「對其辦社宗旨、訓練方法、管理制度、舞臺演出，頗為讚賞，除向該社捐贈部分講學金外，還親題『古調獨彈』匾額以誌慶賀」〔註 138〕。據易俗社藏資料記載：

> 魯迅 1924 年夏來西安，原是應邀講學，勾留的時間也不長，並不是千里迢迢來看秦腔，但是他忙裏偷閒，五次到易俗社觀劇。《易俗社七十週年大事紀》載，魯迅所觀劇目有《雙錦衣》前後本、《大孝傳》全本、《人月園》全本和折子戲，時間分別是當年 7 月 16

〔註 137〕參見鄒元江關於梅蘭芳的相關研究成果。

〔註 138〕曲象豔《魯迅「古調獨彈」匾真偽小考》，《陝西檔案》，2000 年第 4 期。

日、17日、18日、26日和8月2日，邀請並做陪的有孫仁玉、范紫東、高培支、呂南仲等人。魯迅題贈「古調獨彈」是在8月2日。那天晚上，陝西省長劉鎮華為到西安講學的魯迅先生一行餞行，在易俗社設宴、招待演出。〔註139〕

以魯迅的脾氣，本不願充當劉鎮華的座上賓，只因與易俗社交好，才出席並題贈。另據孫伏園《魯迅與易俗社》記載，「先生在西安有個觀點：取之於陝，用之於陝，因此捐助了易俗社五十元」〔註140〕。據魯迅先生日記記載：

（七月）十六日……晚易俗社邀觀劇，演《雙錦衣》前本。

十七日……夜觀《雙錦衣》後本。

十八日……夜往易俗社觀演《大孝傳》全本。月甚朗。

二十六日……晚王捷三邀赴易俗社觀演《人月圓》。

（八月）三日……午後收暑期學校薪水並川資泉二百，即託陳定漢君寄北京五十，又捐易俗社亦五十。〔註141〕

魯迅可謂不顧旅途疲勞、不避盛夏酷熱，連續觀劇，興趣不減。18日，一個「月甚朗」表明其心境是極好的。到了26日，雖日記上注明一個「熱」字，卻又「晚王捷三邀赴易俗社，觀演《人月圓》」。離開西安前夕，魯迅先生得到講學費與交通費共計200大洋，便立即把其中的50元寄給北京的老母親，另捐50元給了易俗社。他那句「又捐易俗社亦五十」的「亦」字透露出的親切感是頗可玩味的。

實際上早在魯迅先生在教育部時，就看過不少易俗社劇本，且有很高的評價，1920年教育部通俗教育研究會獎給易俗社的金色褒狀，就與魯迅在教育部任職時重視戲劇改革有關。那時由於魯迅先生在社教司工作，也常與文藝戲曲界接觸，全國各地編演什麼新的好劇本，魯迅先生總是要派人去看戲，交通不便，派人有困難，就要求劇團把劇本送教育部審閱，以便在全國各地推廣。據易俗社七十年編記事（1912.8～1982.8）載：1920年11月15日，根據陝西省教育廳轉教育部通俗教育研究會函。本社送上新編劇本八十五種，《易俗社最近辦理狀況》一冊，《陝西易俗社章程》一冊，由教育廳轉送教育部。又據1921年1月8日，陝西省教育廳轉發教育部訓令內道：據通俗教育

〔註139〕秦力《「古調獨彈」溯源》，《金秋》，2012年第11期。

〔註140〕《人民日報》，1962年8月14日。

〔註141〕魯迅《魯迅全集》（第十五卷），北京：人民文學出版社，2005年，第523頁。

研究會稱，該社新編劇本如《桃花三月》《易俗社》《博浪椎》《王國樹》《小姑賢》《將相和》《張連賣布》等各種寓意取材各有所取，尚不失改良戲劇之本旨……該社成立多年，成績豐富。褒狀中指出：「戲劇一道所以指導風俗，促進文明，於社會教育關係至巨。欲收感化之效，宜盡提倡之方。茲有陝西易俗社編製各種戲劇，風行已久，成績豐富，業經呈請教育部核准，特行發給金色褒狀，以資獎勵。此狀。中華民國九年十二月十八日。」

綜上，不難看出，易俗社對於鄉土母體文化以及戲曲傳統儀式與教化的尊重，對於現代啟蒙與教育的重視，是易俗社成功的關鍵，也是魯迅先生傾心於該劇社的重要原因。

（三）魯迅戲曲觀的本體批判與理性思辨光芒

研究魯迅的戲曲觀到底有沒有必要，這個問題多年來一直有學者提出。其實，只要認真梳理魯迅先生對戲曲本體的批判及其理性思辨光芒，就會知道，魯迅先生確實是一個戲曲的知音者，因此，其戲曲觀，無論如何自信的梳理都不為過，不惟如此，今天的中國戲曲藝術，尤其需要從魯迅先生的戲曲觀中，找尋到可以為今天所用的有價值的成分。限於篇幅，本文僅對魯迅關於梅蘭芳戲曲藝術本體的批評進行梳理，以管窺魯迅戲曲觀的本體性構成。

在《論照相之類》（《墳》）一文中，魯迅對「男人扮女人」這種中國特有的藝術現象產生反感，並從文化心理上予以批判，本人認為是旨在抨擊傳統文化所造就的某種太監化的病態人格，體現了魯迅「改造國民性」的基本思想。時隔九年之後，1933 年，魯迅又作了《最藝術的國家》一文（見《偽自由書》），仍堅持他的觀點，並且重複《論照相之類》一文的話說：「我們中國的最偉大最永久，而且最普遍的『藝術』是男人扮女人。這藝術的可貴，是在於兩面光，或謂之『中庸』！男人看見『扮女人』，女人看見『男人扮』，表面上是中性，骨子裏當然還是男的。」但是這篇文章卻隻字未提梅蘭芳，魯迅只是以「男旦」這一現象為注腳，闡發他的「反中庸」的一貫思想，揭示這個「最藝術的國家，最中庸的民族」的劣根性。而在《廈門通信》中，魯迅將中國戲曲的文化之辨進一步闡述：

> 前幾天的夜裏，忽然聽到梅蘭芳「藝員」的歌聲，自然是留在留聲機裏的，像粗糙而鈍的針尖一般，刺得我耳膜很不舒服。於是我就想到我的雜感，大約也刺得佩服梅「藝員」的正人君子們不大

舒服罷，所以要我不再做。〔註 142〕

這是魯迅在廈門大學任教時寫給許廣平的一封信。通過這段文字，也參考其他有關資料，可以知道魯迅是不太喜歡京戲的，尤其不欣賞梅蘭芳的戲。「藝員」一詞是借用捧梅的人士的稱呼，加了引號，多少帶有嘲諷的味道。但這裡魯迅主要是針對他的論敵——一班捧梅的「正人君子」的，捎帶一槍而及於梅蘭芳了。其實，在魯迅看來，戲曲的文化蘊涵是比其藝術外觀和形式更為重要的因子，因此，人的理解和尊重、人群的啟蒙和教化就顯得十分重要。前者是後者的基礎，無法跨越前者而直接到後者，因此，鄉土母體文化首先實現的是人的理解和尊重，在此基礎上，吸收現代文化，始可達到人群與民族的啟蒙和現代化。

戲曲藝術要在特定的時代生存，必須不斷與外部各種因素發生聯繫，這種聯繫有可能催生戲曲藝術生態的新興因子，也有可能影響甚至阻斷戲曲藝術的藝術脈絡。魯迅在《宣傳與做戲》(《二心集》) 中說：

> 楊小樓做《單刀赴會》，梅蘭芳《黛玉葬花》，只有在戲臺上的時候是關雲長，是林黛玉，下臺就成了普通人……〔註 143〕

藉以諷刺當局慣於作虛假宣傳，自欺欺人，愚弄民眾，舉楊小樓、梅蘭芳為例而已，實與梅無涉。在《看蕭和「看蕭的人們」記》(《南腔北調集》) 中言道「也還有一點梅蘭芳博士和別的名人的問答，但在這裡，略之。」該文記述英國作家蕭伯納訪華時，上海各界人士舉辦歡迎會的情形，僅此而已。「博士」云者出自魯迅筆下，未必有多少敬意。《「京派」與「海派」》(《花邊文學》) 提到：「梅蘭芳博士，戲中之真正京派也，而其本貫，則為吳下。」此處援梅蘭芳為例，以論證所謂「京派」「海派」並非由藝人的籍貫來劃分的。在《略論梅蘭芳及其他（上下）》(《花邊文學》) 中，上篇是魯迅評論梅蘭芳的最完整，最有針對性，也是最重要的文章。該文大家都熟悉，故不多引。魯迅在此提出了一個十分重要的命題：京劇要如何改？如何才能保持京劇的生命力？——是要一味的雅，還是要雅俗共賞？是要變成脫離現實的象牙塔裏的玩意兒，還是要讓它更加活潑有生氣？

中國的士大夫慣於將一切都變成趣味，變成清玩，一旦「罩上玻璃罩，做起紫檀架子來」，往往會促其滅亡。魯迅不客氣地批評了梅蘭芳和造梅、捧

〔註 142〕魯迅《魯迅全集》(第三卷)，北京：人民文學出版社，2005 年，第 388 頁。
〔註 143〕魯迅《魯迅全集》(第四卷)，北京：人民文學出版社，2005 年，第 345 頁。

梅的一班士大夫的這一傾向，並且歎惜梅蘭芳「竟沒想到從玻璃罩裏跳出」。該文還舉出譚鑫培和老十三旦來，說「老十三旦七十歲了，一登臺，滿座還是喝彩。為什麼呢？就因為他沒有被士大夫據為己有，罩進玻璃罩。」值得一提的是，曾被魯迅「罵」過的「四條漢子」之一的田漢，解放前也曾說過：「京戲走上『內廷供奉』的道路之後，脫離民眾。」與魯迅的觀點驚人的一致，我想這不是偶然的吧？魯迅還斷言：「梅蘭芳的遊日，遊美，其實已不是光的發揚，而是光在中國的收斂。」這話他老人家就未免有些武斷了，迄今梅派藝術的光芒不但沒有「收斂」，反而還「發揚」了，當然，也是因為梅蘭芳並沒真的被玻璃罩罩住。

在《文藝與政治的歧途》(《集外集》) 中，魯迅說：「書上的人物大概比實物好一點，《紅樓夢》裏的人物，像賈寶玉林黛玉這些人物，都是我有異樣的同情；後來，考究一些當時的事實，到北京後，看看梅蘭芳姜妙香扮的賈寶玉林黛玉，覺得並不怎麼高明。」這是魯迅 1927 年在上海暨南大學的演講。在此，魯迅仍然堅持他個人對梅蘭芳《黛玉葬花》的看法。在《兩地書・四二》中，他調侃道「我真想不到天下何其淺薄者之多。他們面目倒漂亮的，而語言無味，夜間還要玩留聲機，什麼梅蘭芳之類。」這也是魯迅在廈大時寫給許廣平的信，可參見上引《廈門通信》一文。魯迅看不慣他周圍的那些淺薄無聊的人，便是連他們聽梅蘭芳的戲也反感，態度一以貫之。在《致姚克》(《書信・1934 年 3 月》) 一文中：

> 先生見過玻璃版印之李毅士教授之《長恨歌畫意》沒有？今似已三版，然其中之人物屋宇器物，實乃廣東飯館與「梅郎」之流耳。〔註 144〕

此處借用當時報紙上流行的對梅蘭芳的稱呼，也是魯迅一貫的戲謔的筆調，見諸生前未公開發表的私人書信之中，似亦無可厚非。總之，戲曲在尊重母體文化，實現對人的尊重和理解；在接受啟蒙和現代文化，實現對人群和民族的教化的基礎上，還要不斷同戲曲生態以外的生態要素發生聯繫，在聯繫過程中，必須保持藝術本體的獨立性和品格，不能淪為玩物、工具，從而墮入歧途。

〔註 144〕魯迅《魯迅全集》(第十三卷)，北京：人民文學出版社，2005 年，第 48 頁。

第五節　從鄉土到都市的啟蒙與革命——魯迅戲劇觀與近現戲曲生態嬗變

魯迅先生作為中國現代文化史上最具影響力的文化啟蒙者，其一生的奮鬥，緊密圍繞民族解放和國民性改造兩大主題。在論述這兩大主題的過程中，戲劇藝術成為魯迅一再引證的文藝樣式。在引證過程中折射出的魯迅對於戲劇藝術的觀念，近乎完美地詮釋了魯迅的文化啟蒙觀念的源頭、發展和旨歸。即從鄉土而發源，歷經了由鄉土而都市的困惑與苦痛，最後走向成熟和出路。因為半殖民地半封建的鄉土與都市，帶有畸變的文化生態特質。這一特質在戲劇藝術上的體現，尤為鮮明。魯迅先生的戲劇觀便是在由鄉土而都市的現代戲曲生態嬗變格局下，一針見血，指出民族解放與國民性改造的出路所在。出路之唯一，在於變革，即民族革命，由藝術審美而人生觀念，進而社會體制與民族信仰。而此出路，也是中國現代戲劇生態嬗變與突圍的唯一選擇。

藝術從來不可能孤立存在，必然在大的社會文化的生態系統中獲得自洽地位。二十世紀初期的中國戲劇生態格局，在外部是深受社會文化動盪之變革影響，發展出了新戲、舊戲，鄉土戲劇、都市戲劇的分野。在中國戲劇藝術的內部生態體系中，傳統的舊戲也不斷發生變易，其中諸如梅蘭芳先生的都市京劇，最具代表性；此外還有諸如易俗社、三慶會等民間藝術團體的改良和變革。舊戲變革的場域，主要是在都市；鄉土社會，則保留了一些原初的文化戲劇因子，是為母體戲劇文化生態因子，但無論觀演格局，都悄然發生了變化。其中一個最大的變化動因，便是鄉土始終在努力靠近都市。然而都市並非戲劇藝術的歸宿，除了改良和變革後的都市舊戲外，都市新戲、影戲蔚然成風，無可避免地衝擊著傳統鄉土戲劇母體生態以及由鄉土而都市的新興戲劇改良生態。在此生態格局下，鄉土母體戲曲生態、鄉土到都市的嬗變過渡生態、都市戲劇新生態，都無法引領文化的潮流並稱為主流和未來。戲劇藝術的出路問題，是二十世紀中葉新中國成立以後，最大的一個戲劇發展命題。在此問題上，我們一直忽略了魯迅先生對戲劇藝術的真知灼見。筆者曾經就文化啟蒙等問題，撰寫了《魯迅戲曲觀及其對當下的啟示——兼與南京大學陳恬商榷》一文，初步涉及了魯迅戲劇觀。然而當時並未深入展開，此篇「再論」，力圖更為全面呈現魯迅戲劇觀的體系和脈絡。

一、生態嬗變的前提——鄉土戲劇與民族文化心靈寄託

二十世紀中國戲劇的起點是鄉土，是鄉土舊劇，此舊劇與宮廷精緻化的京劇還有差別，後者是後來都市戲劇的原初形態。這一論斷，在很長時間內，並未得到統一之體認。在混亂不清中，舊劇或曰舊戲成為改良甚至是被攻擊的對象。而無論改良或攻擊，其對象往往都在京劇，甚至在某些文藝啟蒙者眼中，舊劇或舊戲，就是京劇，這是大錯而特錯的。由於這前提的不準確，必然導致攻擊或變革的結果，差強人意，甚至南轅北轍。

（一）鄉土戲劇與革命戲劇的隔膜

二十世紀初，中國戲劇佔據了重要的歷史位置，革命者以革命戲劇發出時代呼喊。1902 年（光緒二十八年），梁啟超在《新民叢報》創刊號上發表傳奇《劫灰夢》，後陸續發表國戲演外國事的傳奇劇《新羅馬》《俠情記》。1904 年（光緒三十年），陳巢南等人創辦了中國歷史上第一個戲劇刊物《二十世紀大舞臺》，他們標舉「以改革惡俗，開通民智，提倡民族主義，喚起國家思想為唯一之目的〔註 145〕」旗幟（《簡章》），柳亞子在《發刊詞》中撰文，高張「梨園革命軍」大纛，呼籲「建獨立之閣，撞自由之鐘，以演光復舊物推倒虜朝之壯劇、快劇」，揭開了戲劇史上新的一頁。《蒼鷹擊》《六月霜》《愛國魂》《風洞山》《懸嶴猿》，以及取材於國外民族英雄題材的《新羅馬》《斷頭臺》《血海花》等劇作，「皆激昂慷慨，血淚交流，為民族文學之偉著，亦政治劇曲之豐碑〔註 146〕」。此外，嚴復、歐榘甲、王鍾麟、陳獨秀、柳亞子、陳去病、汪笑儂、蔣觀雲、李桐軒等人，都是這個「陣營」的中堅分子。他們「隱憂時事」，面對「外夷交逼」「瓜分豆剖〔註 147〕」，「欲救亡圖存，非僅恃一二士所能為也，必使愛國思想普及於最大多數之國民而後可〔註 148〕」。

這些戲劇的主創者，都是時代與革命的先鋒，但在戲劇意義上的構成卻不盡相同。主要可以分為三類，一類如梁啟超，在革命的意義之外，並未曾涉足戲劇，尤其是舊劇；一類如蔣觀雲，受過西方戲劇思潮的薰陶和鍛鍊；

〔註 145〕阿英編《晚清文學叢鈔：小說戲曲研究卷》，北京：中華書局，1960 年，第 176 頁。

〔註 146〕鄭振鐸《鄭振鐸古典文學論文集》，上海：上海古籍出版社，1984 年，第 1005 頁。

〔註 147〕湯志均編《康有為政論集》，北京：中華書局，1998 年，第 205 頁。

〔註 148〕阿英編《晚清文學叢鈔：小說戲曲研究卷》，北京：中華書局，1960 年，第 52 頁。

一類如汪笑儂、李銅軒，乃戲劇中人。由此，在革命改良戲劇的大陣營中，首先要區分這些主張者的戲劇身份定位。縱觀上述革命改良劇目，真正意義上的鄉土戲劇並不多，真正具有中國古典戲劇審美品格和趣味的作品也遑論多寡。鄉土性的缺失，讓這些戲劇在根性上成為無根之木；藝術本體上的缺失，讓這些作品藝術性注定無法持久。這顯示出革命改良戲劇與鄉土戲劇的母體文化生態，以及傳統古典戲劇審美本體屬性的隔膜和偏離。

而最初注意到這一層隔膜的是擁有鄉土生活體驗和擁有傳統舊劇的藝術體驗的倡導者。前者如陳獨秀和魯迅，後者如李桐軒和汪笑儂，以及四川的三慶會同仁等等。因此，在世紀之初以及之後的戲曲改良實踐中，這些人的聲音和觀念，一直成為不可忽視的現代戲劇生態嬗變動因。

尤為值得一提的是，陳獨秀基於安徽鄉土生活體驗創辦的《安徽俗話報》，成為揭示鄉土戲劇、古典舊劇（以京劇為代表）與革命戲劇的隔膜。如果說鄉土戲劇以母體文化取勝，能夠感化人心，古典舊劇則以自洽的藝術體系獲得藝術上的至高無上地位，這二者的結合才是中國戲劇生態嬗變的真實動因。而革命的呼籲，只能是在此二者基礎上的進一步注入。陳獨秀鮮明地認識到了這一點，他提出的改良主張，便是充分體認隔膜之後的變革。

陳獨秀在《論戲曲》中，提出了五項改良戲曲的方法：一、宜多新編有宜風化之戲，把荊軻、岳飛、文天祥、史可法等英雄的事蹟排成新戲；二、採用西法。戲中有演說，最可長人之見識，完全可以為我們借鑒；三、不可演神仙鬼怪之戲；四、不可演淫戲；五、除富貴功名之俗套。並強調說：「我看惟有戲曲改良，多唱些諳對時事、開通風氣的新戲，無論高下三等人，看看都有可以感動。便是聾子也看得見，瞎子也聽得見，這不是開通風氣第一方便的法門嗎？我很盼望內地各處的戲館，也排些開通民智的新戲唱起來〔註149〕」。陳獨秀在《安徽俗話報》的創辦中努力實踐他的戲曲改良理論，非常重視對優秀劇本的刊發，從第 3 期開始開闢了戲曲專欄，前後共發表了六個戲曲劇本。第 3 期《睡獅園》，第 9 期《團匪魁》，第 10 期《康茂才投軍》、第 11 和 13 期《瓜種蘭因》連載，第 14 期《薛慮祭江》，第 18 和 19 期《胭脂夢》連載。張湘炳曾考證，這六本新戲中，除了《團匪魁》為春夢生作、《瓜種蘭因》為汪笑儂作，沒有署名的《睡獅園》《康茂才投軍》和《薛慮祭江》，

〔註149〕阿英編《晚清文學叢鈔：小說戲曲研究卷》，北京：中華書局，1960 年，第 54 頁。

實際都是陳獨秀創作的。

可見，在對戲劇的體認上，陳獨秀和汪笑儂這一對行外、行內人，達到了共識，成為了同志。他們的同志還是魯迅和易俗社，這一點後文將進一步闡述。

（二）魯迅的背道而馳——啟蒙者與舊劇的隔膜

事實是，二十世紀初的革命者，並沒有能夠成功地通過戲劇喚醒沉睡的民族，「革命尚未成功。」如果說，世紀之初的革命者，對舊劇雖然隔膜，但畢竟努力編演、改良，也不乏理解和認同者，如陳獨秀、汪笑儂等等。但五四新文化運動以後，這一層隔膜，便幾乎成為決裂。

首先表達決裂態度的，居然是陳獨秀。「劇之為物，所以見重於歐洲者，以其為文學、美術、科學之結晶耳。吾國之劇，在文學上、美術上、科學上果有絲毫價值耶？〔註 150〕」錢玄同謂：「若今之京調戲，理想既無，文章又極惡劣不通，故不可因其為戲劇之故，遂謂有文學上之價值。〔註 151〕」傅斯年所述：「可憐中國戲劇界，自從宋朝到了現在經七八百年的進化，還沒有真正戲劇，還把那『百衲體』的把戲，當無情做戲劇正宗！〔註 152〕」胡適則認為戲曲不過是文學進化過程中無用的「遺形物〔註 153〕」，「這種『遺形物』不掃除乾淨，中國戲劇永遠沒有完全革新的希望」是為所謂文學進化的戲劇觀。

此外，則是認為舊劇過俗，俗而且低下。胡適還認為中國戲曲低俗，源於中下層社會，「編戲做戲的人大都是沒有學識的人」，因此「戲中字句往往十分鄙陋，梆子腔中更多極不通的文字」，「俗劇中所保存的戲臺惡習慣最多」，為「既不通俗又無意義的惡劣戲劇」。此外，劉半農、傅斯年也是激烈批評舊劇。劉半農認為戲曲就是「一人獨唱，二人對唱，二人對打，多人亂打」；傅斯年則批判京戲「穿不是人穿的衣服……做出人不能有的粗暴像……因為玩把戲不能不這樣」。

第三，陳獨秀、傅斯年、周作人還從道德角度對戲曲進行了否定，陳獨秀

〔註 150〕任建樹等編《陳獨秀著作選》（第 1 卷），上海：上海人民出版社，1993 年，第 380 頁。

〔註 151〕錢玄同《錢玄同文集》（第 1 卷），北京：中國人民大學出版社，1999 年，第 9 頁。

〔註 152〕傅斯年《戲劇改良各面觀》，《新青年》，1918 年第 5 卷第 4 號。

〔註 153〕季羡林主編《胡適全集》（第 1 卷），合肥：安徽教育出版社，2003 年，第 145 頁。

認為「舊劇助長淫殺心理」〔註 154〕。傅斯年也持此論，認為「中國戲劇最是助長中國人淫殺的心理」，因為「中國戲曲，全不離物質上的情慾」。周作人認為舊戲「有害於『世道人心』」，於是有「淫，殺，皇帝，鬼神」〔註 155〕。

不得不說，文學進化觀完全無視文學藝術自身嬗變的規律，完全是西方所謂進化論的武斷運用；而所謂的俗，又難以與鄉土文化中的素樸民間趣味區別開來，否定了一切；而道德之論就更加透露出了啟蒙者高傲的文化心態。總之，這又是一層新的隔膜，啟蒙者與舊戲的徹底隔膜，而這一次隔膜的主體，則包含了鄉土舊戲、京劇等一切戲曲生態形式，其後果是二十世紀中國戲曲生態發展的極大阻力。以至於建國之後，戲劇的含義幾乎等同於話劇，而戲曲長期以來都是難登大雅之堂的俗藝。當然，這又有後來蘇聯戲劇的影響，當另行論述。

關於這個問題，事實上同時代的張厚載、歐陽予倩等人都作出過符合戲劇藝術實際的回應。其中張厚載在《我的中國舊戲觀》說「前天胡適之先生寫信來要我寫一篇文字，把中國舊戲的好處，跟廢唱用白不可能的理由，詳細再說一說。〔註 156〕」不僅如此，張厚載對於臉譜、打把子等問題都有論述〔註 157〕。歐陽予倩〔註 158〕，以及後來的余上沅〔註 159〕等戲劇家，則從實踐層面回應了啟蒙者對舊戲的詰難。事實上這種詰難，本身已經脫離了戲劇藝術的範疇，淪為政治攻訐的工具〔註 160〕。而以張厚載為代表的保守派從審美的角度為戲曲辯護，則更具有內在學術理路的合理性〔註 161〕。

〔註 154〕周作人《論中國舊戲之應廢》，《新青年》，1918 年第 5 卷第 5 號。

〔註 155〕周作人《論中國舊戲之應廢》，《新青年》，1918 年第 5 卷第 5 號。

〔註 156〕張厚載等《新文學及中國舊戲》，《新青年》，1918 年第 4 卷第 6 號。

〔註 157〕張厚載《「臉譜」—「打把子」》，《新青年》，1918 年第 5 卷第 4 號。

〔註 158〕歐陽予倩《予之戲劇改良觀》，《新青年》，1918 年第 5 卷第 4 號。

〔註 159〕余上沅《國劇運動》，上海：上海書店出版社，1992 年，第 201 頁。余氏極端的說法為：「雖然這些作品的戲劇元素如此之弱，而舊戲還是能夠站立如此之久；它的原因，不在劇本而在動作，不在聽而在看。」

〔註 160〕張婷婷《回到「五四」戲劇論爭的現場》，《中央戲劇學院學報戲劇》，2008 年第 2 期，第 53 頁。

〔註 161〕以如今之觀念看來，胡適等人之觀點難掩極端偏激，其中以「精英分子」自居，視戲曲為「中下層社會」的東西，是「下等的歌謠……下等人歌唱的款式……全不脫下等人的賤樣」。這場論戰後來漸漸超出文學範疇，甚至變成人身攻擊和政治鬧劇。在種種撲朔迷離的輿論謠言和政治壓力下，1919 年 3 月，張厚載被北大勒令退學；4 月，陳獨秀被解除北大文科學長職務，不久之後因散發反政府傳單被捕，保釋出獄後徹底脫離北大，南下廣州。

在這種背景下，魯迅先生的態度就顯得尤為難能可貴。對於鄉土舊劇，魯迅是抱親近態度的，因此在論證中，魯迅的發言就不多。然而作為啟蒙者，親近未必就是擁護和贊同，相反，魯迅對中國戲劇的變革之呼聲，從來都是十分高漲的。然而他認識到中國戲劇生態嬗變的前提，是必須承認鄉土戲劇的地位，鄉土戲劇是民族審美和文化心靈期待與寄託。而絕大多數的啟蒙者，忽視了這個從鄉土到都市的啟蒙變革過程，佔據所謂西方或都市知識精英的立場，甚至淪為政治幫閒的工具，這一點是十分可悲的。

二、生態嬗變的過程——必經之都市化道路與不必的梅蘭芳主義

（一）魯迅的鄉土戲劇觀

魯迅先生筆下的《社戲》《無常》《五猖會》等篇什，都是鄉土戲劇的重要代表，對於這些所謂的「俗」戲，魯迅是給予了深切的理解甚至是關愛的。在《五猖會》中，魯迅不厭其煩地引用張岱《陶庵夢憶》中關於鄉土戲劇的描述：

> 分頭四出，尋黑矮漢，尋梢長大漢，尋頭陀，尋胖大和尚，尋茁壯婦人，尋姣長婦人，尋青面，尋歪頭，尋赤鬚，尋美髯，尋黑大漢，尋赤臉長鬚，大索城中……〔註162〕

這就是越中的鄉土民俗，是無法斷然拋棄的。事實上，張岱的《陶庵夢憶》就是吳越民俗風土的歷史記錄，「揚州清明」「二十四橋風月」「越俗掃墓」「紹興燈景」「龍山放燈」「目蓮戲」「閏元宵」「西湖香市」等都是江南地區明末民俗的歷史資料。魯迅對鄉土戲劇的親近，源於他的鄉土生活的生命體驗，這一點對藝術的體察，至為重要。而民間演目連戲，往往也是樂此不疲，「戲中套數，如《招五方惡鬼》《劉氏逃棚》等劇，萬餘人齊聲吶喊。」這便是民眾的狂歡。這種鄉土民俗狂歡，不獨吳越，其他廣大地域，如巴蜀、荊楚、瀟湘都是如此。其中「蜀中春時，好演〈捉劉氏〉一劇」，「其劇至劉青提初生演起，家人瑣事，色色畢俱，未幾劉氏扶床矣，未幾劉氏及笄矣，未幾議媒議嫁矣，自初演至此，已逾十日〔註163〕」。

魯迅先生對家鄉紹興一帶的目連戲、鬼神戲、社火戲與祭祀劇都寄寓著飽滿的同情與理解。這真可謂與五四啟蒙者的大多數背道而馳。魯迅的態度

〔註162〕張岱《陶庵夢憶》（卷七），長沙：嶽麓書社，2003年，第246頁。
〔註163〕徐柯《清稗類鈔》，北京：中華書局，1984年，第5016頁。

並不說明他就不主張改變，只是在變與不變中間，不可全盤否定，有必要之前提，必要之保留。這第一層保留，便是鄉土文化世界對人民的關懷和慰藉。

一齣戲好不好，首先需要追問的是人民愛戴與否，他指出：

> 不過一到做「大戲」或「目連戲」的時候，我們便能在看客的嘴裏聽到「女弔」的稱呼。也叫作「弔神」。橫死的鬼魂而得到「神」的尊號的，我還沒有發見過第二位，則其受民眾之愛戴也可想〔註 164〕。

同樣深受人民愛戴的還有目連戲中的「無常」。人民之於鬼物，「惟獨與他最為稔熟，也最為親密，平時也常常可以遇見他」，這就是「一頂白紙的高帽子」和拿著「破芭蕉扇」的無常〔註 165〕。與其說是熟稔，不如說就是愛戴。這種愛戴，是源於人民的生活和生命體驗，這種體驗通過鄉土戲劇的儀式性獲得崇高的信仰地位，慰藉這底層人民的心靈，寄託著底層民眾對於真、善、美的期待和希望。這種期待，借助「一個帶復仇性的，比別的一切鬼魂更美的，更強的鬼魂〔註 166〕」的形象來展現，就會獲得一種崇高和儀式性。

> 凡做戲，總帶著一點社戲性，供著神位，是看戲的主體，人們去看，不過叨光。但「大戲」或「目連戲」所邀請的看客，範圍可較廣了，自然請神，而又請鬼，尤其是橫死的怨鬼。所以儀式就更緊張，更嚴肅。一請怨鬼，儀式就格外緊張嚴肅，我覺得這道理是很有趣的〔註 167〕。

這種儀式性又是通過饒有民間趣味的戲劇形式展現，成為底層人民精神文化生活的重要組成。這種民俗與民間儀式性的鄉土戲劇，娛神，也娛人，至少在沒有新的藝術形式可以取代的情況下，絕無斷然捨棄的可能。當然，這其中所謂的俗陋和鄙下是必然會存在的，比如所謂的「討替代」，就是偏狹的小農希望自己的痛苦轉嫁給他人。然而在魯迅看來，這未必是俗陋的小民的錯，更不是鄉土戲劇的錯，這與剝削階級的詭計相比，不過是一種消極的抵抗罷了。

〔註 164〕魯迅《魯迅全集》（第六卷），北京：人民文學出版社，2005 年，第 637 頁。
〔註 165〕魯迅《魯迅全集》（第二卷），北京：人民文學出版社，2005 年，第 277 頁。
〔註 166〕魯迅《魯迅全集》（第六卷），北京：人民文學出版社，2005 年，第 637 頁。
〔註 167〕魯迅《魯迅全集》（第六卷），北京：人民文學出版社，2005 年，第 638 頁。

> 被壓迫者即使沒有報復的毒心，也決無被報復的恐懼，只有明明暗暗，吸血吃肉的兇手或其幫閒們，這才贈人以「犯而勿校」或「勿念舊惡」的格言，——我到今年，也愈加看透了這些人面東西的秘密〔註 168〕。

與俗陋和偏狹相比，民間的同情和溫情，簡直令人驚詫。一切善的、美的因子，在藝術的感染與共鳴中得以生成，素樸的正義的渴求在戲劇的展演中，得以呼喚。「奴奴本身楊家女，呵呀，苦呀，天哪！〔註 169〕」這苦楚，擁有極為廣泛的民間共鳴基礎，這與啟蒙者空洞地談道德，談藝術有本質不同。如果說《女弔》反映的是民間的苦楚的同情與共鳴；《無常》則反映了民間的心靈慰藉的訴求以及對於素樸正義的渴望。

敝同鄉「下等人」——的許多，活著，苦著，被流言，被反噬，因了積久的經驗，知道陽間維持「公理」的只有一個會，而且這會的本身就是「遙遙茫茫」，於是乎勢不得不發生對於陰間的神往〔註 170〕。

這種神往在大多數啟蒙者看來，自然是愚昧不堪的，然而用魯迅先生的話說，這愚昧的神往的對象，或許是他們生命中唯一的「真正主持公理的角色」。如果說要改，改的不是這舊戲，而應該是社會，是體制，是給人民以新的希望。何況，所謂看戲，在鄉土，或許本來也並沒有那麼多的訴求，不過是好看，鬧熱，有趣而已。所以魯迅先生說：最好是去看戲。但看普通的戲也不行，必須看「大戲」或者「目連戲」。

> 目連戲的熱鬧，張岱在《陶庵夢憶》上也曾誇張過，說是要連演兩三天。在我幼小時候可已經不然了，也如大戲一樣，始於黃昏，到次日的天明便完結。這都是敬神禳災的演劇，全本裏一定有一個惡人，次日的將近天明便是這惡人的收場的時候，「惡貫滿盈」，閻王出票來勾攝了，於是乎這活的活無常便在戲臺上出現〔註 171〕。

如果說對所謂正義的渴求是民間的心理訴求，那麼對於熱鬧、奇趣、好看的追求則是對於文化的訴求；此外還有情感和道德訴求。因此這些鄉土戲劇，都是十分具有人情味的，比如無常的人情味「生人走陰，就是原是人，

〔註 168〕魯迅《魯迅全集》（第六卷），北京：人民文學出版社，2005 年，第 642 頁。
〔註 169〕魯迅《魯迅全集》（第六卷），北京：人民文學出版社，2005 年，第 641 頁。
〔註 170〕魯迅《魯迅全集》（第二卷），北京：人民文學出版社，2005 年，第 278 頁。
〔註 171〕魯迅《魯迅全集》（第二卷），北京：人民文學出版社，2005 年，第 280 頁。

夢中卻入冥去當差的，所以很有些人情。」在普通觀眾，則在於他爽直，愛發議論，有人情，要尋真實的朋友，倒還是他妥當。無常從某種意義上說，成了人們心靈深處的朋友。而這朋友，啟蒙者的理論世界，無從出現。魯迅對於這種人情味甚至一直都十分懷念：「真的，一直到現在，我實在再沒有吃到那夜似的好豆，也不再看到那夜似的好戲了〔註 172〕」。因為這人情，已經超出了戲劇的範疇，進入了觀者的生命和情感體驗，成為滋長人生的重要因子。20 世紀初，中國戲劇領域出現了大量由「小戲」發展形成的新劇種，形成一場聲勢浩大的「新劇種運動」〔註 173〕，從另一個層面，反映了鄉土戲劇的永恆生命力。

（二）魯迅的都市戲劇觀——梅蘭芳的歧途

然而，鄉土社會畢竟在漸次瓦解，就如魯迅筆下的《祝福》《故鄉》，再也回不去了。

回不去的除了魯鎮，還有一個擁有鄉土生命體驗之人的精神家園。這個問題是二十世紀後半葉中國人普遍面臨的重要問題。因此，從鄉土到都市，在都市重構一個精神家園，成為重要的文化共識。藝術，無疑是都市文化建構的重要方面。然而二十世紀上半葉的中國，都市是無法脫離鄉土而存在的，因此獨立化的都市藝術訴求，無疑是以脫離鄉土母體文化生態為代價的。是為戲劇由鄉土而都市的難題，也是梅蘭芳誤入的歧途之一。事實上，並不是梅蘭芳，而是二十世紀初的京劇，從宮廷走出來，已經漸漸失去了鄉土戲劇的文化因子，淪為供人消遣、賞玩的工具。

因此，魯迅先生是不喜看京戲的。「對於京戲是仁者見仁，智者見智，難得一致，而魯迅是不喜歡京戲的」〔註 174〕。因為京劇的都市化，從根本上脫離了人民的文化。其中，「魯迅先生通過對梅蘭芳的評價，揭示了都市京劇的問題所在。」〔註 175〕那就是脫離鄉土與人民的創造，必將遠離人民的情感和生命期待。比如，梅蘭芳先生塑造的林黛玉，就已經並非那個人民心中的林黛玉了：

〔註 172〕魯迅《魯迅全集》（第一卷），北京：人民文學出版社，2005 年，第 597 頁。

〔註 173〕傅謹《「小戲」崛起與 20 世紀戲劇美學格局的變易》，《戲劇藝術》，2010 年第 4 期，第 43～55 頁。

〔註 174〕王爾齡《魯迅與戲曲》，《上海戲劇》，1961 年第 10 期。

〔註 175〕張新元《中國戲曲發展道路的哲人思考——魯迅三十年代論梅蘭芳》，《四川戲劇》，1995 年第 1 期。

我在先只讀過《紅樓夢》，沒有看見『黛玉葬花』的照相的時候，是萬料不到黛玉的眼睛如此之凸，嘴唇如此之厚的，本以為她應該是一副瘦削的癆病臉，現在才知道她有些福相，也像一個麻姑。然而只要一看那些繼起的模仿者們的擬天女照相，都像小孩子穿了新衣服，拘束得怪可憐的苦相，也就會立刻悟出梅蘭芳君之所以永久亡故了。其眼睛和嘴唇，蓋出於不得已，即此以證明中國人實有審美的眼睛……〔註 176〕

因為人民心目中的戲劇，是有情感、有溫度，夾雜著生命體驗和生命儀式與信仰的。用五四時候的常用語來說，是為人生的。然而梅博士扮演的林黛玉雖美則美矣，但乃是冷冰冰的刻意的妝扮，迎合的是都市的有錢、有閒階級的審美訴求。魯迅反感的不是梅博士的「醜陋」，恰恰是梅博士過分執著和追求的美，以及由此而喪失的藝術的母體本源和人情溫度。用魯迅慣常的批評話語而言，是簡直「為藝術而藝術」了。至少在魯迅時代的都市環境下，內憂外困，斷然沒有純粹的藝術之空間，藝術脫離了人民和母體文化，即便本體再精緻，也會失去生命的光澤。因此，對於梅蘭芳，魯迅批評地最為激烈的，還有所謂的「雅化」。

京劇是由俗變雅的典型，雅是雅了，但多數人看不懂，不要看，還覺得自己不配看了〔註 177〕。

事實上，這就是因為脫離了人民，猶如「士大夫常將《竹枝詞》改為文言，將『小家碧玉』作為姨太太，但一沾著他們的手，這東西也就跟著他們滅亡」。魯迅尤其不能接受的是為了所謂精緻和漂亮而興起的「男人扮女人」，因為這從根本上就割裂了戲劇與人民生命體驗的聯繫。因為一旦「男人扮女人」，都市所謂「士大夫」是覺得美了，但對於普通民眾而言，男人看到「扮女人」，女人看到「男人扮」，終究看不到那個本真的「男人」和「女人」了。這樣的脫離底層大眾的藝術，並非中國戲劇的通途。魯迅也是諷刺道——我們中國的最偉大最永久的藝術是男人扮女人。

事實上，梅蘭芳早先的戲也是「俗」的，甚至是猥下，肮髒的，但是潑辣，有生氣，但編戲的「士大夫」奪取了民間的東西，就變得「死板板的，

〔註 176〕張效民《魯迅作品賞析大辭典》，成都：四川辭書出版社，1992 年，第 397～400 頁。

〔註 177〕魯迅《魯迅全集》（第五卷），北京：人民文學出版社，2005 年，第 580 頁。

矜持得可憐」。這樣的都市戲劇，是斷然無法表達人生情感和生命體驗的，據郁達夫回憶：「在上海，我有一次談到了茅盾、田漢諸君想改良京劇，他（魯迅）根本就不贊成，並很幽默地說，以京劇來救國，那就是『我們救國啊啊啊』了，這行嗎？」〔註 178〕這個論斷饒有趣味地回答了二十世紀初革命者的改良問題，因為當時用以改良的是都市京劇，脫離了母體鄉土文化，注定無法成功。而鄉土戲劇因為保留了民俗儀式性、鬧熱性以及民間趣味性，可以從內容、情感、儀式等多方面達到與人民的共鳴，從而起到潛移默化的藝術感染和生命慰藉功效。這一點，是梅博士注定無法完成的，因為他已經不自覺地在歧途之上。

饒有趣味的是，當是時，當年攻擊舊戲的啟蒙者，居然態度紛紛發生了微妙的變化。1928 年，胡適在一次演講中說「社會上無論何種職業，不但三十六行，就是三萬六千行，也都是社會所需要的。梅蘭芳是需要的！小叫天（譚鑫培）是需要的！」胡適還為梅蘭芳訪美出力，甚至親自迎送。這說明，胡適將中國戲劇的希望寄託於梅蘭芳等都市京劇藝人，這一次又在戲劇觀念上落於魯迅先生下風。而魯迅的弟弟周作人，則採取了折衷的態度，在《中國戲劇的三條路》中說：「舊劇是民眾需要的戲劇，我們不能使他滅亡，只應加以改良而使其興盛」。而這種折衷，恰恰也是魯迅先生最深惡痛絕的，等於什麼也沒說。

三、生態嬗變的旨歸——「看客態度」「國民性」之變革

既然鄉土社會漸次瓦解，也絕不可能退回到那個素樸的藝術世界，那麼由鄉土而都市，便是必然之路。換言之，戲劇變革是必須執行的選擇，對此，莫非魯迅先生會熟視無睹嗎？當然不是，魯迅先生對戲劇生態嬗變的態度和觀念，可以說是啟蒙者中最具深刻洞察力的。首先當然是對人民，以及承載著人民文化藝術審美，以及生命情感價值的鄉土戲劇的母體文化因子的保留。此外，當然應該摒棄梅蘭芳的精緻主義的都市化路線。在魯迅的觀劇生涯中，如果說對鄉土戲劇是一種懷念，但畢竟無法繼續支持和留戀；對都市京劇與梅蘭芳是排斥，那麼他有沒有真心喜愛並竭力支持的戲劇樣式？

（一）鄉土而都市的範本——魯迅與易俗社的不謀而合

1924 年，魯迅在陝西易俗社看戲 5 場，「對其辦社宗旨、訓練方法、管理

〔註 178〕郁達夫《郁達夫文集》，北京：人民文學出版社，1982 年，第 97 頁。

制度、舞臺演出，頗為讚賞，除向該社捐贈部分講學金外，還親題『古調獨彈』匾額以誌慶賀」〔註 179〕。據易俗社藏資料記載：

> 魯迅 1924 年夏來西安，原是應邀講學，勾留的時間也不長，並不是千里迢迢來看秦腔，但是他忙裏偷閒，五次到易俗社觀劇。《易俗社七十週年大事紀》載，魯迅所觀劇目有《雙錦衣》前後本、《大孝傳》全本、《人月圓》全本和折子戲，時間分別是當年 7 月 16 日、17 日、18 日、26 日和 8 月 2 日，邀請並做陪的有孫仁玉、范紫東、高培支、呂南仲等人。魯迅題贈「古調獨彈」是在 8 月 2 日。那天晚上，陝西省長劉鎮華為到西安講學的魯迅先生一行餞行，在易俗社設宴、招待演出。〔註 180〕

又孫伏園《魯迅與易俗社》記載，「先生在西安有個觀點：取之於陝，用之於陝，因此捐助了易俗社五十元」〔註 181〕這一點，在魯迅先生日記可以得到印證：

> （七月）十六日……晚易俗社邀觀劇，演《雙錦衣》前本。
> 十七日……夜觀《雙錦衣》後本。
> 十八日……夜往易俗社觀演《大孝傳》全本。月甚朗。
> 二十六日……晚王捷三邀赴易俗社觀演《人月圓》。
> （八月）三日……午後收暑期學校薪水並川資泉二百，即託陳定漢君寄北京五十，又捐易俗社亦五十。〔註 182〕

透過魯迅先生的日記，不難發現，易俗社的觀劇體驗，十分美好。所謂「月甚朗」表明觀劇後的心境極好。「又捐易俗社亦五十」，所謂「亦」就是也，如果聯想到魯迅另外的五十是寄給北京的家中，那麼這個「亦」，簡直是把易俗社和北京的家相提並論，是何等親切而親近之感。這種美妙的感覺，今天讀來，依舊覺得十分有趣而令人驚喜。實際上魯迅先生一直在關注這個劇社。1920 年教育部通俗教育研究會獎給易俗社的金色褒狀，就有魯迅的舉薦成分，因為彼時節魯迅正在教育部任職。

魯迅先生何以對易俗社如此情有獨鍾，究其原因，恐怕就是因為易俗社的

〔註 179〕曲象豔《魯迅「古調獨彈」匾真偽小考》，《陝西檔案》，2000 年第 4 期。
〔註 180〕秦力《「古調獨彈」溯源》，《金秋》，2012 年第 11 期。
〔註 181〕《人民日報》，1962 年 8 月 14 日。
〔註 182〕魯迅《魯迅全集》（第十五卷），北京：人民文學出版社，2005 年，第 523 頁。

戲劇改良觀念與魯迅先生不謀而合。而最能反映易俗社的戲劇改良觀念的是李桐軒《甄別舊戲草》。簡而言之，這份宣言與魯迅由鄉土而都市的戲劇嬗變主張，十分一致。即，既要保留鄉土母體文化因子，即魯迅所謂的「生氣」，又要符合新的時代和都市文化訴求。

1913 年李桐軒寫出推動戲劇改革的論著《甄別舊戲草》，1917 年出版發行。李桐軒的《甄別舊戲草》的首要功績，就是尊重並保留了戲曲生態體系的整體和自洽。書中列舉大量事實，將當時戲曲分為三大類：「可去之戲分六類：一曰誨淫；二曰無理；三曰怪異；四曰無意識；六曰歷史不實。（例證 158 種）可改之戲分三類：一曰善本流傳失真者；二曰落常套者；三曰意本可取而抽象者。（例證 43 種）可取之戲大致分為四類：一曰激發天良；二曰灌輸知識；三曰武打之可取者；四曰詼諧之可取者。（例證 130 種）」先生的目的在序言裏表達得很清楚：「由是言之，戲曲之改良，俱以膏粱易藜藿，此外固無多事也。擬人亦有言曰：『推其陳，出其新，病乃不存。陳之不推，新將焉出？』不揣固陋，特甄別舊戲以貢獻社會，以就正於教育大家。」為什麼能夠得出這個結論呢？

> 我國人知書者百只一二，戲則自士君子，下逮皁隸、愚氓、巷閭婦孺、無不知也。善者可以感發人之善心，惡者可以懲創人之逸志。是為普及教育之，天然機關，已為世界所公認。故曲本之作，不可不慎慎之。如何？當以影響於人心為斷。吾得准是以甄別舊戲，分之為可去者，可改者，可取者。可去之戲，分六類：一日誨淫，二日無理，三日怪異，四日無意識，五日不可為訓，六日歷史不實〔註 183〕。

在《甄別舊戲草》中，李先生通過闡釋新劇與舊戲不同的藝術特徵及社會效用，論證了舊戲改良的必要性。他認為，新劇一洗舊戲之陋習，務求「傳神寫真」「感人易入」，可謂戲劇改良之「極軌」。然而，新劇普及需要觀眾有一定文化水平：「必學有程度而後可」，在當時文盲充斥、民智錮蔽的社會歷史環境下，「安得如許有程度之人遍滿伶界，為全國人民一新其知識哉」？由於舊戲的普及性及在普通百姓中的影響力，故為達到思想宣傳、文化傳播的目的，又不得不用舊戲。他認為，舊戲雖有「不合人世之真相」的瑕疵，然而，為了「補不善傳神者之闕」，除了用說白外，又借用長鬚、塗面、舞蹈、

〔註 183〕李良材《甄別舊戲草》，《易俗雜誌》，1913 年。

歌唱以及絲竹鼓鐃等，來「促人注意」「動人視聽」，凡此數端，「借前人幾經研究而得之」，即學無程度之童子亦堪可「規矩準繩」。因而，為了謀求社會教育之普及，必須採取舊戲，於是得出舊戲乃為「普及教育之天然機關」的結論。

然何為「誨淫」？

> 國風貞淫、正變，所以兼收者，有美有刺也。戲曲雖有戲戒，恒在末場。而賤伶每節取中場男女相悦之詞，且極意形容，以迎合斯世下流社會。惡乎，知所懲戒哉。風俗之靡，為國家憂，與其因戒，以生弊，不如盡去之為得也。其藍本如：《金瓶梅》本戒多妻，然編為戲曲，則意不可見，而但見其淫。《肉蒲團》等，俱不可用〔註 184〕。

可見沒有情感的「非風情化的」肉慾則為「淫」。此外，淺陋之夫其所意造，齊東野人或信之，而不知乃事之所必無者也。以之反訓，則人民智識愈蔽；人民智識蔽，則國家無進步之希望矣。此為無理。鬼神吾不謂其有無也。古人神通設教，足以助法律所不及，以其人猶有醇樸之風焉。今人心漸漓，往往假之以作奸犯科，得收其效者，蓋寡矣。義和拳之禍，世謂由戲產出，實非妄評。故務民之義者，寧勿語之為得。此為怪異。凡書史所載者，皆傳奇也。是故奇則傳，不奇則不傳。不遇頑父嚚母，雖大舜之孝，亦無得而稱。況小說戲曲？尤以傳奇為義者哉！日用尋常之事，編為戲曲，故不害道，究亦無益，作無益則害有益。故不如其已。此為無意識。可與人共由之，謂道：以道率人而莫之，應謂非。率者之咎可也，若陳義過高，不可仰企，或放誕風流，逾越禮法而傳為佳話，是賢智之過，與愚不肖等何取乎？此為不可為訓。最後還有歷史不符者也應該被禁止。

不難看出，由於李良材先生本身就是一位戲曲作家，具有豐富的戲曲實踐經驗，他所提出的觀點不僅切合當時戲曲生態實際，因此在審美價值上，保留了戲曲本體的美學特色。比如對於詼諧、動作戲的肯定，其實質就是對傳統戲曲生態的「鬧熱、趣味、風情」的尊重。

綜上，李良材在其《甄別舊戲草》中，提出戲劇的「謀社會教育」作用，並把新舊戲作了比較，提出了改革劇本等問題，對傳統劇目要「逐目甄別改編上演」，以符合時代需要。從這個意義上而言，易俗社堪稱鄉土而都市的範本。

〔註 184〕李良材《甄別舊戲草》，《易俗雜誌》，1913 年。

（二）「國民性」之變革——奴性、看客態度及其他

如果說，李桐軒改的是戲，那麼魯迅還進一步提出改變「觀者」，即看戲的人。魯迅的態度十分明確，從兩方面入手，一是改變「看客態度」；二是，改造「國民性」。事實上，關於戲劇的國民性問題，最先提出的是胡適。胡適說「大概人生現實底缺陷，中國人也很知道，但不願意說出來；因為一說出來，就要發生『怎樣補救這缺點』的問題，或者免不了要煩悶，要改良，事情就麻煩了。而中國人不大喜歡麻煩和煩悶……所以凡是歷史上不團圓的，在小說裏往往給他團圓；沒有報應的，給他報應，互相騙騙。——這實在是關於國民性底問題〔註 185〕。

然而在戲劇觀念上，將國民性改造提到最重要的位置的人，卻是魯迅。魯迅常常借助文字，「使他的類型在戲臺上出現」，以此對「國民的劣根性」進行批判〔註 186〕。國民性的變革，首先應該從看客態度改起。而這種看客態度，與中國民眾身上的奴性是分不開的，也要一併除去。

1923 年，魯迅在《娜拉走後怎樣》，說「永遠是戲劇的看客」；1925 年，魯迅在《示眾》說「麻木的群眾既是示眾材料無聊的看客，又是無聊的被示眾的材料。」

> 群眾——尤其是中國的——永遠是戲劇的看客。犧牲上場，如果顯得慷慨，他們就看了悲壯劇；如果顯得觳觫，他們就看了滑稽劇。
>
> ……
>
> 只是這犧牲的適意是屬於自己的，與志士們之所謂為社會這無涉。群眾——尤其是中國的——永遠是戲劇的看客。犧牲上場，如果顯得慷慨，他們就看了悲壯劇；如果顯得觳觫，他們就看了滑稽劇〔註 187〕。

因為看客的態度，所以人民永遠只能是奴性的所謂忠僕、義士、好人。誠如魯迅曾對傳統劇目《一捧雪·代主受戮》的評價：「一個大官蒙了不白之冤，非被殺不可了，他家裏有一個老家丁，面貌非常相像，便代他去『伏法』……

〔註 185〕季羨林主編《胡適全集》（第 1 卷），合肥：安徽教育出版社，2003 年，第 4～15 頁。

〔註 186〕魯迅《魯迅全集》，北京：人民文學出版社，1981 年。

〔註 187〕魯迅《魯迅全集》（第一卷），北京：人民文學出版社，2005 年，第 180 頁。

為要做得像，臨刑時候，主母照例的必須去『抱頭大哭』，然而被他踢開了，雖在這時，名分也得嚴守，這是忠僕、義士、好人。」

不僅如此，犧牲者也將白白犧牲。《二心集・新的「女將」》中魯迅提出「看客」們的麻木心態，甚至將民族女英雄的犧牲，也作為「天地大戲場」。甘於被壓迫，被迷惑，對於「而那些想要揭穿做戲的人」，卻麻木不仁。奴性和愚昧，讓「群眾，——尤其是中國的，——永遠是戲劇的看客」。隱藏在國民性背後的文化劣根不改，中國就不會有真正的前途和未來。為此，魯迅在《「以眼還眼」》（見《且介亭雜文》）和《又是「莎士比亞」》（見《花邊文學》）中，以莎士比亞歷史劇《裘里斯・凱撒》為例，說明，一旦觀者不再麻木，將迸發出巨大的力量。

因此，在戲劇上，只要觀者去除奴性和看客的麻木不仁，自然能夠去蕪存菁，能夠分辨藝術的好壞優劣。當然更重要的就是能夠識破壓迫者的詭計。魯迅在《宣傳與做戲》（《二心集》）中說：

> 楊小樓做《單刀赴會》，梅蘭芳《黛玉葬花》，只有在戲臺上的時候是關雲長，是林黛玉，下臺就成了普通人……〔註188〕

除此之外，要打破，要改造：

> 不過在戲臺上罷了，悲劇將人生的有價值的東西毀滅給人看，喜劇將那無價值的撕破給人看。譏諷又不過是喜劇的變簡的一支流。但悲壯滑稽，卻都是十景病的仇敵，因為都有破壞性，雖然所破壞的方面各不同。中國如十景病尚存，則不但盧梭他們似的瘋子決不產生，並且也決不產生一個悲劇作家或喜劇作家或諷刺詩人。所有的，只是喜劇底人物或非喜劇非悲劇底人物，在互相模造的十景中生存，一面各各帶了十景病〔註189〕。

而打破不能是盜寇式的破壞，更不能是奴才式的破壞〔註190〕，而應該是人民式的，與一切非人民的、反動的「瞞騙」〔註191〕「壓迫」做鬥爭。要摒棄傳統戲劇舞臺上的虛假的團圓，因為「沒有衝破一切傳統思想和手法的闖將，中國是不會有真的新文藝的〔註192〕」。然而事實是，當時除了舊戲，

〔註188〕魯迅《魯迅全集》（第四卷），北京：人民文學出版社，2005年，第345頁。
〔註189〕魯迅《魯迅全集》（第一卷），北京：人民文學出版社，2005年，第216頁。
〔註190〕魯迅《魯迅全集》（第一卷），北京：人民文學出版社，2005年，第216頁。
〔註191〕魯迅《魯迅全集》（第一卷），北京：人民文學出版社，2005年，第260頁。
〔註192〕魯迅《魯迅全集》（第一卷），北京：人民文學出版社，2005年，第266頁。

現代戲不過是加上上海洋場式的狡猾；影戲即電影，無非仍然是「加上些舊式戲子的昏庸」，因為國民性不改，藝術沒有前途，民族也必將暗淡無光。人們看電影、新戲的時候，只不過是另一種形式的看客〔註 193〕。

這本是魯迅諷刺所謂新的文學藝術，不過仍舊是當局慣於作虛假宣傳，自欺欺人，而只有拋棄看客心態，才能辨別這虛假和欺騙，否則只能繼續被騙，繼續麻木。然而，可悲的是在《看蕭和「看蕭的人們」記》中，中國的民眾，依舊是看客，可見魯迅先生的戲劇變革之路，任重而道遠。

除了看客態度和奴性，國民性的弱點，還包括病態的人格。比如《論照相之類》(《墳》) 一文中，「男人扮女人」，此外還有諸如咳一口血，去看秋海棠〔註 194〕。1933 年，魯迅在《最藝術的國家》一文（見《偽自由書》）中說：「我們中國的最偉大最永久，而且最普遍的『藝術』是男人扮女人。這藝術的可貴，是在於兩面光，或謂之『中庸』！男人看見『扮女人』，女人看見『男人扮』，表面上是中性，骨子裏當然還是男的。」這種病態的中庸或者騎牆態度，是國民性的巨大弱點。這種畸變的人格，在魯迅看來，就是所謂的「二丑」：

> 這最末的一手，是二丑的特色。因為他沒有義僕的愚笨，也沒有惡僕的簡單，他是智識階級。他明知道自己所靠的是冰山，一定不能長久，他將來還要到別家幫閒，所以當受著豢養，分著余炎的時候，也得裝著和這貴公子並非一夥〔註 195〕。

如果說奴性是看客們的至劣本性，那麼二丑就是幫閒們的最惡品質，都是必須摒除的。這種畸變的人格，恰如「男人扮女人」的梅蘭芳。「最藝術的國家，最中庸的民族」，藝術沒有煙火生氣，只有病態的人格和所謂美感，病態的「男人扮女人」。可見魯迅對梅蘭芳的態度，並非是詰難梅博士，而是對民族國民的劣根性的怒其不爭。因此，魯迅常常一聽到梅蘭芳，就要生牴觸情緒：

> 前幾天的夜裏，忽然聽到梅蘭芳「藝員」的歌聲，自然是留在留聲機裏的，像粗糙而鈍的針尖一般，刺得我耳膜很不舒服。於是

〔註 193〕魯迅《魯迅全集》(第三卷)，北京：人民文學出版社，2005 年，第 442 頁。
〔註 194〕魯迅《魯迅全集》(第六卷)，北京：人民文學出版社，2005 年，第 167 頁。
〔註 195〕賈植芳《現代散文鑒賞辭典》，上海：上海辭書出版社，2003 年，第 50～51 頁。

> 我就想到我的雜感，大約也刺得佩服梅「藝員」的正人君子們不大舒服罷，所以要我不再做。〔註 196〕

然而，魯迅所真正不屑的，並非梅蘭芳，而是那些捧梅的「正人君子」，實則是幫閒、看客或畸變的人格。

國民性的弱點，還在於玩與被玩。中國的士大夫慣於將一切都變成趣味，變成清玩，一旦「罩上玻璃罩，做起紫檀架子來」，往往會促其滅亡。而梅蘭芳「竟沒想到從玻璃罩裏跳出」而譚鑫培和老十三旦來「老十三旦七十歲了，一登臺，滿座還是喝彩。為什麼呢？就因為他沒有被士大夫據為已有，罩進玻璃罩。」這一點，田漢，解放前也曾說過：「京戲走上『內廷供奉』的道路之後，脫離民眾。〔註 197〕」與魯迅的觀點驚人的一致。魯迅還斷言：「梅蘭芳的遊日，遊美，其實已不是光的發揚，而是光在中國的收斂。」這句論斷，今天看來，真是振聾發聵。事實上，戲曲在尊重母體文化，實現對人的尊重和理解；在接受啟蒙和現代文化，實現對人群和民族的教化的基礎上，還要不斷通戲曲生態以外的生態要素發生聯繫，在聯繫過程中，必須保持藝術本體的獨立性和品格，不能淪為玩物、工具，從而墮入歧途。

試想，觀者不麻木，不劣根，有智識和信仰；演者有生氣，有生命，不淪為玩物，這樣的戲劇生態，才算是有前途。這樣的判斷，對今天的中國文藝，不單單是戲劇，也有十分重要的啟示意義。

結　語

魯迅自謙是戲劇的「門外漢」，然而他在傳統戲劇的繼承和批判上、在翻譯介紹國外優秀戲劇作家及作品，不斷豐富了自身的戲劇觀。對於戲劇功用、戲劇審美、戲劇與人生等方面的意義，都可謂達到了思想的高峰。

魯迅戲劇觀的高度，源於他對人民的深切情感。因為人民的「辛苦麻木」，因此，其取材多採自「病態社會的不幸的人群」中，以「揭出病苦，引起療救的注意」〔註 198〕。也正是因為這個原因，當今有評論者認為：魯迅在舊戲曲與新文化之間架起了一座橋樑。〔註 199〕然而這新文化已經是無產階級新文

〔註 196〕魯迅《魯迅全集》(第三卷)，北京：人民文學出版社，2005 年，第 388 頁。
〔註 197〕《田漢論越劇》，《大晚報》，1946 年 9 月 19 日。
〔註 198〕魯迅《魯迅全集》(第四卷)，北京：人民文學出版社，2005 年，第 526 頁。
〔註 199〕張新元《簡論魯迅與中國戲曲》，《魯迅研究月刊》，1991 年第 12 期。

化，並非五四新文化，因為從人民性而言，無產階級新文化與鄉土文化是一脈相承的。這也是為什麼延安的秧歌劇運動，京劇改革能夠取得一定成功的原因。當然也是為什麼中國古典戲劇在建國後未受到政治干預的歷史時期，得以迅速復興和繁盛的原因。換言之，按照魯迅的戲劇嬗變觀念指導今日之中國戲劇發展，將有重大裨益，這也是魯迅先生不經意間留給中國戲劇的最重要財富。

第二章　民國報刊史料與民國都市戲曲生態建構

第一節　《北洋畫報》與民國戲曲生態建構想像

《北洋畫報》是由自幼留學海外、接受過西洋文化教育的馮武越一手創辦，「傳播時事、提倡藝術、灌輸知識」是其辦刊宗旨。北洋畫報是民國文化生態的一個高度縮微，而戲曲生態又是民國文化生態的一個縮微。通過這份報紙，或許可以窺探一個完整的戲曲生態的想像，因為現實永遠不可能完整自洽，這也是戲曲的生態生命流動使然。戲曲生態是動態的，其母體為該生命體系注入基因與活力，那就是鄉土情懷與人情眷戀；其本體以最精微，最絕倫之表演藝術，歌舞演故事，絲毫不能馬虎，需要嚴肅甚至嚴苛；其衍體則形形色色，或串客、或學生演劇，或秦樓楚館，妓子歌舞，或長三、麼二，雛妓髦兒，反映最貼切之人性與欲望，美醜聚集，無論對錯好壞；而上述種種都離不開民國特定之外部生態環境，社會變革，戰爭殺伐，凡此種種，共同構成民國戲曲生態之想像。戲曲藝術生命尚在，想像則不止。《北洋畫報》創刊於 1926 年 7 月 7 日，由馮武越創辦。早期為三日刊，每逢星期三、星期六出版一次。1928 年 10 月 2 日第 225 期起改為每週二、四、六出版，1933 年轉手給同生照相館老闆譚林北。抗戰爆發後於 1937 年 7 月 29 日終刊，共出刊 1587 期，出版時間長達 11 年之久，號為華北畫報巨擘。《北洋畫報》以「時事、藝術、科學」為口號，戲曲特別是京劇作為當時最為普遍的藝術形式，尤為受到《北洋畫報》的關注。戲曲廣告、戲曲消息、戲曲評論幾乎每期都有刊載。《北洋畫報》在第 166 期設立「戲劇專刊」專門收納戲曲內容。戲劇專刊出版至《北洋畫報》747 期時暫停，仍「照最初辦法，仍以劇影隨時插登時事版中，所謂『混合制度』是也。」〔註 1〕此舉受到了許多讀者的反對，於是《北洋畫報》第 820 期恢復戲劇專刊。截止《北洋畫報》終刊，戲劇專刊共出版 422 期。《北洋畫報》戲劇專刊的發刊詞中提出要「以藝術之眼光，褒貶伶人；以改進社會之宗旨，批評劇本」，希望能夠促進戲曲藝術的改良與發展。因此「凡於戲劇有研討之興趣，有改良之願望者，以及伶人有關於劇藝上之意見，必當儘量容納，以公究討。俾吾國戲劇，日趨於輯熙光明之域。」〔註 2〕第 820 期戲劇專刊恢復時又提出要「新舊劇並重，對於劇藝持研究態度，力避捧角惡習，持論務求嚴正。」〔註 3〕

《北洋畫報》，民國時期北方畫報業翹楚，包含了豐富的戲曲生態想像，之所言想像，乃是因為報章所載戲曲新聞、廣告、專刊乃至人物秘事，香豔傳奇，看似對戲曲界進行了多方面的報導和全景式的呈現，實則並非客觀之描畫。而《北洋畫報》刊載的大量戲曲理論文章，雖不乏具有極高研究價值，反映出該報的戲曲觀和戲曲改良思想之作，但更多的卻是那個時代的一種戲曲生態建構之遙想。問題的關鍵是，這種想像何種程度上是值得今天繼續思考的。為什麼這份畫報如此青睞甚至是執迷於美麗甚至是豔麗之女性，為什麼這份畫報總要夾雜些許鄉愁與家國之思，為什麼這份畫報在如此俗化的風格之下仍要言講改革，改革，要談藝術教育，為什麼這份畫報一反遊戲常態對戲曲表演如此嚴苛甚至嚴肅，為什麼那麼多名伶、名票、名人總念著把某些最美的東西留在畫報……這一切的原因，該如何解答？〔註 4〕。

〔註 1〕《本報恢復劇刊》，《北洋畫報》，1932 年 8 月 18 日。

〔註 2〕游天《開場白》，《北洋畫報》，1928 年 2 月 29 日。

〔註 3〕《復刊開場白》，《北洋畫報》，1932 年 8 月 20 日。

〔註 4〕戲曲生態學相關理論探索可參見拙文：

1. 吳民《新潮演劇與二十世紀戲曲生態重構及其嬗變》，《新疆藝術學院學報》，2017 年第 3 期。
2. 吳民《新潮演劇與二十世紀戲曲生態重構及其嬗變》，《戲劇文學》，2017 年第 9 期。
3. 吳民《中國戲曲生態重構的都市化路徑芻議——以悅來茶園為切入點》，《戲劇文學》，2016 年第 2 期。
4. 吳民，石良《筆記小說中的戲曲原型演繹及其對當下的啟示》，《戲劇文學》，2014 年第 12 期。

一、戲曲生態的生命體系——戲曲生態論說

1966年「生態學」成為生物學科名稱，隨著研究深入，生態學逐漸越過學科邊界，在愈加多元的世界中滲透到政治、法律、經濟、哲學、倫理、美學等人文領域，形成「泛生態學化」態勢。將生態學引入文學藝術研究，肇始於上世紀中期。而生態批評的端倪出現在20世紀70年代。1974年，美國學者

---

5. 吳民，陳莉萍《一次成功的藝術探索——論現代川劇〈塵埃落定〉的創新與突破》，《新疆藝術學院學報》，2014年第4期。
6. 吳民《康乾時期戲曲生態嬗變——以〈揚州畫舫錄〉之卷五〈新城北路下〉為例》，《戲劇文學》，2015年第2期。
7. 吳民，石良《我們今天怎樣教戲劇——〈北洋畫報〉關於中華戲專資料的現代啟示》，《戲劇文學》，2015年第3期。
8. 吳民《魯迅戲曲觀及其對當下的啟示——兼與南京大學陳恬商榷》，《戲劇文學》，2015年第6期。
9. 吳民《政治禁演與民間風情的悖謬——建國初期「壞戲」藝術趣味重估》，《戲劇（中央戲劇學院學報）》，2015年第3期。
10. 吳民《「前海學派」是個什麼樣的學派？——兼與陳恬博士商榷》，《貴州大學學報（藝術版）》，2015年第5期。
11. 羅永平，吳民《論川劇變臉的生態困境與應對措施》，《戲劇文學》，2014年第3期。
12. 吳民《從〈清稗類鈔·戲劇類〉看清末戲曲生態及其流變》，《新疆藝術學院學報》，2014年第1期。
13. 吳民，肖旭琴《吉劇對中國當代戲曲生態的啟示》，《戲劇文學》，2014年第7期。
14. 吳民，黃嬌《蹦蹦戲在上海》，《戲劇文學》，2014年第7期。
15. 吳民《戲曲生態學的學科界定與發展方向》，《戲劇文學》，2013年第6期。
16. 吳民《新時期戲曲美學體系的建構初探》，《新疆藝術學院學報》，2013年第2期。
17. 吳民，羅永平《川劇振興30年的得失與檢討》，《戲劇文學》，2013年第9期。
18. 吳民《拿什麼拯救你——20世紀戲曲的兩次重大變革及其對當下的啟示》，《戲劇文學》，2013年第11期。
19. 吳民《新時期戲曲美學體系的建構初探》，《戲劇文學》，2012年第12期。
20. 吳民《戲曲生態學視域下的戲曲創作、觀演、批評探微》，《新疆藝術學院學報》，2011年第2期。
21. 吳民《從張岱〈陶庵夢憶〉看戲曲審美的雅俗之趣與人情》，《新疆藝術學院學報》，2010年第4期。
22. 吳民《民俗儀式性與戲曲情境高潮的關係研究》，《戲劇之家（上半月）》，2010年第12期。
23. 吳民《論「場上之曲」的非文學性——陳多戲曲美學思想初探》，《戲劇文學》，2009年第1期。

密克爾出版專著《生存的悲劇：文學的生態學研究》，提出「文學的生態學」（Literaryecology）這一術語。同年，另一位美國學者克洛伯爾在對西方批評界影響很大的學術刊物《現代語言學會會刊》上發表文章，將「生態學」（ecology）和「生態的」（ecological）概念引入文學批評。〔註 5〕「生態批評」的提出引起眾多學者與文藝批評者的關注，有些學者嘗試使用跨學科的思考方式在學科的碰撞與交流中展開文藝研究，而在戲曲研究領域，一些學者試圖借鑒生態學的相關研究方法、理論和成果對我國戲曲生存狀況進行更為全面細緻的鉤沉爬梳，在以往僅關注作品、流派、戲種演變的基礎上，將戲曲生態納入研究範疇，以生態學理論為基礎來研究戲曲的生存、發展問題。將生態學帶入戲曲研究領域，既是戲曲理論探索愈加深入的結果，也反映了戲曲批評界對於前沿理論的敏銳把握。戲曲生態學的提出，並非無源之水，無根之木，它借鑒生態學的研究方法和視野來建構戲曲生態的基本理論體系，包括但不僅限於對戲曲創作的批評研究，還在於從戲曲生態學的意義出發，從創作環境、創作者、創作成果和創作觀演等方面這些相互聯繫的不同方面共同反映戲曲生態的實際，構成複雜而又豐富的戲曲生存和發展的圖景。〔註 6〕

從生態學角度研究戲曲，是將戲曲作為一種有生命的藝術種類，一種會變化的文化類型，它像大自然中的生物物種一樣，在一定的環境下生存、繁衍、蛻變、變種、退化或滅亡。〔註 7〕因此，不論是像吳乾浩在《當代戲曲發展學》中所認為的戲曲生態學就是斷面的戲曲發展學，還是像趙山林教授所述：戲曲研究涉及到戲曲創作和演出、傳播和接受以及政治、哲學、宗教、歷史、民俗等多學科門類的知識，進行跨學科的綜合研究，才有可能對戲曲發展和流變有一個大致清晰而準確的認識，這就是戲曲生態學的研究方法。戲曲生態學首要的都應當是關注戲曲的發展問題，從外部來說關注的是戲曲生態大環境的問題，而從內部來說則是探求戲曲自身發展規律的問題。〔註 8〕戲曲生態學按照具體研究對象，可以分為內部生態研究、外部生態研究、生存生態研究和新生態研究。內部生態是戲曲藝術生態的核心，包括創作、觀演、理論等層面；

〔註 5〕參見吳民《戲曲生態學的學科界定與發展方向》，《戲劇文學》，2013 年第 6 期。

〔註 6〕吳民《戲曲生態學視域下的戲曲創作、觀演、批評探微》，《新疆藝術學院學報》，2011 年第 2 期。

〔註 7〕楊寶春《戲劇文化生態研究述評》，《青島大學師範學院學報》，2012 年第 4 期。

〔註 8〕參見吳民《戲曲生態學視域下的戲曲創作、觀演、批評探微》，《新疆藝術學院學報》，2011 年第 2 期。

外部生態是戲曲生態的外延，包括外部環境以及與戲曲藝術相關的生態場域；生存生態是戲曲生態的依附與基礎，包括劇院劇團等觀演場域、也包括與戲曲生存相關的自然與社會狀況，還包括與戲曲生存相關的理論建構等等；新生態是戲曲生態發展的可能性，是戲曲生態保持旺盛活力的保障。〔註 9〕

縱觀被當時的傳媒界稱為「北方巨擘」的《北洋畫報》，內容涵蓋新聞時事、社會活動、藝術百家、豔聞奇史、理論批評等各方各面，軍閥政要、名媛淑女、富紳名伶、文人雅士之照片、作品、小道新聞等常見報端，體量不可謂不豐富，當時的社會環境、文藝態度、創作爭鳴、民間風尚等雪泥鴻跡皆存其間。上世紀二三十年代的眾生百態由一報可窺一斑，這些內容將民國的主流文化環境、審美旨趣、藝術動向曝於紙間，為而今探求民國戲曲外部生態留下了豐富的文獻資料。而《北洋畫報》所出《戲劇專刊》則專呈民國戲曲生存發展之情狀態勢。有報導戲曲新聞的，如 1930 年對梅蘭芳赴美演出一事專題報導——《歡迎名伶梅蘭芳赴美專頁》（1930 年 1 月 7 日）並在此後進行一系列追蹤報導〔註 10〕；有記敘藝人票友的，如《女伶天驕之章遏雲》（1918 年 5 月 14 日），記述民國一代名伶章遏雲從票友身份到專業戲曲演員的轉變；有涉及梨園掌故、演出習俗的，如《春和戲院漫談》（1918 年 5 月 28 日）；又有論及戲曲表演與創作的，如《皮黃文藝論發端》（1918 年 12 月 24 日）寫京劇藝術的審美韻味「名伶往往有移字就腔者，聲則美矣，義轉晦不可曉，膚泛不切於題，然每一出之結構，類能具起承轉合之妙，欲擒故縱，既遠復還，波瀾意度，備極其致，故皮黃之文藝，乃在此而不在彼也」。《戲劇專刊》的存在，則為探求民國戲曲內部生態演變提供了便利。

20 世紀是中國社會遭遇重大變革的時代，傳統社會解體，新的社會形態尚在形成，中西文化衝突交織之下，不同以往的藝術類型與生活方式悄

〔註 9〕參見吳民《戲曲生態學的學科界定與發展方向》，《戲劇文學》，2013 年第 6 期。

〔註 10〕關於梅蘭芳 1930 年赴美演出，《北洋畫報·戲劇專刊》進行了系列追蹤報導，相關文章有：《歡迎名伶梅蘭芳赴美專頁》（1 月 7 日）、《梅蘭芳渡美過東三日記（上）》（2 月 8 日）、《梅蘭芳渡美過東三日記（下）》（2 月 11 日）、2 月 20 日的《梅蘭芳與「櫻國淑媛」》（2 月 20 日）、《梅蘭芳喝湯之電報更正》（3 月 22 日）、《海外梅訊拾零》（3 月 29 日）、《梅蘭芳抵達紐約之盛況》（4 月 19 日）、《口傳梅訊》（4 月 26 日）、《梅蘭芳赴美成敗論》（5 月 17 日）、《梅蘭芳譽滿法蘭西》（5 月 31 日）等，赴美演出結束後梅蘭芳回國時，《北洋畫報》也積極刊發各種消息。

然融入國人之中，電影介入，新劇出現，審美解放，傳統文化向現當代文化的轉變使得文化生態遭遇了極大改變，那是一個日日都在變化的時代。戲曲作為中華文化中亙古而今的一部分，也必然因生態格局之變而變。在這樣的生態調整中，戲曲發展命運幾何？時人又與戲曲如何時聞又與戲曲呈幾多關聯？這些問題的背後，是對歷史戲曲生態的重新建構，也為我們提供戲曲藝術發展的最合理軌跡，多元文化泛濫的今天，要保護和發展傳統文化藝術，必須首先沿著這條軌跡前進，否則必將失敗。〔註 11〕對民國戲曲生態的建構想像，是為探尋戲曲發展規律，以便探索當今戲曲發展途徑的又一次積澱。

二、戲曲生態的人性想像——戲曲生態衍體

王國維謂「戲曲者，以歌舞演故事」，其實遠不止這麼簡單。端端正正歌舞演戲，那恐怕只停留在文人的廳堂，不，即便是文人廳堂，也總還要夾雜人情喜惡。張岱在《陶庵夢憶》〔註 12〕，李漁在《閒情偶寄》多有所載，此不贅述。戲曲舞臺作為人生的縮微，必然反映人生的欲望與旨趣，而其中，對於美，對於色的索引，無法迴避。在此之上，才能談得上人性之想像。所以映入我們眼簾的，是北洋畫報對於美人的近呼狂熱的追捧與禮讚。其中對於女伶的盛讚，更是溢於言表。女性演戲，源於髦兒戲，這是舊時全部由青年女演員組成之戲班或演出的戲。清同治、光緒年間出現於京滬等地，多演唱京劇。清裕德菱《梨園佳話・餘論・女伶》：「女劇滬上謂之髦兒戲。髦，蓋髻也。昔時婦人拖長髻而作男子冠服，致足笑人，故有此稱，非時彥之謂也。」一說，原稱「毛兒戲」。因創始班主名李毛兒，故稱。《二十年目睹之怪現狀》第七九回：「〔雅琴〕又預備叫一班髦兒戲來，當日演唱。」張友鶴校注：「一種由女演員組成的戲班，據前人考證，髦兒本作毛兒，因創始的班主為李毛兒而得名」。而在北洋畫報的報導中，這種對女性的演員的描述，甚至可以跟今天的造星相提並論。

> 整個民國時期是京劇藝術繁榮發展的重要歷史階段，其表現特

〔註 11〕吳民《從〈清稗類鈔・戲劇類〉看清末戲曲生態及其流變》，《新疆藝術學院學報》，2014 年第 1 期。

〔註 12〕可參見拙文《從張岱〈陶庵夢憶〉看戲曲審美的雅俗之趣與人情》，《新疆藝術學院學報》，2010 年第 4 期。另參見《從張岱〈陶庵夢憶〉看晚明戲曲生態與審美嬗變》，《戲曲研究》，2010 年第 82 輯。

點大致為大師湧現、流派紛呈、劇目種類與數量眾多。舞臺上名班名角名劇異彩紛呈，舞臺下各大報刊媒體的宣傳報導也促成了一場又一場無聲的擂臺，《北洋畫報》就是這些刊物中重要的一份。其以新聞、廣告、評論、雜記、專刊等多種文體形式記錄了當時天津乃至全國京劇演出的盛況，其中捧角、「造星」等宣傳類文案的撰寫與安排更是獨具匠心、新穎有加，是研究該歷史時期下京劇藝人從業道路的發展及演出狀況的一個獨特視角〔註 13〕。

不僅如此，很多戲曲以外的美人，也被拉進來作為陪襯。當然，這種陪襯往往是小報式的無聊譭謗，陸小曼就是個中苦主〔註 14〕。北洋畫報的報導往往都是吸引眼球，或風情往事，或直接大幅照片〔註 15〕。北洋畫報的封面女性尤其引人注意。《北洋畫報》以大量女性形象作為封面，主要是希望借助其社會名人效應、社會職業女性效應及高校女生效應等獲得營銷上的成功，封面女性也成為了《北洋畫報》的鮮明特色。其中的知識女性形象和風采，更體現了婦女「自尊、自信、自立、自強」的精神。〔註 16〕。這也被歸於北洋畫報成功的原因之一，這和二十世紀的黃色報紙並無本質不同〔註 17〕。這種辦報宗旨也被常常認為是貼近大眾：

《北洋畫報》是 20 世紀二三十年代北方社會最具影響力的報刊，持續的時間長達 11 年，發行總量 1587 期，可謂當時報業的佼佼者。究其原因跟它的辦報宗旨、擁有一支精英團隊，取材廣泛，內容貼近生活、貼近大眾，良好的經營策略相關。這是《北洋畫報》辦報的可取之處。〔註 18〕

其實這種所謂的貼近，不過是滿足人們對於美的某種不忍啟齒的偷窺欲。男權為中心的窺探欲。

〔註 13〕谷依曼《無聲的擂臺〈北洋畫報〉對民國時期京劇藝人宣傳策略初探》，《戲曲藝術》，2017 年第 1 期。

〔註 14〕徐慧《〈北洋畫報〉與〈上海畫報〉對陸小曼形象的毀譽》，《北方文學（下旬）》，2017 年第 7 期。

〔註 15〕王興昀《〈北洋畫報〉的報導視野》，《青年記者》，2016 年第 10 期。

〔註 16〕衛虹《論〈北洋畫報〉之封面女性》，《新西部（理論版）》，2016 年第 11 期。

〔註 17〕梁麗哲《民國時期北方出版業的佼佼者〈北洋畫報〉成功原因初探》，《中國市場》，2016 年第 22 期。

〔註 18〕梁麗哲《民國時期北方出版業的佼佼者〈北洋畫報〉成功原因初探》，《中國市場》，2016 年第 22 期。

> 民國時期受到西方文明與藝術文化的影響，以《北洋畫報》為代表的一批畫報及其他文化消費品，在宣揚女性裸體審美意義的藝術旨趣之下，大量呈現中外畫家、攝影師的女性裸體畫作和攝影作品。然而中西雜糅、新舊並存的都市社會中，面對走入公共視線的女性裸體圖像，民眾的觀看與品評不可避免包含隱秘的身體欲望，甚至陷入藝術與色情的糾葛，體現出複雜的文化情境。畫報對女性裸體的表現，帶有女性解放的意味，而畫報內外的性別審視仍然在證明一個事實：依然沒有擺脫男權中心的藩籬〔註19〕。

又如阮玲玉的報導便是如此。1935年3月8日凌晨，著名影星阮玲玉在寓所飲藥自盡，消息傳開後，在社會引起巨大反應，引起社會熱烈討論，各大報刊紛紛登載。評論者從一開始對阮玲玉自殺原因，遺書真偽、演技卓絕、哀痛悼念的關注上逐漸轉移到阮玲玉自殺意義、新女性形象、社會壓迫、婦女解放的層面上。在輿論的發酵中，各種意識形態的影響下，阮玲玉已經逐漸變成一種社會符號，失去了本來面貌。以立場中立、經營獨立、關注電影、娛樂的天津地區著名畫報《北洋畫報》上關於阮玲玉的報導，事實上，雖然遠遠高於那些小報，但對人性的窺視，也暴露無遺〔註20〕。然而這種窺視，對於民國戲曲生態而言，無法迴避。這就像妓女只要尚有自尊，其心就並未死；而狎客只要尚留有情，便不是畜。對於民國戲曲生態建構中已淪為玩物的都市戲劇部分，若連這一點都不敢承認，那是相當可悲的。可貴的是，人性的真與情感，在這些赤裸裸的誘惑和展露中得以保存，維繫著戲曲藝術的本真和希望。其中一個證明，便是這些女性並不是甘於沉淪的。她們摩登·多元·自由，在現代天津女性形象的建構過程中發揮了重要作用。談到摩登與自由，以《北洋畫報》為代表的畫報媒體，積極推介、宣傳交際舞，引導社會價值觀念。《北洋畫報》對於舞女群體有著頗多呈現，其以舞女群體為對象，向社會大眾呈現出都市消費與兩性關係的異化，進而實現了畫報媒體與社會的互動〔註21〕。借助《北洋畫報》，可以發現，天津女性在城市轉型時期穿著

〔註19〕李從娜《畫裏話外：民國畫報對女性裸體的表現與品評——以〈北洋畫報〉為例》，《新聞界》，2015年第19期，第24～31頁。

〔註20〕陳思《散落在〈北洋畫報〉上的阮玲玉》，《文史博覽（理論）》，2015年第7期，第26～30頁。

〔註21〕李從娜《從〈北洋畫報〉看民國時期都市交際舞業》，《中州學刊》，2010年第1期，第167～169頁。

打扮摩登，職業角色多元，戀愛婚姻自由〔註 22〕。此外，還有慈善，這些女性常常和慈善聯繫在一起。這在宣揚近代慈善文化、促進社會文明與進步等方面，做出了有益貢獻〔註 23〕。

三、戲曲生態的美學構築——戲曲本體的改革

戲曲本體的表演藝術以追求最美為目的，這一點北洋畫報十分肯定。《北洋畫報》於 1926 年 7 月 7 日在天津創刊，1937 年 7 月 29 日終刊，出版時間長達 11 年之久，號稱華北畫報巨擘。《北洋畫報》雖立足於天津，但報導視野並未侷限於天津一地，具有鮮明的自身特色。編輯者的社會身份、文化心理和知識結構影響著畫報的辦報宗旨與特色，最直接影響《北洋畫報》精神命脈的是其創辦人馮武越〔註 24〕。戲曲作為精微的表演藝術，傳承頗為繁難，成材率極低，因此教育極為重要。理論的歸納也十分重要。

> 《北洋畫報》作為民國時期北方畫報業巨擘，包含了豐富的戲曲信息，是研究民國時期戲曲史的重要資料。《北洋畫報》通過新聞、廣告、專刊等形式，對戲曲界進行了多方面的報導和全景式的呈現。《北洋畫報》刊載的大量戲曲理論文章具有極高的研究價值，反映出該報的戲曲觀和戲曲改良思想〔註 25〕。

與此同時，《北洋畫報》作為民國時期天津地區的重要消閒類報紙，其《戲劇專刊》中包含豐富的戲劇史料，由於該報處於津門，地理位置獨特，南北名伶往往皆至此演出；其中，尤以北平、上海的名伶居多。除名伶外，北平、上海等南北票友，學生演藝人員也常至津門演出。《北洋畫報》對民國戲劇教育傳承多有記載，這些記載往往著眼於舞臺演出，以具體演出及其接受為線索予以品評和推介，因而具有更為重要的實踐意義，為今天的戲劇教育提供了鮮活的、可資借鑒的寶貴材料。其中，戲劇教育的宗旨與意義，戲劇演員的修養和工夫，學生演員的實踐及推廣，社會各方的支持與鼓勵，在該報都

〔註 22〕周雨婷《摩登·多元·自由：〈北洋畫報〉女性研究》，《蘇州教育學院學報》，2014 年第 2 期，第 25～28 頁。

〔註 23〕郭常英《慈善文化與社會文明——20 世紀 20 年代〈北洋畫報〉的慈善音樂藝術傳播》，《音樂傳播》，2013 年第 4 期，第 55～59 頁。

〔註 24〕陰豔，王確《藝術場域中的美學啟蒙》——以〈北洋畫報〉為例》，《福建論壇（人文社會科學版）》，2016 年第 3 期，第 149～154 頁。

〔註 25〕王興昀《〈北洋畫報〉戲曲資料淺析》，《戲劇文學》，2015 年第 2 期，第 134～139 頁。

得到了大力的弘揚〔註 26〕。除此之外，該報對於戲曲藝術的歌舞組成，也多有所載，對中國近代音樂，仔細爬梳。《北洋畫報》中刊登了為數不少反映音樂的圖片。本文對五百多幅圖片進行了梳理，從音樂教育、明月歌舞團、音樂歌舞演出、民族音樂、音樂家及音樂文論等方面，研究了 20 世紀 30 年代的音樂傳播與音樂生活，為近代音樂史提供了形象的史料〔註 27〕。對藝術的美的追求，反映的是那個時代對「美的世界」的想像。

> 現代畫報是現代社會的主要媒介之一，探討現代畫報的圖像呈現視角與方式是對現代社會的一種解讀。《北洋畫報》是 20 世紀 20、30 年代中國現代畫報的代表，它從彰顯職業本色、強調成功後的榮耀、對成功者的同情三個方面建構起現代成功的榜樣，提供了現代生活的模板和價值標準。同時更實現北畫對「美的世界」的塑造與追求〔註 28〕。

甚至連它的廣告，都在努力想像這種新的都市世界的美好與歡愉〔註 29〕。這種美好的想像甚至超越了中西的差距。如黃柳霜是 20 世紀早期最著名的好萊塢華裔女明星，一方面她代表西方的先進和對東方的承認，另一方面又代表著西方文化侵略和對東方的消費。這種複雜的身份使得當時的國內媒介對她給予特別的關注與報導。《北洋畫報》是當時較有影響的現代城市畫報，它在相斥相納的矛盾態度中完成了對黃柳霜的形象塑造。〔註 30〕這種美好的期待，對於民國特定的歷史環境，具有重要的意義。

除了上述戲曲教育傳承，戲曲歌舞本體重視以外，藝人們也承擔起了社會之責任，主動演出義務戲。義務戲是由梨園藝人參加的、不計酬勞的戲劇演出活動。清末天津義務戲的出現，受到了田際云「演劇興學」的影響。民國以後，天津的義務戲比較活躍，並以賑災募款、助學、助貧、助醫及愛國演出

〔註 26〕吳民、石良《我們今天怎樣教戲劇——〈北洋畫報〉關於中華戲專資料的現代啟示》，《戲劇文學》，2015 年第 3 期，第 112～119 頁。

〔註 27〕張靜蔚《閱讀〈北洋畫報〉感悟音樂歷史》，《天津音樂學院學報》，2014 年第 4 期，第 17～26 頁。

〔註 28〕陰豔《現代畫報建構的成功故事》——以〈北洋畫報〉為例，《當代文壇》，2015 年第 4 期，第 156～159 頁。

〔註 29〕張輝《〈北洋畫報〉的廣告與現代性都市空間的建構理論與現代化》，2015 年第 4 期，第 91～93 頁。

〔註 30〕陰豔，王確《黃柳霜作為中國傳奇的媒介形象研究——以〈北洋畫報〉為例》，《當代電影》，2015 年第 8 期，第 112～118 頁。

為主旨，表現出自身的慈善公益性、民間主體性與以戲劇藝人為核心等顯著特徵。天津義務戲作為近代慈善事業的重要組成部分，在提升梨園藝人社會價值和促進社會文明的進程中，彰顯了寓樂於善的優良品質〔註 31〕。而當時感召這些藝人的，還有一群知識分子，民族先鋒。

> 城市化進程是一個漫長的過程，於天津而言，自開埠之後，城市化便進入較快發展的階段。至民國，天津已經成為中國北方著名的商埠都市。在天津城市化過程中，報刊成為最直接記錄、反映城市化進程的一種載體。在報刊的城市書寫中，可以窺探民國時期知識分子的國家想像。〔註 32〕

當時的畫報就是生存在那樣一個特殊生態語境之中。它的孕育與發展是城市發展現代性和媒介本體現代化共同作用的結果。此二者可綜合呈現一幅現代畫報生存環境的真實圖景，同時推知現代畫報是城市現代化進程中媒介形式的必然選擇〔註 33〕。這種藝術本體的突破和進取即便是在今天，也是值得深思和讚歎的。不僅如此，北洋畫報時期的報人，已然在思考傳統與現代二元交織適應的問題。

> 近現代中國城市文化發展的歷史進程充滿著傳統和現代兩種質素的相互交織，二者在大眾媒介的城市文化生產場域被合理地想像與呈現。天津的現代化背景以及新派士紳和本土平民混合的主編群體致使《北洋畫報》呈現出兩種生產路徑：一是現代情懷的內容取向與傳統文化符碼交織的視覺表述，二是女性現代身體與傳統意念糾纏的圖像呈現。《北洋畫報》在現代化的生活方式、休閒娛樂和藝術品位的取向中，仍然夾雜一些傳統的文化符碼和保守的意識形態，形塑了天津近現代城市文化演變中傳統與現代的特有風貌〔註 34〕。

〔註 31〕岳鵬星《清末民國天津義務戲考察（1906～1937）》，《安陽師範學院學報》，2014 年第 1 期，第 75～80 頁。

〔註 32〕孫愛霞《民國時期〈北洋畫報〉中知識分子的國家想像》，《理論與現代化》，2014 年第 3 期，第 107～109 頁。

〔註 33〕陰豔，王確《城市現代畫報的生存語境》——以〈北洋畫報〉為例》，《東北師大學報（哲學社會科學版）》，2013 年第 6 期，第 147～150 頁。

〔註 34〕吳果中《傳統與現代雙重變奏的視覺表述與圖像呈現——〈北洋畫報〉及其城市文化生產》，《新聞與傳播研究》，2013 年第 5 期，第 117～125 頁，第 128 頁。

無論是從精神上，還是藝術創造上，北洋畫報都力求藝術之提高。它登載了大量京劇劇評、演出廣告和京劇改良理論。它以「藝術眼光」為指導，努力塑造一批「典雅」的京劇女演員形象，特別是通過「選舉」等形式使京劇在更廣範圍內接受女演員，也推動了女演員追求更高的藝術境界，對京劇的新變產生了重要意義〔註35〕。這一時期，最重要的推動還包括發起「四大女伶皇后」的選舉〔註36〕。

戲曲藝術的發生發展始終依託母體文化而存在，進行戲曲生存狀態和歷史演變的研究，必須談及戲曲母體文化。戲曲藝術的母體生態，即孕育戲曲藝術的一切文化因子，包括民間藝術、風俗、地理、人文，還包括戲曲的一些素樸和原初形式。〔註37〕鄉土情懷與人情眷戀催生和滋養了中國傳統文化最集中最鮮明的代表——戲曲藝術，也是母體文化生態影響甚至決定了戲曲藝術體系中創演與觀看的審美旨趣。母體文化是不會隨著外部歷史條件的變化而發生顯性突變的；但是戲曲生態本身又具有極強的沿革性，這種生態沿革的發生，就在於戲曲生態的特定觀演場域。也就是說，戲曲生態嬗變的核心動力不是從根本上的本體移易，而是通過觀演選擇而形成的自然進化。這種變化是無時不在發生，但同時又是一個潛移默化的過程。〔註38〕從市井俚俗間的踏謠娘傳出地一聲起到花雅之爭後京劇的形成，戲曲經歷的每一個時代都有與之相適的新的樣式特徵，它不僅吸收每個時代最精粹的部分，也將中國原生鄉土社會中人文之美盡顯其間。

20世紀初，正是中國剛剛開始現代化進程的時代，現代文明的蔓延與傳統鄉土文化情懷的二元對立共生，新潮思想影響下的性別窺視與舊有道德觀念的衝突平衡，變革創新的與保守自封的意識衝突，都在《北洋畫報》中得到了精妙的視覺呈現和藝術表達。

畫報辦刊十一年間，內容始終著力於平民所需，少有故作玄奧之語，正反映了那個時代，雖有不盡客觀的部分，卻也是時人或希冀、或想像的審美

〔註35〕黃育聰《〈北洋畫報〉與京劇女演員形象的傳播》，《新聞界》，2013年第15期，第15～20頁。

〔註36〕《四大「女伶皇后」選舉》，《北洋畫報》，1930年5月3日。

〔註37〕吳民《「前海學派」是個什麼樣的學派？——兼與陳恬博士商榷》，《貴州大學學報（藝術版）》，2015年第5期。

〔註38〕參見：吳民《新潮演劇與二十世紀戲曲生態重構及其嬗變》，《戲劇文學》，2017年第9期。

或欲望訴求。對女性身體的瑰麗遐思，對富紳名伶的私密窺視，對消閒娛樂的呼和追捧，還有夾雜其間的憂國之思，傳統向現代的變革，都或多或少影響著母體文化負載之下的戲曲生態。戲曲發展到民國，封建王朝已成歷史，舊時王謝堂前的宮廷戲曲，也已飛入尋常百姓之家泯然「眾人」矣；在名流雅士間盛及一時的文人戲曲成為案頭賞玩之文字，《北洋畫報》中的戲曲理論與批評，構建出的恰恰是在西方文明與現代文藝大潮之下傳統戲曲的發展情況與探索方向。

今天，在都市化的大背景下，當代中國社會經歷巨變，囿於傳統的鄉土情懷和人文之美傾頹之勢比民國更甚，日漸弱化的鄉土社會與迷惘的都市社會似乎都在詢喚本源文化的滋養。以此為立足點，在大眾戲曲審美培養基礎上的母體文化重構以及鄉土文化的再興回望是戲曲生態乃至傳統文化生態體系不可或缺的一部分。因此，對民國戲曲生態建構的想像，不僅是對時代一隅的回溯，這種對傳統文化生態的追尋及其所帶來的文化慰藉，以及在此之上對戲曲演變規律的發現和今日乃至未來的戲曲發展路徑的探求也是當代戲曲研究應當具備的功能屬性。

第二節　《新新新聞》與民國成都的戲劇生態

報刊作為民國時期最具活躍度和代表性的大眾傳媒之一，在都市文化和現代化演繹的研究方面具有舉足輕重的史料厚度與研究價值。中國具備深厚的戲劇傳統，面對民國時代嬗變的大風尚，戲劇不可避免地被拉入現代化的進程中。而戲劇評論作為戲劇活動的理論構建，是基於戲劇實踐而進行的與之相對應的補充活動。民國時期是四川戲劇發展與轉型的重要階段，在政府的積極推動與戲劇界人士的廣泛參與下，戲劇活動得到了普遍的開展。戲劇評論也在西學東漸和文化自省中逐漸實現其自我建構，本文擬從戲劇評論的角度入手，通過這一微觀窗口，窺探民國成都的地區性戲劇活動的輿論環境，藉此重構民國成都的戲劇生態，探究戲劇輿論與戲劇活動的多向互動。

民國時期，戲劇作為社會教育的重要形式，在政府部門的支持和幫助下，其民眾教育的社會屬性得到空前強化，戲劇作為激發民眾愛國熱情的特殊紐帶迎來了全新的發展機會，戲劇公演、戲劇節、戲劇學校等戲劇活動得到了迅速地推廣。同樣，與之相匹配的戲劇批評體系也得到了廣大戲劇界人士的關注與研究，戲劇評論和劇評理論的相關文章不斷發表。戲劇業得到迅速地發展。戲劇批評作為與戲劇活動相匹配的理論研究，構建出了環繞在戲劇活動周圍的輿論環境：大量劇評文章在報刊上發表，劇評對象也受時代影響由中國傳統戲劇轉向中西古今兼顧其內。針對劇本本身、劇評要求、導演技法、現場觀眾等戲劇活動的諸多方面進行的劇評，與戲劇理論研究共同組成了戲劇生態的外部輿論環境。

一、《新新新聞》的戲劇生態史料

「無論戲劇在任何方面的需要，建立演劇藝術上的批評是我們戲劇工作者刻不容緩的任務」〔註 39〕，抗戰時期，戲劇運動在全國各地蓬勃開展，與之相對應的戲劇批評體系也得到了廣大戲劇界人士的關注，建立演劇藝術批評成為刻不容緩的時代任務之一。在此背景下，作為民國時期最具影響力的大眾傳媒之一的報刊，也逐漸演變為戲劇批評的重要陣地。本文首先以《新新新聞》刊載戲劇批評史料為基礎，以劇評與其他戲劇批評為劃分，總結分析民國成都的戲劇批評活動，進而藉此探討民國成都地區戲劇發展的社會輿論環境，為重構民國成都戲劇生態提供理論基礎。

（一）劇評：戲劇活動的理論建構

要重構成都戲劇生態的演進過程，劇評是一個無法繞開的重要環節。劇評對戲劇活動的引導作用對於戲劇行業的整合發展具有獨特的建構作用。在民國的戲劇評論體系下，戲劇的評論要素得到不斷地擴展，導演的處理手法、演員的表演技巧、情節的史實依據、觀眾反應等作為戲劇評論的關注對象都得到了進一步的強化。中外戲劇界人士對民國時期蓬勃開展的戲劇運動展現出了濃厚的興趣，無論是評戲劇，還是探討戲劇評論家應有之態度，都從側面反映出了當時劇評系統的逐漸完善和革新。戲劇評論家大多以一種客觀、謙遜的態度來看待上演戲劇，用批判的眼光去指導戲劇業的進一步發展。

但犁芳在《評〈家〉的兩位導演》一文中，從演出節奏、人物性格塑造、情感烘托、舞臺背景等幾個方面比較分析了章泯和賀孟斧兩位導演「對於同一個劇本的不同的理解，處理與方法。」最後總結為「評導演原本是一件難事，□演的成功與否從這幾點去看自然是不夠的，但是，想說得天衣無縫也非易事。

〔註 39〕《建立演劇藝術批評》，《新新新聞》，1944 年 1 月 5 日。

譬如說「中藝」演出《家》的導演賀孟斧在手法上我們□可□言的賀孟斧的導演處理上尚存著。章泯處理《家》的許多痕跡，這些痕跡就是章泯在導演《家》中最成功的地方。所以作為一位劇評者忽略了這些地方，我們便□□知道導演□□□□」〔註40〕，顧綬昌在《羅米歐與朱麗葉的戲劇的意義》一文中從劇本本身出發，以劇本的結構、題材、角色為探討對象，探究其悲劇意義。他提到：

> 這整個驚人的愛情故事，也是完全由這抒情的部分來推動的。正因為戲劇的動作完全由詩的脈絡裏透露出來，使我們越譯越覺得真是詩，越模仿越顯出他的悲效果劇我們這才往往驚奇莎士比亞究竟是偉大的戲劇家，且是更偉大的得人。他的劇本的以詩——無音詩的形式來寫作的這件事，已經告訴我們一切了。〔註41〕

悲劇的自然發展的哀婉情形，這是最為崇高的悲劇結局。《羅密歐與朱麗葉》劇本結構的完善、角色的映襯和題材的偉人使得這部劇本成為不朽的悲劇傳奇。

另外，中西戲劇之對比也加入劇評家的視角之內：這不僅包括中國劇評家對西方戲劇的批判探討，更包含對中西方戲劇元素的比較研究。在一則《爭名於朝 爭利於市》的新聞條目中，程伶提到：

> 歐洲人唱戲使力既在上部，則其音韻寬敞而近於浮，中國人唱戲，使力既在小腹，則其音韻較狹而瀕於結實。至於歐洲人唱戲，分老幼男女之各種嗓音，中國人唱戲，有生旦淨末丑之不同，則中外一轍，初無二致也。〔註42〕

通過比較中西戲劇的嗓音、背景、劇場等要素評價中西戲劇之異同。

可以說，民國戲劇評論體系具有鮮明的時代特色。劇評的湧現是與民國戲劇業蓬勃發展的大背景相關聯的，劇評體系範圍的也伴隨著與西方國家交流的不斷深入而得到革新。而同樣收到時代浸染的還有劇評的理論探討。劇評人作為戲劇評論的主角，劇評的質量與真實性直接受劇評人的影響，劇評人一點點的觀念差異有時候甚至會導致劇評內容的南轅北轍，所以說，劇評人應有之態度與準則也應該受到重視。民國劇評體系在劇評人理論研究方面也有相關論述。愛金森指出：

〔註40〕但犁努《評〈家〉的兩位導演》，《新新新聞》，1943年10月14日。
〔註41〕顧綬昌《羅米歐與朱麗葉的戲劇的意義》，《新新新聞》，1944年1月5日。
〔註42〕《爭名於朝爭利於市，程伶評中西戲劇》，《新新新聞》，1933年4月26日。

評劇家對於一演出之劇評，應站在客觀方面，而所持態度，應公平，不應與戲劇寫作家，演員，導演有多往來，社交愈少，非如此劇評不能達到公正程度，評劇家乃屬於觀眾與作劇家及演員之間，其任務在使作劇家之思想為觀眾所，同時亦使觀眾為作劇家所知曉，如不公平則難完成其任務也。〔註 43〕

劇評作為和戲劇運動相匹配的文藝活動，對戲劇有著獨特的指導批判作用，在特定時期更是有著獨特的時代影響。抗戰大背景下，戲劇業充分發揮了其民眾指導作用，運用強烈的現場感染力激發現場觀眾的愛國熱情，戲劇公演不斷上演，這在劇評體系中也得到了具體的體現。在一篇《劇評人語錄》中有這樣的描述：

首先，現階段的中國演劇有著它的中心任務，它是抗戰宣傳武器，因此沒有演劇工作者可以成為劇商，而且我們要堅決地反對演劇商業化，不是職業化的傾向，這也是戲劇批評的任務之一。〔註 44〕

劇評人語錄刻意強調劇評對戲劇業的導向作用：在當時中國演劇中心任務的指導下，指導戲劇成為抗戰宣傳武器而不是商業化工具成為戲劇批評的任務之一；提高演劇水準，打擊低級趣味成為劇評的目的。劇評是觀眾和演出者之間的橋樑，是鏈接觀眾意願和戲劇舞臺的線索。從這來看，劇評的作用在民國時期得到了刻意的強調，其對戲劇發展的引導作用，觀眾演員的連接作用等都反映出戲劇批評的時代導向。

（二）劇評外的戲劇批判：戲劇生態的直觀反映

劇評人語錄刻意強調劇在《新新新聞》刊載戲批判史料中，除開最重要的劇評外，還包括了許多對社會戲劇時事的直接評論，這些批判才是於戲劇生態直接相關的批判元素，他們直觀的反映出報刊背後所代表的知識分子等階層對社會戲劇活動的反應，構成戲劇輿論環境的關鍵部分。

通過對刊載戲劇史料整理，我們可以明顯的看出這些史料幾乎包含戲劇活動的方方面面，既有「批評的演劇藝術風氣，使成都今後的戲劇演出上有著藝術上的進步」〔註 45〕這種針對戲劇批評本身的評論，也有「戲劇在目前

〔註 43〕《紐約時報駐渝特派員愛金生講戲劇評論並闡述評劇記者應有之態度》，《新新新聞》，1942 年 12 月 27 日。

〔註 44〕《劇評人語錄》，《新新新聞》，1943 年 11 月 1 日。

〔註 45〕《建立演劇藝術批評》，《新新新聞》，1944 年 1 月 5 日。

它不能再是供一般少爺小姐們玩玩的東西了！同時也不能專供一般有閒階級娛樂的藝術了！」〔註 46〕的奔走呼告，更有「形成一個戲劇網，使每個國民都有機會領受以戲劇為中心的社會教育及戰時文化教育的宣傳」〔註 47〕。戲劇評論表現出知識分子等通過報刊對戲劇活動的批判，從而形成民國戲劇活動外部輿論的主要組成部分，不斷壓縮戲劇的理論生存空間。在抗戰愛國的輿論大背景下，戲劇的身份不斷發生變格，戲劇的個要素也不斷發生演變，為了適應政府的監管和輿論的強烈譴責，戲劇也由一門藝術活動逐漸變為抗戰宣傳的大眾手段。

二、民國成都的戲劇生態

（一）戲劇工具主義：抗戰環境下戲劇身份的變格

戲劇作為大眾化、審美式的藝術活動，是具備藝術自身所特有的美學批評原則的，其主要目的之一也是藝術發展和愉悅觀眾。然而，伴隨著抗日戰爭的爆發，全民族抗戰情緒日益高漲，愛國成為至高原則，一切與抗戰愛國不符的社會活動都受到大眾輿論的強烈譴責和政府部門的嚴厲管控。在此背景下，戲劇的外部輿論條件發生了劇烈的變化，民國初期較為寬鬆的社會環境與之一變，成都作為抗戰大後方的中心城市之一，對於戲劇這種表現出「隔江猶唱後庭花」社會氛圍的社會活動，除了政府部門的管制外，社會輿論也顯現出格外明顯的排斥心理，這一點在民國四川的報刊中顯露得淋漓盡致。面對戲劇在抗戰愛國的輿論環境，戲劇由此產生變格，其工具化與政治化原則不斷凸顯，劇目內容和戲劇收入繼而產生變化。募捐公演作為戲劇活動對抗戰輿論的應激反應由此不斷強化，上演戲劇的內容也逐漸偏向抗戰救國，戲劇的工具性得到強調。我們不可否認的是戲劇活動作為激發抗戰熱情發揮了其獨特的作用，但變格的戲劇發展也使得戲劇本身的生存環境實際縮小。

1937 年 9 月，抗戰戲劇《保衛盧溝橋》在成都上演，引起戲劇界人士的廣泛討論。一名劇評家在《新新新聞》中發表了一篇劇評，他在其中強調：

> 聽說保衛盧溝橋一劇，看得許多人哭了·但我相信這是神經衰弱，因為你假使演《蘇三起解》他們也會一樣哭哩。一幕戲算了什麼？

〔註 46〕《我們要把戲劇送到鄉下去》，《新新新聞》，1938 年 1 月 24 日。
〔註 47〕熊佛西《戰時戲劇文化與戲劇》，《新新新聞》，1938 年 8 月 3 日。

值得這樣哭！長城，□淞正演著一齣真刀真槍的戲，場面比這更偉大，情節還要逼真，然而沒有人哭過？〔註48〕

觀眾的現場反應被輿論說成神經衰弱。儘管劇院上演的是抗戰劇目，其演出目的也是為了激發民眾抗戰熱情，但仍然引來某些劇評家的犀利批評，戲劇的上演在某種程度上與「知識分子刻意營造出的」悲壯氛圍不相符，演出抗戰內容也被說成是菲靡之音。在另外一則新聞條目中也提到：

戲劇在目前它不能再是供一般少爺小姐們玩玩的東西了！同時也不能專供一般有閒階級娛樂的藝術了！〔註49〕

戲劇的身份被認定為供小姐少爺們玩玩的東西，是一種娛樂藝術，這在評論家看來是不可容忍的事。前方流血流汗，後方沉迷享樂。「無數的人在借著國難發橫財，達官貴人太太小姐們仍有的是吃喝嫖賭，一擲千金毫無吝色，種種現象是不是對不起國家，對不起前方的將士和水深火熱中的遭難民眾，是不是需要我們糾正它，給他們以無情的指謫，促起他們的覺悟，他們都是有力量可以幫助抗戰的人，然而他們卻昏天黑地作著足以危害抗戰的勾當」〔註50〕，知識分子通過報刊發聲，將觀戲行為稱為「昏天黑地、危害抗戰」的勾當，我們應當譴責糾正他們。大眾輿論對前往關係的大眾的批判就已如此嚴苛，其批判視角也隨之轉向劇院等娛樂機構。《新新新聞》作為成都地區發行量最大，影響最廣的商業性報紙之一，其商業屬性的內核促使其關注以戲劇為代表的抗戰娛樂的矛盾，面對抗戰愛國與娛樂目的的雙重糾結，社會輿論對戲劇的評價已十分嚴苛，要求戲劇發揮其時代責任的呼聲愈演愈烈，在此基礎上，戲劇的身份變格逐漸發生。

民國時期成都戲劇的上演內容呈現出明顯的時代特色。傳統的演劇內容收到批判，與抗戰相關的劇目成為社會輿論的唯一允許。「現在流傳在國內的戲劇同電影都是慷慨激昂的抗戰故事，我們再也不要看那些風花雪月，淺薄無聊的作品。」〔註51〕傳統戲曲的愛情劇目受到社會譴責，社會輿論要求社會公共空間禁止風花雪月般的矯揉造作。「這次偉大的抗戰使娛樂業成了教育，使閒散悠逸變成了勇敢進取」〔註52〕，在抗戰愛國的社會輿論壓力下，

〔註48〕聖・彼得《戲劇還是戲劇》，《新新新聞》，1937年9月7日。
〔註49〕《我們要把戲劇送到鄉下去》，《新新新聞》，1938年1月24日。
〔註50〕《戰時戲劇與電影常用題材》，《新新新聞》，1938年10月7日。
〔註51〕《戰時戲劇與電影常用題材》，《新新新聞》，1938年10月7日。
〔註52〕《戰時戲劇與電影常用題材》，《新新新聞》，1938年10月7日。

戲劇變為激發大眾勇敢進取之精神的重要手段，戲劇的工具主義屬性不斷強化，社會需要的是有著社會教育作用的新型戲劇。同時戲劇題材應該向前線看齊，劇作家應該將目光放至前線，「戰中我們英勇的戰士用他們的熱血寫出了多少激昂悲壯的故事，足以與日月爭光，共萬世而不朽，像八百壯士的死守四行倉庫，血濺寶山城，平型關大捷，死守南口，藤縣血濺及其他許多男女同胞犧牲性命計□暴，的種種事蹟，哪一件不是轟轟烈烈，可歌可泣」〔註53〕。另外政治力量對戲劇活動的影響可以在賀孟斧的《戲劇界誌感》中略窺一二：「抗戰號召了全國的戲劇工作者，在民族的大前提下，戲劇服務於抗戰了。戲劇不再是野生的，它的存在與行動，已經有□□□暖的人了，這應該是戲劇的幸運，然而，它卻於不知不覺之日，跳進了一個真空管，它窒息了，最多也只是在喘息，它缺乏了新鮮的呼吸，它不再是民眾的心聲。〔註54〕」這一段關於戲劇狀況描述毫無疑問地從側面反映了戲劇服務於抗戰後的狀態，它已從「野生」進入了「宮廷」，變成了「內廷供奉」和「粉飾明面」的圖冊。「戲劇離民眾愈遠了，它給自己砌起了無數道牆垣，把民眾隔離在門外。」〔註55〕可以說，民國成都的戲劇活動呈現出明顯的戲劇工具主義和政治性，這不僅與戲劇界人士的愛國熱情有關，在某種意義上更是戲劇業對社會輿論所作出的應激反應。戲劇工具主義是最終的呈現效果，大眾輿論在此變格過程中發揮了重要的作用。

戲劇身份的工具化變格，使得其在惡意的輿論環境中求得一絲生存的可能。然而，政府的嚴格管制和嚴苛的賦稅又使得戲劇行業的發展舉步維艱。在一篇關於戲劇節的條目中，作者提到「過去四屆的『戲劇節』都是享受著『私生子』的命運，第五屆不准舉行，聽說是戲劇有辱『國慶』」〔註56〕，因為有辱國慶，戲劇節被停演，過去幾屆戲劇節的待遇也惡意滿滿，即使戲劇在宣傳抗戰、支持前線的工作的積極踴躍，卻也難逃政府娛樂活動的管制。除開禁辦戲劇節外，戲劇業還面臨著高昂的賦稅。新聞作者在爭取戲劇權益的這篇文章中提到同為藝術部門，戲劇和音樂、畫展的待遇卻大不相同。「稅捐的□□而影響劇團的經費和劇人的生活。無形中促使任何一個戲的演出，能不去設法假借

〔註53〕《戰時戲劇與電影常用題材》，《新新新聞》，1938年10月7日。

〔註54〕賀孟斧《戲劇節誌感 戲劇節紀念特輯》，《新新新聞》。

〔註55〕賀孟斧《戲劇節誌感 戲劇節紀念特輯》，《新新新聞》。

〔註56〕王余《爭取・請求・一律兌現 紀念我們戲劇界的節日》，《新新新聞》。

募捐名義而提高票價」，這不僅「影響戲劇普及」〔註 57〕，更是使得演出成本過高，劇院不得不做出迎合「生意眼」的行為。於是乎，嚴苛賦稅致使戲劇成本上升，不得不迎合市場，演出抓人眼球的劇目，更引致劇評家對此類戲劇的嚴厲批評，政府也大力打壓荒淫低俗劇目和與抗戰環境不符的戲劇內容。戲劇的社會輿論愈發嚴厲，社會譴責越發嚴苛，就在這樣的惡性循環下，已發生身份變格的戲劇活動生存環境也已瀕臨崩潰，戲劇的生存基礎逐漸凋敝。

然而，在論述民國成都地區戲劇活動的工具主義與政治化傾向時，一刀切的方式顯然與實際情況不符。儘管本文在前段論述中強調戲劇活動在民國成都地區具有一定的工具主義和政治化傾向，但這是方便闡述戲劇活動政治化傾向的迂迴之舉，此舉之意義在於更直接地闡述民國成都地區戲劇活動的顯著特徵。但若觀之全貌，則可以看出戲劇的工具主義是存在邊界建構的。在前文對劇評的闡述中，我們可以看出劇評的關注對象雖然包含抗戰戲劇在內，但卻並不是一以概之，其他種類的劇評仍然在報刊批評中佔有一席之地。在對《天倫》的評判中，作者強調其「很有價值」，使其看後，「發生無限感動。給人們一個深刻的印象，並重視了人類以服務社會為最高快樂。」〔註 58〕洪深也在《讀〈董小宛〉》一文中強調「不管《董小宛》這本劇所敷揀的史實如何，也不必考據董小宛進宮之是否真實，但舒湮兄在這劇本裏堅決地拒絕了這段『噱頭』十足而必可『應座』的情節，是應該稱道的事」〔註 59〕，闡述他對歷史劇作家處理史實之應有態度獨特理解。除開這兩則頗具代表性的評論，民國成都報刊劇評的內容還包括西方戲劇、傳統戲曲、當代小說改編等豐富內容。「中國戲劇的悠久傳統在 20 世紀並沒有中斷」〔註 60〕，我們從劇評文章角度便可以看出，劇評的角度和研究對象都得到了一定程度上的擴展，戲劇評論體系實際上是存在一定程度上的發展的。不管大眾輿論和政府如何要求戲劇工具化，但是戲劇的市場和藝術屬性卻使得戲劇活動中仍然存在著大量的非政治因素。

我們在強調民國成都戲劇的政治化與工具主義傾向時，還應該考慮到鄉村地區的本土戲劇的發展。1949 年 2 月 22～24 日，《新新新聞》連載了《社

〔註 57〕王余《爭取．請求．一律兑現 紀念我們戲劇界的節日》，《新新新聞》。
〔註 58〕《關於〈天倫〉》，《新新新聞》，1936 年 7 月 31 日。
〔註 59〕洪深《讀董小宛》，《新新新聞》，1944 年 4 月 31 日。
〔註 60〕安葵《20 世紀中國戲劇的現代化與民族化——與董健、傅謹先生商榷》，《戲曲研究》，2002 年第 1 期，第 1～21 頁。

戲中的戲劇觀》一文，此文為作者九年前所寫，因而對我們研究抗戰時期戲劇活動具備一定的參考價值。作者在此文中提到「《社戲》雖是一篇散文，認真研究起來，卻似是一篇對於中國戲劇的論文。一共論到兩個部分，一是在都市中的中國戲，二是在鄉村中的中國戲劇」，作者在此文中將魯迅的《社戲》一文看作為其批判舊戲思想的反映，認為「中國戲在鄉間自有其風致，這就是說中國戲是為中國老百姓所喜聞樂道的」〔註 61〕。都市戲劇的政治化傾向已在前文論述，此篇文章的要義在於提醒我們戲劇生態不僅僅只存在於城市劇場和知識分子的奔走呼告中。民國成都的戲劇活動固然具有一定的工具主義傾向，但我們仍然不能忽視戲劇本身的發展演變。

（二）戲劇教育體系：建構戲劇生態的基礎

戲劇作為推行社會教育的主要部門，以其特有的社會宣傳作用在抗戰時期受到重視。文字的宣傳在民眾宣傳中收效甚微，唯有某些具體的活動方才具備喚醒民眾愛國熱情的效果。因而推行戲劇教育，完善戲劇制度是與抗戰前提相匹配的社會宣傳體系。民國成都地區的戲劇教育活動得到社會界人士的大力支持，戲劇界人士在發表建校通知時，往往附帶其對戲劇教育的掛點看法，這為我們還原民國成都戲劇生態的教育基礎提供了第一手材料，我們可以由此窺探民國成都的戲劇教育運動，進而建構民國成都戲劇活動的實踐基礎。從《新新新聞》關於戲劇教育的兩篇評論中，我們可以得出成都戲劇教育有著良好的社會輿論環境，戲劇的社會宣傳功能得到刻意強調，為進一步放大戲劇教育的功能，不僅戲劇學校的開辦得到了廣大戲劇知識分子的熱烈追崇，中學生也被納入戲劇教育傳播體系。良好的大眾輿論與戲劇教育形成雙向互動，為當時成都的戲劇運動提供良好的社會基礎。

1938 年，四川省省立教育實驗學校創辦並開始招生，同年八月，該校校長熊佛西先生在《新新新聞》發表《戰時戲劇文化與戲劇》一文闡述戲劇教育的時代意義並簡要介紹戲劇學校的建設情況。他在文中提到「我們要取得最後的勝利，必須集中全國的人力物力的總動員！」要達成此目的，自然需要「民眾力量的培養——民眾的組織與訓練」，因「戲劇是社會教育的主要部門，感人之深勝於其他一切的文藝」故需要竭力提倡戲劇，加強抗戰建國的精神動力。他於此進而闡述人才是社會的基礎，戲劇人才是發揮戲劇宣傳作

〔註 61〕《社戲中的戲劇觀》，《新新新聞》，1949 年 2 月 22 日。

用的基礎。此外，我們應該建立戲劇網，「以激發民眾抗戰情緒為出發點」，建立由省到縣的戲劇網絡，使「使每個國民都有機會領受以戲劇為中心的社會教育及戰時文化教育的宣傳。」〔註 62〕在當時成都的社會活動體系中，戲劇已成為激發民眾抗戰宣傳的重要手段，以戲劇來推行社會教育成為知識分子的美滿希冀。為達到組織民眾，激發抗戰熱情的目的，中學生也被納入戲劇教育群體之中，「中學生應當下鄉去把民眾組織起來！組織的最要辦法，就是展開我們的戲劇游擊戰」。在此背景下，眾多戲劇學校、社團、協會紛紛建立，以學校社團戲劇隊為基點逐漸形成一個較為完善戲劇網絡，以人才培育為基礎的戲劇生態體系逐漸完善。戲劇教育憑藉其顯著的影響效果得到社會輿論的大力支持，「深入鄉村，訓練民眾，組織民眾，以戲劇來輔助其他社會教育」〔註 63〕成為大眾輿論的重要目標。

以戲劇教育為基礎，戲劇網絡逐漸形成，在高昂的抗戰宣傳輿論背景下，募捐公演，戲劇界演出等戲劇活動廣泛開展。在此過程中，大眾輿論給予其記得社會評價與媒體支持，戲劇教育與社會輿論的互動共同營造了民國成都戲劇生態的良好基礎。

三、重構民國戲劇生態的當代啟示

通過以上論述，我們可以看出民國成都的戲劇批評體系已經漸趨完善，呈現出迅速發展的良好局面：劇評體系的內容涵蓋得到進一步的擴展，劇評家評劇的客觀態度也得到戲劇界人士的不斷強調，劇評的時代性和審美性都有一定程度上的呈現。當代劇評存在出一定的「邊緣化、寂寞化的景象」，政府各部門為改善戲劇現狀，基本上採取是「以辦節為主導，以評獎為中心」的舉措，這固然可以在一定程度上激發戲劇界人士的創造動力，但也造就了一大批獎項投機者，某些地方為獲得獎項甚至成立了「某某獎攻關領導小組之類的機構」。在民國成都戲劇批評體系中，「劇評者是觀眾和演出者之間的橋樑。」劇評家是聯繫觀眾和演出者的關鍵支點，劇評可以幫助爭取觀眾，教育觀眾。

> 真正的一位劇評家，他必然是一位戲劇理論家，是一位參加舞臺工作的意匠，這是毫無疑問的。〔註 64〕

〔註 62〕熊佛西《戰時戲劇文化與戲劇》，《新新新聞》，1938 年 8 月 3 日。
〔註 63〕《中學生展開戲劇游擊戰》，《新新新聞》，1938 年 1 月 21 日。
〔註 64〕《劇評人語錄》，《新新新聞》，1943 年 11 月 1 日。

由此我們可以看出劇評家首先應當具備充足的戲劇理論知識儲備，擁有獨立創新的審美觀念和高維度的評判視角。另外，民國成都的劇評家還格外強調評劇的客觀性。紐約時報駐重慶特派員在一場學術講演中這樣提到：「評劇家對於□一演出之劇評，應站在客觀方面，而所持態度，應公平，不應與戲劇寫作家，演員，導演有多往來，社交愈少愈□，非如此劇評不能達到公正程度」〔註 65〕，這與當代社會劇評風氣形成了鮮明的對比。「對於批評家來說，現在碰到的則是許多人情邀約、人情債，你不得不面對這張社會網」〔註 66〕，劇評的社會屬性使得劇評人面臨著社會人情等因素的不斷侵蝕，要在社會屬性中保持其客觀之態勢，實為難事，這就要求當代劇評家保持其客觀之態度，堅守其藝術之內心，創造出雅俗共賞的優秀劇評文章來。

從《新新新聞》的戲劇批評文章來看，民國成都的戲劇活動呈現出一定程度上的工具主義和政治化傾向，這固然有其時代特性的緣故，但在當代戲劇活動中，我們仍然要警示這種傾向的過度侵染。戲劇的第一屬性應該是審美性，我們不可否認戲劇具有一定的社會教化和道德宣傳之功效，但若以工具主義和政治化為唯一準者，將道德教化放在戲劇作用的頂端位置，這無疑是剝奪了戲劇的審美藝術屬性且難以作出符合戲劇審美要求和時代環境的切實劇評。英國思想家富里迪曾說過：「從工具主義角度對藝術的讚賞，引進了與藝術本身的品質毫無關係的評估標準來評價藝術……藝術不再是根據其內在的標準被評判，從而也就喪失了決定自己的方向的能力。」試曾想，如果我們一味地迎合戲劇的工具屬性，久而久之，戲劇的審美屬性不斷退化，戲劇獨立之人格及審美價值長期隱匿，那麼戲劇的未來發展方向又在哪裏呢？民國戲劇的工具化傾向已使得戲劇環境受到影響，戲劇作為都市文化沉澱的重要表象，在提高城市軟實力，塑造城市文化內核的進程中發揮著舉足輕重的重要作用。這就更要求營造寬鬆自由的戲劇活動環境，塑造藝術審美的戲劇批評風向。另外，建立健全戲劇人才培養體系，培育戲劇學生獨立之人格更是當代戲劇振興的必要之舉。

以報刊戲劇批評為切入點，窺探民國成都戲劇活動的景貌，進而嘗試重

〔註 65〕《紐約時報駐渝特派員愛金生講戲劇評論並闡述評劇記者應有之態度》，《新新新聞》，1942 年 12 月 27 日。

〔註 66〕〔英〕弗蘭克·富里迪著，戴從容譯《知識分子都到哪裏去了》，南京：江蘇人民出版社，2005 年，第 97 頁。

構民國成都的戲劇生態。民國成都的戲劇發展是與時代環境的轉變呈現出明顯的聯繫，時代大背景對成都的輿論環境產生了巨大的影響，在大眾輿論的「壓迫」下，成都戲劇活動也逐漸發生變格，至少在外表中呈現出社會輿論所希望構建的大眾形象。在當代戲劇發展的進程中，如何平衡輿論評判與戲劇藝術發展的複雜關係，也正是重構戲劇生態所希望探討的時代課題。

第三節　都市文化環境下的戲曲教育傳承

《北洋畫報》作為民國時期天津地區的重要消閒類報紙，其《戲劇專刊》中包含豐富的戲劇史料，由於該報處於津門，地理位置獨特，南北名伶往往皆至此演出；其中，尤以北平、上海的名伶居多。除名伶外，北平、上海等南北票友，學生演藝人員也常至津門演出。《北洋畫報》對民國戲劇教育傳承多有記載，這些記載往往著眼於舞臺演出，以具體演出及其接受為線索予以品評和推介，因而具有更為重要的實踐意義，為今天的戲劇教育提供了鮮活的，可資借鑒的寶貴材料。其中，戲劇教育的宗旨與意義，戲劇演員的修養和工夫，學生演員的實踐及推廣，社會各方的支持與鼓勵，是《北洋畫報》中華戲專史料所反覆強調的。《北洋畫報》創刊於 1926 年 7 月 7 日，由馮武越、譚北林所創辦，吳秋塵主編。《北洋畫報》內容包括時事、社會活動、人物、戲劇、電影、風景名勝及書畫等，以照片為主，兼有文字，其宗旨在於「傳播時事、提倡藝術、灌輸知識」；副刊專載長篇小說、筆記、名畫、漫畫等。抗日戰爭爆發後，1937 年 7 月 29 日，《北洋畫報》因財力不支停刊。從創刊至停刊，先後出版共計 1587 期，總信息條目 47000 餘條，並於 1927 年 7 月至 9 月間另出版副刊 20 期，為北方畫報中刊行最長、出版期數最多的畫報。其《戲劇專刊》頗具特色，兼具戲劇信息、戲劇評論、戲劇知識、戲劇審美、戲劇觀演、戲劇風俗、戲劇教育等各個方面。其中關於戲劇教育之史料主要集中於三個方面：一是專業戲劇學校與科班的記載，以中華戲曲學校、北平國立劇專之記載最為詳實；二是名伶名票之師徒傳承，這一類記載亦皆詳實，然多數資料羅列居多，不少流於捧角與噱頭，深入分析者較少，惟對名伶名票之個人藝術鍛造，品評，多有上佳文字，值得另闢文章研究之；三是綜合學校及社會組織的戲劇團體及演出，前者如北京女子師範之戲劇團，後者如行會及社會義演、賑災演出等社會戲劇組織及行為。由於民國與當下相比，歷史環境及條件發生了巨大變化，對戲劇教育傳承而言，只有學校戲劇教育部分，兩個時代是可以加以充分比較的。

一、戲劇教育的宗旨和意義

戲劇教育首先是國劇教育，即「文武昆亂以及平話大鼓書民謠小調均在研究之例」〔註 67〕，這其實就包括傳統戲曲的「花雅二部」，也包括民間曲藝。如此定義戲劇教育的意義在於，看到了戲劇教育傳承的關鍵不僅在於戲劇教育，同時也包括孕育戲曲劇種的曲藝的教育。如果離開民間曲藝，戲曲就無法從民間汲取新的養分，其傳承也必然陷入無根之境地。此外，戲劇教育還包括「話劇、音樂」，將來更「擬設電影跳舞二系」，以求中西劇藝「一鍋煮熟」。這種宏大的戲劇教育觀是很值得今天的藝術學校借鑒的：首先是國劇，由國劇而西方影劇及舞蹈、音樂；而不是相反。具體到戲劇教育之意義，焦菊隱先生談到：

> 創建本校之意義有五：一曰發展藝術，二曰社會教育，三曰增進國劇在國際上之地位，四曰提高伶人在社會上之地位；其最末而最重要之一義，則為開我國戲劇教育之先聲，使國人注意上述四項要義，群起而成立同樣之組織，俾文化前途日見隆茂是也。〔註 68〕

上述文字值得注意之處有三點：一是發展藝術與社會教育並進，也就是既要進行戲劇藝術教育，也要進行社會教化的培養，一個好的戲劇演員，必須要具有極強的藝術功力，同時更需要強烈之社會責任意識，如此才有可能做到德藝兼備；二是增進國劇之國際地位，也即是說，中西藝術之交流並進，一定要突出「中」的影響，不能盲目自大，更不能全盤西化；三是提升藝人社會地位，開戲劇教育先河。以往的戲劇教育，往往就是師徒傳承，藝人之成材率極低，戲劇教育的普及性與社會性較弱，加之藝人的社會地位卑微，更使得戲劇教育無法拓寬。而將戲劇教育與社會之進步，文化之繁盛和自信緊密聯繫，建立專門的戲劇教育學校，為社會培養具有社會責任的藝術者（而非戲子），乃是現代戲劇教育的真意所在。可惜的是，這份真意，在今天的戲劇教育中，漸漸被忽視，戲劇學院盲目以「造星」為榮耀，學子為了做「星」，不擇手段，真可悲也。

〔註 67〕焦菊隱《北平戲曲專科學校之意義》，《北洋畫報》，1930 年，第 12 卷，第 569 期，第 2 頁。

〔註 68〕焦菊隱《北平戲曲專科學校之意義》，《北洋畫報》。

首先，戲劇教育要突破「藝技」，朝藝術和文化更進一步，需要明白「戲劇學」。因為「戲劇占文學中之重要部分，亦藝術之一種，初非賤業也〔註69〕」，然而在過去伶人之組織，誠不盡善，因而沒有真正的戲劇教育存在。隨著西學東漸，人始知戲劇本身之偉大，於是始有人從事於戲劇之學，如王國維，吳梅。從這個意義上而言，真正的戲劇教育與傳統的科班傳承相比，前者學戲而已，後者還要學習「戲學」。至此，卑賤之戲子變而為藝員，甚至成為戲劇家。如北京藝專專創戲劇系，開設現代戲劇教育，該校的學員都不是戲子出身，而是接受過中等教育的學生。與這樣的現代戲劇學校相比，另一類寓於傳統的劇社也漸次開展現代戲劇教育，如南通伶工學校，陝西易俗社，及曇花一現之山東易俗社，都已具學校之規模，然「惜猶未能盡教育之能事」，因為這些傳統劇社往往還只是教育戲劇技術，雖然如「易俗社」提倡「移風易俗，改良社會」，但卻缺乏系統明確之教育體系，雖然培養了大批優秀演員，然而還不是真正的現代戲劇教育。故「李石曾先生及教育界諸先進，現以改良中國戲劇編制，提高中國戲劇地位，開創中國戲劇教育為己任，乃有中華戲曲學院之北平戲曲學校，校長為焦菊隱，燕京大學畢業生，頗負文名，對中西戲劇均有研究，「其有造於將來之戲劇，蓋可必矣」。〔註70〕

第二，戲劇教育要有優良之教育場所和體系。「吾國舊劇傳統之為一機關，厥為科班是賴惟昔年之科班，其治學方法，大有被人指謫之點。」這種科班環境往往是及其嚴苛和殘酷的，因而成材率極低。以富連成與中華戲曲專科學校的比較為例：

> 人恒以戲校與富連成相提並論，不知富連成為科班，重在技術；中華戲校為學校，重在教育，更本不同，固不能比。當吾人欣賞其劇藝時，自亦不能以「走碼頭」者相看也。〔註71〕

可見，新式戲劇學校如中華戲曲專科學校，其培養戲劇人才，雖與昔之科班同一目的，然其組織管理之方法則具有科學之精神，其學生之治學方法，亦一移舊日之積習，故該校雖成立僅三年，而能突飛猛進，成績顯著。具體包括：

> 茲該校復有建築新式校舍及新式劇場之計劃，因為分述如左：戲專建築新校舍之計劃，據該校校長焦菊隱語餘，謂將在北平市重要寬

〔註69〕秋鷹《談戲曲教育》，《北洋畫報》。
〔註70〕秋鷹《談戲曲教育》，《北洋畫報》。
〔註71〕秋塵《教育化的戲》，《北洋畫報》。

> 敞之區，覓一地基，建築最新式之校舍，其外觀不尚雕飾為光面垂直的，形似一箱匣式，至其內部直設施，如校長室，會議室辦公室，董事會，課室，飯廳，宿舍，浴室，圖書館，養病室，表演室，販賣所等，無不應有盡有。其整潔華麗，一以北平協和醫院為藍本，光線空氣無不使其適合衛生，對於新機構之設置，亦擬酌量採用。

然而這還不夠，焦菊隱希望在北平建設一規模較大設施完整之劇院，供該校學生或其他戲班出演之需求，二為在南京設立一分校，專研究話劇，三為在天津組織一拍製電影之公司〔註 72〕。此外，中國傳統戲曲劇場之設置，極為簡陋，較之歐美各國不逮遠甚。焦菊隱氏有鑑於此，決心建一新式完美之劇院，以適合需求。蓋焦氏對於戲劇研究有素，舞臺上燈光之放射，布景之設置，均擬利用於舊劇上。故需要一盡美盡善之舞臺，以貫徹其理想。〔註 73〕。這種對於舞臺的大膽革新，也是充分融入現代戲劇教育精神的。

尤其值得一提的是，戲校的學生生活是很豐富的，「即饒興趣，且循規矩」：

> 學生每早五時起床，盥漱畢，五時三十分群至課堂用功，或在院中喊桑，皆有一定之程序。各生課堂，皆有值日生負清潔之責，以是室中窗明几淨。早飯為八十，打典後，齊赴飯廳，由訓育主任監督之，魚貫而入，端正而坐。飯菜每人一份，吃時甚快，但無聲息，如和尚吃麵條然（和尚吃麵條例不許有聲）。食畢，或至圖書館閱書報，或在庭中閒戲，或打把子，或翻小翻，或一人獨坐閒誦劇詞，或數人會串一戲。〔註 74〕

由此可見，戲曲學校非常注重良好校風，免除梨園習氣，「重勸導而無責打之事……學生每習成一戲，遇名伶演唱此劇，校中即為購票令其往觀，以便取法。學生現習英法文，每班畢業時，即選派超等生一名，至外國專習現代劇，備回國後任大學戲劇教員也。」〔註 75〕如此優良之教育場所，加之文化藝術並重的教育體系，緊張而活潑之學習生活，確實已經讓中國戲劇教育邁入新的階段。

〔註 72〕小蓮《焦菊隱之三願》，《北洋畫報》1933 年，第 20 卷，第 965 期，第 2 頁。
〔註 73〕濤聲《戲專學校之碩劃》，《北洋畫報》1933 年，第 21 卷，第 1019 期，第 2 頁。
〔註 74〕天聽《戲曲學校學生之生活》，《北洋畫報》。
〔註 75〕淡人《戲曲學校學生之生活》，《北洋畫報》。

二、戲劇學員的修養和工夫

戲劇學校學員的學習的重心，是「修養與工夫」，這與中國傳統戲劇的藝術特點是緊密聯繫的，沒有紮實的「童子功」訓練，沒有雅潔的藝術修養，都不可能成為最優秀的戲劇演員。中國戲曲的教育的第一個重要特點就是非行家裏手不能操。即便是學貫中西的焦菊隱，在其擔任校長初期，依然頗受詬病：

> 中華戲曲專科學校自從民國十九年開辦以來，焦校長因為是一位外行人，請的教員也不甚相當，以致到了民國二十年底，尚且沒有什麼好的成績……〔註76〕

那麼怎樣的教員才是相當的教員呢？崑曲是曹心泉，老生是王榮山（即是早年之麒麟童）、張建福、陳少五，小生是狄春仙，武生是朱玉康、諸連順，青衣是律佩芳，花衫兼刀馬旦是郭漈湘（即老水仙花），老旦是文亮臣，銅錘是張春芳，架子花兼武淨是勝慶玉，文丑是郭春山，武丑是馬寶明。這些名伶後來都被招入戲校任教職。除學戲之外，還要學國文及英文法文歷史等，也全有專門人材擔任。為什麼這些教師才是相當的教師，才有資格去教授學生呢？原因很簡單，因為他們是真正的行家裏手：

> 曹心泉，年六十六歲，安徽懷寧縣人，精通音律，曾充滿清內廷供奉。慈禧每遇有適意詩詞，即令譜以工尺，命太監演唱，其音律之精奧，概可想見。……王瑤卿則為戲界富於革命思想之第一人。舞臺上之種種改良，皆為王所首創，固人所盡知矣。早年曾與譚鑫培合演多年，故譚腔亦頗得三味，故現下名老生，亦皆求其指點，不僅青衣泰斗已也。所製戲本極多，程硯秋之腔，多半為其創製〔註77〕。

有了這些行家裏手的手把手的教學，學員的「工夫」自然可以日益精進，但這還不夠，除了讓這些名伶教授演唱和身段外，焦菊隱還專門聘請陳墨香先生講解劇詞〔註78〕，因為，戲劇教育必須敢於高於傳統，力求變革。因為傳統戲劇的教育講求口傳心授，加之伶人文化水平相對較弱，往往出現訛誤，且演員若不瞭解曲文，只能學師父之樣，絕難有自己的理解，因此也就奢談超越和

〔註76〕張笑俠《北平劇專近訊》，《中華畫報》。

〔註77〕內行《戲曲學校的幾位名教授》，《北洋畫報》1932年，第18卷，第870期，第2頁。

〔註78〕伯龍《保守和變革》，《北洋畫報》。

變革。不過，首先需要有紮實的工夫，然後才能談變革和超越。反觀今日之戲曲，常常是外行領導內行，做了許多無聊之極的行政命令作品；此外，常常片面追求眼球效應，讓話劇導演，甚至電影導演導戲曲；演員們受西方戲劇「體驗」論和「唯劇本論」影響過深，一味背誦劇本，身上無活，成為半戲曲不戲曲的怪胎。從這個意義上而言，中華戲曲專科學校的經驗是何其寶貴。

第二，學員修養的養成。這裡所說的修養，包含三個層面的意思，一為藝術修養，前文已約略論及，二是個人涵養，包括道德和社會責任；三為綜合素養，三方面的修養同時圍繞著如何成為一個優秀演員這一個中心任務。學員學戲以外的普通功課，除外國語外，其他科目也常常與戲有關，如：「國文類的題目是演完失街亭以後的感想。歷史類的試述戰宛城之本事，地理類的梁山泊在現在何處及其附近概況等等，可以知道普通之中，還有些專門的意義——他們是在嚮用科學研究國劇的路上走著。」〔註 79〕

在此背景下，戲曲學校取得了極為矚目之成績：

> 戲曲學校近應北洋劇院之聘來津演唱。該校迭次來津，惠譽兼半，然以今日該校諸生論，則頗多可造之材也。老生如王和霖，嗓子渾厚，做工老道，念白雖有時尖字較多，但上口有韻，甚為難得。關德咸年事略長於和霖，嗓倒未復，仍能演《定軍山》等戲。戲專第一批好角，首次來津曾享紅名。又若王金璐之文武老生，扮相穩重，雖嗓子因發育關係略顯脆嫩，趙金蓉為傑出人才，扮相秀麗，唱做均佳。鄧德芹之花旦，宋德珠之刀馬旦，皆不可多得之才也。〔註 80〕

此外，該校學員之綜合修養也為時人稱道，以國難期間為例，學員輟演，閉門研習古劇：王瑤卿教授《緹縈救父》，荀慧生傳授《盤絲洞》外，女生鄧德芹，亦習刀馬旦，鬚生關德咸加練武功，宋德珠串演雉尾生，已習成者，為《潞安州》《射戟》數出。其他新舊諸生，均孟晉異常。日前友人談及，該校武生陸德忠，年已甚稚，然邇者傑出人材有名何德亮者，僅十二齡，武功技藝，造詣殊深，他日直可超越儕輩。〔註 81〕對於古劇的研磨可以極大的鍛鍊演員，因為古劇（現在所言之傳統戲）是經歷歷史的滌蕩和淘洗留下的真金，蘊含著中國戲曲審美的寶貴基因。可悲的是，今天的戲曲劇院與學校，以排

〔註 79〕秋塵《北平戲曲學校參觀記》，《北洋畫報》。

〔註 80〕紅蛾《戲專學校人才觀》，《北洋畫報》。

〔註 81〕夜心《戲專新生記》，《北洋畫報》，1933 年，第 19 卷，第 935 期，第 2 頁。

演新劇為光榮，專業演員所精之傳統劇目或折子，比前輩演員，少得太多，從而導致附著在傳統劇目中的表演絕技、藝術精華極大地流失，為戲曲的教育和傳承造成了極大的困難。

三、學員的演藝實踐與推廣

藝術教育離不開實踐，從民國的戲劇類報刊記載可知，彼時節的戲曲學員，是有非常多機會登臺的。這種登臺機會一方面是為了維持學校的開支而進行的例行公演；一方面是赴外埠的邀請或專門演出；此外還有一些義務演出和社會演出。要維持正常的演出，就必須有相應的演出條件，一為物質條件，一為人力資源。物質條件包括劇本和砌末：

> 北平戲曲專科學校，日前來津二次公演，諸生技藝孟晉，胥為名師指導；其劇本名貴，亦足並駕齊驅，始得獲此驚人進展。該校素以搜羅秘本為前提，以期將梨園絕學，發揚而光大之。〔註82〕

據《北洋畫報》載，中華戲曲專門學校的秘本包括：一、狐狸緣，為昇平署秘本，此係清季宮中傳差必演之劇，亦吉祥劇之一。二、孔雀屏。三、花舫緣。四、活捉三郎，朱琴心贈，失傳已久。戲專自民間搜羅而來，加以專家整理，洵海內孤本也。六銅網陣，失傳近四十年，現經學校整理，獨有秘本；與昔者李吉瑞諸名武生，僅演一折迥異。七、盜銀壺，張黑逝後，已成絕響；近為戲專重排，可演大軸矣。八、哭秦庭，高慶奎贈。〔註83〕此外，戲專在砌末方面，也竭力搜集：

> 在昔宮禁砌末極精，如神怪之劇，天兵天將自上而下，鬼魅則自下而上，迄今舞臺之頂，尚留一孔，即降神之用者，然臺心之地穴，則無此設置矣。戲專為保留此項藝術計，故特聘請專家，精研砌末：如奇冤報之大堆鬼，昭君出塞之跳竹馬駱駝，水簾洞之完全彩燈，價值數千元（演時須加價），金山寺燈彩砌末，俱按清宮中舊日規模，加以改良。演時火樹銀花，五光十色，蝦將魚兵，若身臨水晶宮裏。戲專不惜精神，物質、金錢、為梨園謀此承先啟後之大業，其毅力決心，殊堪欽佩也〔註84〕。

〔註82〕伯龍《戲專劇本和砌末》，《北洋畫報》。
〔註83〕伯龍《戲專劇本和砌末》，《北洋畫報》。
〔註84〕伯龍《戲專劇本和砌末》，《北洋畫報》。

有了物質條件，學員開始進行各類演出，首先是例行公演，全校的學生，男生一百二十餘名，女生二十餘名，每月需經費在三千元以上，該校焦菊隱校長因欲使學生實地練習起見，定於每一星期內演戲二日，於九月十七日白天在東安市場吉祥戲院正式開幕，所定票價頗廉，池子前排三角，後排二角五分，兩廊一角五分。其為開幕以前，定九月十四日白天在吉祥戲院先演一義務戲，專為招待新聞記者及各學生家長並不售票，此三日之戲碼已定妥。十四日戲目：《蟠桃會》《入府》《雅觀樓》《戲鳳》《豔陽樓》《失街亭》。十七日戲目：《加官靈官財神掃臺童》《泗州城》《遊六殿》《下河南》《南天門》《長阪坡》。十八日戲目：《擋亮》《弔龜》《搖錢樹》《一疋布》《黃金臺》《英雄義》《珠簾塞收威》。他們以後的工作，擬整理舊劇，及尋覓秘本，並把一切的半本的戲，一段的戲，全把它整成本戲。〔註 85〕

第二，赴外埠公演。其中最為轟動的是三次赴津門演出：

> 名滿平津之戲曲學校，前者兩度來津公演，均曾大博美譽近又應春和劇院之約，自本月二十四日起始，公演十日夜，戲碼亦已商妥，茲將重要戲日列左。《水簾洞》《汾河灣》《全部《群英會》《宇宙鋒》《安天會》《桑園寄子》《連環套》《寶蓮燈》《清風亭》《畫春園》《十三妹》《狀元譜》，新《玉堂春狐狸緣》，《盤絲洞》《盜宗卷》《大溪皇莊》《遊龍戲鳳》《全本《長阪坡》《貴妃醉酒》《四傑村》，全本《佛手橘》《失街亭斬謖》《東昌府》《南天門》《巧連環》《黑狼山女起解》《連營寨》《火雲洞》《法門寺》《演火棍》《銅網陣》《三娘教子》《探母回令》《英雄義》《四進士》《嘉興府》《金山寺》《緹縈救父》《挑華車》《豔陽樓》《碰碑》《霸王別姬》等戲，此外並有第四班學生後起之秀新排之新戲極多，此次皆在津露演云。〔註 86〕

那麼，這群學員的公演成績如何呢？天天滿座，成績大佳，雖然如果以戲校和伶界大王梅博士，武生泰斗的楊老闆比，自然距離太遠，但是是很忠實的表演，很努力的表演，二十場中，可以說具有一貫的精神〔註 87〕。這種精神，就是一種戲劇教育的精神的融入。此外，這些學員得到了評論界的支持和鼓勵，如墨農就指出：老生行王和霖以嗓子倒倉，幾不能歌，尚演罵曹，

〔註 85〕張笑俠《北平劇專近訊》，《中華畫報》。
〔註 86〕亦雲《戲曲學校三次來津》，《風月畫報》，1933 年，第 2 卷，第 44 期，第 1 頁。
〔註 87〕蜀雲《送戲專學生回平》，《北洋畫報》。

探母、借東風等戲，實甚吃力。和霖幼即過力，昔每來津，輒囑以勿太受累，以其嗓在當時即顯澀像也。今既倒倉，猶復演此，宜其不能圓滿。願願和霖勉之，倒倉為生理必經途程，勿過心急，亦不容鬆懈，努力於念白武功，更勤自「喊弔」，恢復甚速。關德咸嗓似已復，唱猶費力，似應用功。王金璐後起俊才，余曾屢言之，此次來津，最邀好評者，惟金璐一人。所演如《槍挑小梁王》《帶牟駝嶺》《翠屏山》《群英會》《連環套》，允文允武，能唱能做，所謂裝龍象龍，裝虎像虎者是也〔註 88〕。這種諄諄之教會和殷切之期望是一個時代能夠湧現更多藝術大師的重要前提。沒有這樣的知音，也難有絕佳的藝術，古今皆然。

由於成績優良，至該校成立第四年，邀請者眾多：

> 北平中華戲曲專科學校，以研究我國舊劇，造成舊劇人才為宗旨，其性質似從前之科班，如富連成、喜連成，而其組織及設備則比較完善多多矣，計成立迄今，已達四載，成績卓然可觀，該校學生，年前並曾在本市春和明星兩劇院公演，頗與吾人良好之印象，茲又應春和劇院之邀，自十九日起日夜露演。〔註 89〕

此外，學員還響應社會號召，上演義務戲，如八月十二日戲專學生應大興縣國術館之邀，在吉祥演藝務夜戲。戲專此次演戲，尚值得稱道許者。如「不扔椅墊」，「臺上不站閒人」，「臺上司事者均著制服」等項〔註 90〕。可見該校之演藝，已極趨現代與規範。

中華戲專作為民國戲劇教育的一個縮影，給予我們諸多啟示，而這些啟示歸結到底，仍然離不開社會文化之支撐，這種文化支撐可能來自戲劇界內部，也可能來自外部，內部包括演員和批評者，外部包括觀眾和相應的社會環境和氛圍。中華戲專首先得到名伶的支持，除了前文所述教師外，許多名伶也提攜學員，如著名的四大名旦，就將自己的拿手戲親自傳授給學員們。《宇宙鋒》《林四娘》《荀灌娘》《江南捷》（即全部《梁紅玉》），八本《雁門關》，時評曰：「將以劇界名宿為該校夙責盛名高材生親授此名貴佳劇，其成功定可為操左券矣。〔註 91〕」此外，批評界往往也情之切切，默默關注，如

〔註 88〕墨農《寫於戲專返平後》，《北洋畫報》，1935 年，第 27 卷，第 1323 期，第 2 頁。

〔註 89〕亦雲《志戲專之人才》，《風月畫報》。

〔註 90〕《戲專義務戲紀略》，《中華畫報》。

〔註 91〕《戲專與梅尚荀程》，《風月畫報》，1933 年，第 2 卷，第 44 期，第 2 頁。

墨農先生對李金泉之寄語：李金泉之老旦，唱功甚佳。趙德鈺、蕭德寅與小生李德彬三生，除努力研究是囑外，直無懈可擊。成和連工夫甚健，惜總為陸德忠配手，無由見其特長。殷金振之開口跳，又較葉盛章為質野殊途，只亦氣力稍弱耳。小花臉王德昆與陸德忠，滑稽梯突，稍一諳練，可上追諸名丑矣。諸生多餘所素稔，愛之殷不覺望之切，望諸生之自奮努力焉〔註 92〕。墨香先生還為戲專編《柳如是》《戚繼光》《新汾河灣》《盤螭劍》《瓠子歌》等劇，不但對於場子特別加以改良，而於破除迷信及提倡民族精神，更不遺餘力。〔註 93〕戲曲學校之《四進士》為名教授蔡榮貴所導演〔註 94〕正是因為得到社會的普遍認可，許多名伶也將子女送到該校學習，如馬連良之子已入多日，近荀慧生復將其子令香送入。〔註 95〕今天重新梳理《北洋畫報》塵封之史料，實盼今日之戲劇教育能復現戲專之精神與成績。

四、民國時期四川戲劇教育的現代化與都市化

民國時期是中國藝術近代化轉型的關鍵時期，戲劇亦然。民國時期中國戲曲理論從傳統向現代轉型，另一個重要的表現特徵就是對戲曲教育功能的重視。在教化觀念的影響下，戲曲由供人娛樂的「小道」「末技」變為能夠承擔修齊治平、治國安邦作用的藝術形式。在民國時期社會大變革的大環境影響下，戲曲的教化功能被重新認識和強化〔註 96〕。

戲劇的傳承發展離不開戲劇教育，而從《新新新聞》上刊載的史料來看，戲劇的教育在民國時期的蓉渝地區可以說是進行地如火如荼，是當時戲劇運動的一項重要組成部分。此時期的戲劇教育模式多樣化，既有傳統的方式，也有新興的戲劇學校教育。各類戲劇教育模式的實踐，不僅逐步摸索著現代戲劇教育方式，也推動了戲劇的現代化。

民國時期，戲劇已然從宮廷中走出來、從主要為人的娛樂需求而服務的藝術中走出來，而逐漸開始同封建的舊社會開始做鬥爭，並成為社會改革人士手中的重要工具。

〔註 92〕墨農《勉戲專高材生》，《北洋畫報》。
〔註 93〕《劇專與戲劇改良》，《風月畫報》。
〔註 94〕《今是即戲專學校所演之〈四進士〉》，《風月畫報》。
〔註 95〕天聽《戲曲學校瑣聞》，《北洋畫報》，1933 年，第 20 卷，第 965 期，第 2 頁。
〔註 96〕金景芝，劉嘉茵《論民國時期中國戲曲理論的轉型特質》，《河北學刊》，2015 年第 35 期，第 106～109 頁。

《新新新聞》上在 1936 年所載《救亡的戲劇運動 敬致成都戲劇界》一文就認為：

> 總之，戲劇是一種最有力的藝術，它能夠「直接地」組織起人民大眾的意識形態，變更人民大眾的一切生活態度。所以它是我們建立「救亡戰線」的最有力的手段，是向民眾之中擴大我們戰線的最好的武器〔註 97〕。

同樣，於 1938 年 8 月 3 日刊載的由熊佛西先生所作的《戰時教育文化與戲劇》一文中更詳細地描述道：

> 社會教育是「活動」的教育，是大眾的教育，因為大多數國民是文盲，沒有機會進正式的學校。社會教育是今日救國的教育。戲劇是社會教育的主要部門，感人之深勝於其他一切的文藝。它是以「動作」為主的藝術，倘編演得法，極珢易收雅俗共賞之效，故泰西各國非常珍視。中國過去受了封建遺毒的影響，戲劇一向為人輕視。現在時代已經轉變，我們應該糾正鄙視的態度，竭力提倡影響民眾生活至深的且極的戲劇，加強我們抗戰建國的力量。〔註 98〕

可見，一方面，戲劇在我國擁有悠久的歷史文化傳統，在人民的日常娛樂生活中佔有很大部分。另一方面，在大眾文化程度普遍不高的民國時期，戲劇這樣一種視聽結合的、直觀的藝術形式為信息的大眾傳播提供了一個極佳的渠道。而在社會變革的時期，對大眾思想的啟蒙成為了一項不可忽視的工作，因此，戲劇活動就於此背景下發展，由此產生的戲劇人才的培養需要同時促進了戲劇教育的發展，成為了當時戲劇運動的一項重要組成部分並受到戲劇界人士的重視。戲劇教育由此也開始走向現代性的變革，從「科班」「教坊」等轉向具有現代意義的學校等制度。

戲劇家焦菊隱在談及創辦北平戲劇戲曲專科學校時就表示：

> 創建本校之意義有五：一曰發展藝術，二曰社會教育，三曰增進劇在國際上之地位，四曰提高伶人在社會上之地位；其最末而最重要之一義，則為開我國戲劇教育之先聲，使國人注意上述四項要

〔註 97〕《救亡的戲劇運動 敬致成都戲劇界》，《新新新聞》，1936 年 10 月 5 日。
〔註 98〕熊佛西《戰時教育文化與戲劇》，《新新新聞》，1938 年 8 月 3 日。

義，群而成立同樣之組織，俾文化前途日見隆茂是也。〔註 99〕

而當時局愈發動盪，抗戰救國成為了社會的主旋律時，戲劇學校開辦就具有了另一層深刻的意義與目的，如四川省立戲劇教育實驗學校在其開辦之初就提出：

> 「本校以培養戲劇教育與戲劇技能人才，研究戲劇教育及戲劇感情，推行以自居為中心之抗戰建國的社會教育為宗旨」〔註 100〕。
>
> 由省立戲劇音樂學校改為的省立藝術專科學校也表示：「該校實用藝術組心決舉辦工藝＊＊工廠，實現藝術教育之新理想，為抗戰後方建立一種新教育法。」〔註 101〕

就此看來，戲劇學校的開辦主要有兩大目的，一是發展戲劇藝術本身，二是協助進行抗戰愛國的社會教育。而除了學校屬性外，戲劇學校還有後方抗戰宣傳樞紐的屬性。

正因戲劇教育的重要的作用，其獲得了多方位的肯定。僅就《新新新聞》上的史料，當時戲劇教育發展的勢頭較好，不僅有社會支持，也有政府的支持。同樣以四川省立戲劇教育實驗學校為例，1938 年 8 月 15 日的新聞「省立戲劇學校組織大綱省府轉諮教部審核備案」〔註 102〕即闡明了其由省政府發起，後續還為其撥發了一萬元經費。除了政府的支持，其招生信息上還有一條「有熱心抗戰戲劇的人進行資助，可為三十名（暫定）貧寒學生提供借貸」〔註 103〕顯示了其在社會上同樣得到支持。

總體來看，發展戲劇教育既是戲劇改良本身的需求，也是民國時期的社會需求，使戲劇教育同時肩負著文化傳承與抗戰救亡的雙重責任。其中戲曲（戲劇）學校更是 20 世紀戲曲改良思潮所催生而來，它契合時代的藝術教育法則，也為自身的發展作出了貢獻。而在二十世紀三十年代後期政治經濟發展逐漸步入正軌的四川地區，戲劇教育也相應的開始如火如荼地發展。

〔註 99〕焦菊隱《創辦北平戲曲專科學校之意義》，《北洋畫報》，1930 年，第 12 卷，第 569 期。

〔註 100〕《省立戲劇學校組織大綱省府轉諮教部審核備案》，《新新新聞》，1938 年 8 月 15 日。

〔註 101〕《省立戲劇學校改藝術專科校》，《新新新聞》，1941 年 2 月 15 日。

〔註 102〕《省立戲劇學校組織大綱省府轉諮教部審核備案》，《新新新聞》，1938 年 8 月 15 日。

〔註 103〕《戲劇教育實驗學校招生》，《新新新聞》，1938 年 8 月 3 日。

處在由古代向現代過渡的時期，民國的戲劇教育也呈現出「過渡式」的特徵，即多種戲劇教育模式共存，不僅有傳統的家傳制、科班制，也有新興的戲劇學校、戲劇協會或社團等等。科班方面，有像京劇科班「喜連成」（1904年成立，1912 年改名「富連城」，1948 年停辦），湘劇科班「鳳鳴班」（1914年創辦，後改名為「鳳儀班」），皮黃秦腔科班「崇雅社」（1916 年田際雲創辦，專培養坤伶），花鼓戲科班「新新社」（1924 年創立），川劇科班「天曲社」（1927 年魏香庭創辦）等等。與家班相比，科班較為開放，是適應商業化需求的一種方式，培養了大量的優質演員〔註 104〕。相對來說，科班相關的史料在《新新新聞》上記載不多，而戲劇協會或社團和戲劇學校的活動更豐富。

儘管戲劇協會、社團這類的組織在當今社會數量相對較少，但是回看《新新新聞》上記載的史料，當時蓉渝地區戲劇協會、社團卻是十分豐富的。這類組織有社會人士創辦的如「少數知識分子或富商成立戲劇大眾社」〔註 105〕，也有官方創辦的如「軍委會政治部為推動劇運，特成立戲劇指導委員會」〔註 106〕。這類組織的日常活動主要是組織各類公演、外出宣傳，進行戲劇教育只是其中附帶的一個部分。不過值得一提的是由教育部組織的戲劇教育隊及戲劇教育人員訓練班，如「教育部為發展戲劇教育，加強宣傳技術，提升＊業娛樂水平起見，決在川＊＊地創設戲劇教育人員訓練班」〔註 107〕，這類組織是專門進行戲劇教育的，並在學習之後將協助當局進行戲劇教育活動。

相比之下，戲劇學校中的戲劇教育會更具有專業性，並與現代教育進行接軌。1912 年上海的第一所戲校榛苓小學成立，這是我國第一所由藝人自行開辦的子弟學校。該校對伶界子弟入學免收學費，外界子弟則酌收少量學費，課程為文化課和藝術課各占一半，邀請梨園著名演員為學生上課，後來的戲校，幾乎是仿照這一模式來辦學的〔註 108〕。而根據《新新新聞》中各類新聞消息和招生廣告來看，在四川地區，其中所提到的戲劇學校和類似的團體組

〔註 104〕倪金豔《民國年間現代戲劇教育芻議——基於民國年間戲劇報刊的考查》，《戲劇文學》，2018 年第 4 期，第 130～137 頁。

〔註 105〕《戲劇大眾社》，《新新新聞》，1940 年 2 月 21 日。

〔註 106〕《戲劇指導委會成立》，《新新新聞》，1941 月 2 月 28 日。

〔註 107〕《教育部在蓉創辦戲劇教育人員訓練班 一期訓練四十六名六月畢業 已派彭善實抵蓉籌備一切》，《新新新聞》，1943 年 8 月 13 日。

〔註 108〕王婉如《上海抗戰時期戲曲活動研究》，上海師範大學，2019 年。

織就有國立戲劇校、四川省立戲劇教育實驗學校、四川省立戲劇音樂學校、四川省立戲劇音樂專科學校、教育部第三巡迴戲劇隊及其戲劇教育人員訓練班等十餘所，其活動從 1932 年至 1949 年均有出現，下表就依據年份和招生單位統計了其在《新新新聞》上所發布招生信息的條數，可以作為參考。

年　份	招生單位	招生信息條數	總條數
1932 年	西南愛國影片公司與重慶文藝學校合辦的戲劇系	5	5
1938 年	國立戲劇學校	10	44
	四川省立戲劇教育實驗學校	34	
1939 年	四川省立戲劇教育實驗學校	41	61
	四川省立戲劇音樂學校	14	
	山東省立劇院招	6	
1940 年	四川省立戲劇音樂學校	21	25
	華楊戲劇業學校	1	
	國立戲劇專科學校招生	3	
1941 年	國立戲劇專科學校	1	1
1949 年	重慶中華戲劇專科學校	7	7

同現代的高等教育體系一樣，這些戲劇學校的招生不是全無門檻的，基本上都要經過考試，對報考者之前的學歷也有一定的要求，另一方面也出現了分系招生的模式。下面摘錄 1938 年的國立戲劇學院的一則招考信息，可以作為當時戲劇學校招生要求的參考：

名　額	一年級六十名
資　格	不限性別年齡但須（一）在初中或中學以上學校畢業或（二）有同等學力且具有話劇天才及經驗
考試科目	姿態、表情、聲音、表演、國文、國語、學習能力、英語、口試、體格檢查
報名手續	至報名處填寫報名單隨繳報名費一元四寸半身相片三張及畢業文憑或修業證書
費　用	學費講義費免繳膳宿支付各費歸學生自理戰區學生自有貸金辦法

修讀期限	三年
報名日期	七月二十日至三十日
考　試	自八月一日
報名及考試地點	重慶上清寺街一四〇號本校；成都國立四川大學門口教育部辦事處
簡　章	可向各地招考處函索

從可見的招生信息來看，大多數戲劇學校的考試科目基本有國文、英文、公民、常識、表演、體格檢查等，視招考專業不同還會有樂器考察等科目（如1939 年山東省立劇院就招考戲劇音樂兩系新生）。戲劇學校的最低學歷門檻基本為初中畢業，也有少數只需小學畢業或不限學歷但需有戲劇天才。不過值得注意的是，相比於傳統的「傳男不傳女」等舊習，大部分戲劇學校招考時都標明了不限男女，顯示了當時時代的進步，也是戲劇教育現代性的一方面體現。

1938 年省立戲劇教育實驗學校的招生還在《新新新聞》上有一則長篇報導——《四幕活躍的劇面省立戲劇學校看招生——分兩組考試女性占三分之一 姿態表情怪有趣》其中描述到：

> 他們昨日所考的是外形，聲音表情，姿態表情，口試等四項，外形又分身材，面部輪廓，聲音又分*語，音色，音域，模仿力，表現力，姿態又分反應，模仿力，表現力，口試又分家庭狀況，個人生活，學力，經驗，各種常識測驗，共分四個考試考場，也就是四幕活躍的劇面，上午考試職業科，約六十餘人，是初中程度，下午考試本科約四十餘人，是高中程度，其中女性三分之一〔註 109〕。

可見其招考較為細緻，既考專業能力也考文化能力，這些都與現在的招生模式相差不大。

而在入學後，學生也是分專業分班分年級跟隨專門的老師進行系統的學習。在管理方面，「我們打算採用導師制和軍隊制。所謂導師制頗似昔日的書院制。即每一位導師負責指導某一部分的學生」〔註 110〕，這種書院制在我們現代的高等教育體系中也多有體現。除了專業學習之外，學生還會進行文化

〔註 109〕《四幕活躍的劇面省立戲劇學校看招生——分兩組考試女性占三分之一 姿態表情怪有趣》

〔註 110〕熊佛西《戰時教育文化與戲劇》，《新新新聞》，1938 年 8 月 3 日。

課的學習。在省立戲劇教育實驗學校中，整體的風氣就是「學術自由，讀書自由」。按校長熊佛西的說法，「從馬克思的資本論到三民主義」，都可以准許閱讀。書架上有的是政治、經濟、文藝方面的進步書刊〔註 111〕。

當時知名的戲曲學校有南通伶工學社、廣東戲劇研究所附屬演劇學校、中華戲曲專科學校、上海戲劇學校、夏聲戲劇學校、四維劇校等。這些戲曲學校也是借鑒了科班成功的教學經驗，又引進了西方先進的教育理念。〔註 112〕類似的戲劇學校也是民國時期專業化的戲劇教育的代表，其教育模式為後來者提供了戲劇教育邁向現代化的重要參考經驗。

前文提到，戲劇教育的發展出於強烈的社會需求，因此戲劇教育也不只停留在理論層面，而是學員在學習之後會擁有豐富且目的性強的實踐經歷。從《新新新聞》來看，各類戲劇學校學員進行戲劇活動的足跡幾乎遍布大部分四川地區。

如省立戲劇教育實驗學校的流動宣傳隊，1938 年與 1939 年就先後前往遂寧、金堂、廣漢等縣市開展宣傳公演。其到廣漢宣傳時，「一行十六人，由周彥隊長領隊，於日昨由從金堂來縣，……定於本日（十五）在民眾戲院公演抗敵話劇，……在城內公演四日，旋即赴縣屬各鄉鎮公演，以期深入農村，發動民眾，加強抗戰力量」〔註 113〕另有一所國立戲劇學校也經常組織人員到各地演出。1938 年，該校就有師生 50 餘人在萬縣公演，「劇目為【香姐】【反正】【東北一人家】等劇」〔註 114〕，並將之後去往重慶，擬於重慶成都兩地進行巡迴公演。1939 年該校由重慶遷往江安時，又在沿途中「擬藉此遷移機會，改雇大木船數隻，沿大江西上，計時兩周可到江安，沿途經過江津，合江，瀘縣，納溪各縣，均擬停船遊覽，視察內地風光，並舉行流動公演，加強後方民眾之抗戰情緒云」〔註 115〕。1940 年，該校又從江安前往重慶公演，「奉教部令，排演適應抗戰歷史話劇」〔註 116〕。當時有名的戲劇學校，夏聲戲劇校也會定期來成都進行表演，上演生死恨、群英會等劇目。

〔註 111〕胡志毅《文化資本：民國時期戲劇教育的「場域」——一種戲劇人才培養的藝術性實踐》，《中國現代文學論叢》，2014 年第 9 期，第 75～78 頁。

〔註 112〕艾立中《民國時期戲曲改良的探索》，《中國社會科學報》，2015 年 8 月 3 日。

〔註 113〕《省立戲劇校到廣漢宣傳》，《新新新聞》，1939 年 5 月 18 日。

〔註 114〕《國立戲劇校將到渝公演》，《新新新聞》，1938 年 2 月 15 日。

〔註 115〕《國立戲劇校——由渝遷江安》，《新新新聞》，1939 年 3 月 9 日。

〔註 116〕《國立戲劇學校將赴渝公演》，《新新新聞》，1940 年 3 月 23 日。

除了前往外地的宣傳演出外，戲劇學校也會在當地開展豐富的公演活動。在1938的雙十戲劇節，成都戲劇界舉行抗敵大宣傳，省立戲劇教育實驗學校也參與其中，在當時的少城公園演出《雙十萬歲》一劇。1939年1月，該校第一屆學生公演三幕抗戰劇「後防」，還極具特色地全體使用川語進行表演。臨近七七二週年時，學校「為紀念七七兩週年，特排演《七七二年記》與《群魔亂舞》兩劇，先後於郫縣崇寧等地公演，成績極佳」，並還決定「暑假時，全體學生擬組織暑期宣傳*出發眉山，嘉定一帶宣傳」〔註117〕。

總的來說，從日常的外出宣傳到特殊節日進行的公演，戲劇學校的學員們都擁有豐富的機會來親自上臺表演並深入到觀眾中去，也即進行戲劇藝術的實踐與鍛鍊。而當他們畢業後，如國立戲劇學校首屆畢業典禮中所表示，「此次畢業生四十四人一部分派赴各地參加劇運，一部分留校入賓驗部」〔註118〕，畢業生們也將投身入戲劇運動之中，同時將戲劇藝術的實踐繼續下去，肩負起抗戰救亡的戲劇宣傳責任。省立戲劇教育實驗學校校長熊佛西先生所作的《戰時教育文化與戲劇》中將他們形象地稱作「文化戰士」，他表示：

> 我們認為訓練就是工作，工作就是學習……在平時學生和教員或許可以閉起門來讀書。但在戰時，他們都應該是英勇的文化戰士！他們都應該是堅定的教育建軍，在前線拼命殺敵，在後防努力文化建設！組織，訓練，活動，抗戰的組織，抗戰的訓練，抗戰的活動，學生與教員連成一片，社會與學校打成一片！〔註119〕。

可見，這時的戲劇學員被培養的目的，就是要同真實的戲劇生態緊密相連並能動地發揮自己的作用，而不僅僅是空中樓閣式的閉門造車。

隨著當代造星運動的興起，藝術也在資本的裹挾下逐漸脫離了原有的面貌，特別在演藝界，各類「流量」當道的局面令許多人感慨中國當代文藝內涵的貧瘠。在此之下，藝術教育也變成了一項極具功利性的活動，帶來許多負面效應。而回看民國時期的戲劇教育，我們會發現仍有值得當代借鑒之處。

首先，對學生的社會責任感進行薰陶與培養。民國時期由於特殊的時代

〔註117〕《省立戲劇學校——組織暑期宣傳團》，《新新新聞》，1939年7月12日。

〔註118〕《國立戲劇學校昨上演「畢業」，登場人物全體學生，將分發各地作劇運》，《新新新聞》，1937年7月1日。

〔註119〕熊佛西《戰時教育文化與戲劇》，《新新新聞》，1938年8月3日。

背景，戲劇教育成為了抗戰救亡運動的一環，身處其中的學生們自然也承擔起了相應的責任。正是在責任感的驅動之下，學生以全身的熱情投身入戲劇工作之中。但是在今日，追名逐利逐漸成為學生從事藝術學習的主要目的，其創造的藝術自然也愈發浮躁。正如熊佛西先生指出，戲劇教育「不但指導他們如何研究學問，並且指導他們如何生活，做人」〔註 120〕，這裡的指導他們如何生活，做人自然又比培養學生的社會責任感含義更高更廣。

其次，要重視學生的藝術實踐。從前文中我們可以看到，那時學生無論是在校內還是校外都擁有著豐富的演出機會，這就讓他們積累了豐富的經驗。另一方面，這也讓他們深入到觀眾中、深入到自己的作品中，從而不斷提升自己或進行創新。例如那時不斷上演的各類抗戰戲劇，就是與時代需求深深契合。「我們不讀死書，也不死讀書。我們讀書為的是應用，為的是幫助解決問題。在昔年封建時代，一般人讀書為的是做官，但是抗戰的今日，我們讀書應該是為的抗戰為的是建國。我們為了要應證書本上的知識和實際生活的連鎖」〔註 121〕，這樣的聲音在今天聽來仍振聾發聵。

上述兩條啟示歸結到底，仍然離不開社會文化之支撐，這種文化支撐可能來自戲劇界內部，也可能來自外部，內部包括演員和批評者，外部包括觀眾和相應的社會環境和氛圍〔註 122〕。但不管怎樣，如若戲劇教育從業者先從戲劇教育本身開始整頓起，不失為振興戲劇教育的一個良好開頭。戲劇教育在民國時期的四川地區發展的不可謂不興盛，通過對其情況的還原探究，更有許多值得我們借鑒學習之處。戲劇家馬肇延曾說過：「無論怎樣一種新的學說、新的制度之建立，必須要在舊的學說和舊的制度的廢墟上找到它的基礎，並且也必須是這樣，歷史它本身才有其繼續性，一切人類的社會生活才有其發展的可能」〔註 123〕，因此，戲劇教育的現代性變革也是建立在從前傳統的基礎上產生新的突破。這樣的思路也是可供我們參考的典範，即從民國時期戲劇教育的發展情況來尋找經驗與教訓，從而推動當代藝術文化的發展與建設。

〔註 120〕熊佛西《戰時教育文化與戲劇》，《新新新聞》，1938 年 8 月 3 日。

〔註 121〕熊佛西《戰時教育文化與戲劇》，《新新新聞》，1938 年 8 月 3 日。

〔註 122〕吳民，石良《我們今天怎樣教戲劇——〈北洋畫報〉關於中華戲專資料的現代啟示》，《戲劇文學》，2015 年第 3 期。第 112～119 頁。

〔註 123〕馬肇延《在歐化的狂熱中——談我國舊劇之價值》，《劇學月刊》，1934 年第 2 期。

第四節　地方劇種的都市化與鄉土母體文化的淪落

20世紀初期，花部地方戲在繼承了清代中後期的發展之後，繼續勃興。以秦腔為代表的梆子腔遍地開花，以京劇為代表的皮黃腔引領劇壇風尚，弋陽腔進一步演化。板式變化體的音樂體制使得花部地方戲的藝術活力更加彰顯。尤其值得注意的是，各地在民間曲調的基礎上，孕育了各自的地方小戲。這些小戲諧謔、風趣、鮮活，充滿生活氣息和民俗風情，受到群眾的極大歡迎，成為後世地方戲曲劇種的重要表現形式。

一、梆子腔的崛起

從梆子腔到花部諸腔。花部諸腔主要有以下幾個源頭，一為古老腔調，如弋陽腔、青陽腔、賽戲、隊戲、鑼鼓雜劇（跳戲）、興化戲（今莆仙戲）、下南腔（今梨園戲）、潮調（今潮劇）等。二為梆子腔。山陝梆子繁衍出秦腔等梆子劇種，道光年間梆子腔流傳到漢水流域以後演變成西皮腔，西皮腔與在鄂、徽、贛交界地帶形成的二簧腔合流形成了皮簧腔，由皮簧腔衍生出徽劇、京劇、漢劇、漢調二簧、宜黃戲、桂劇等皮簧劇種。梆子腔、皮簧腔流傳到各地以後，與本地的民間戲曲和傳入的崑曲、高腔相融合，形成了多聲腔劇種的川劇、湘劇、祁劇、粵劇、滇劇、婺劇、贛劇等。華北、西北地區的秧歌、道情、二人臺、曲子等，東北的拉場戲、二人轉等，華東地區的灘簧、採茶，中南、西南地區的花鼓、花燈等民間小戲也為地方戲的繁盛打下了堅實的基礎。此外，在少數民族地區還有歷史悠久的藏戲、壯劇、傣劇、侗劇等少數民族戲曲劇種，這些劇種這個時期也在進一步發展中。清代花部地方戲曲之發展流變概貌，在《都門紀略》一書中，有詳細記載：

> 我朝開國伊始，都人盡尚高腔，延及乾隆年，六大名班九門輪轉，稱極盛焉。……至嘉慶年，盛尚秦腔……近日又尚黃腔，鐃歌妙舞，響遏行雲……不獨崑腔闃寂，即高腔亦漸同廣陵散矣。……茲集所注詞場諸人，多係黃腔著名者，至崑、弋出色諸人，不難按名臚舉，第以風會所趨，未免有先後進之分，唯恐違眾戾時、惹人倦聽，用是，崑、弋諸賢概不贅入。〔註124〕

〔註124〕楊靜亭《都門紀略（卷上）》，道光二十五年初刻大字本，括號中的文字原文均為兩行小字，為說明文字。

以秦腔為代表的梆子腔，在清代中後期成為一時風尚。徐慕雲在《中國戲曲史》中說：「秦腔，俗稱梆子。蓋因其以木梆為樂器而得名者也。」〔註125〕王紹猷則認為，「秦腔發源頗古……快人耳目者真秦之聲也〔註126〕。」關於秦腔的起源清代嚴長明在《秦雲擷英小譜》中說：秦腔自唐、宋、元、明以來，音皆為此，後間以絃索。〔註127〕范紫東先生也認為秦腔源於盛唐，他說：秦腔在唐時絲絃，用彈法，普通人見其五指亂動，不用木撥，稱為亂彈〔註128〕。蒲劇史學家墨遺萍在《蒲劇小史》中說：

> 明成祖時，將山陝之民不附其篡位者從集蒲州等地，編為「山西樂戶」，稱賤民，習賤業，世世子孫不得與良民齊齒。他們與沿街歌唱敲梆乞食之際，擇舊曲（元曲遺散）拾俚調，雜悟聲（道曲中的七言、十言），參野嘯（河曲野嘯之倬歌），重敲梆以節拍，亂彈弦以和聲，漸次獻身於舞臺，逐以梆子腔頂替了元曲活動的地位而成一家。〔註129〕

確實，「山陝梆子來源與山陝地區的民歌和說唱，先演變為民間小戲，後又在民間小戲的基礎上，接受了古老劇種的藝術成就，逐步發展為大型戲曲的。」〔註130〕而梆子腔的精神內核甚至與遙遠的元雜劇一脈相承，清代學者焦循在《花部農譚．序》中說，「花部原本於元劇，其事多忠義節孝，足以動人。」〔註131〕此外，劉廷璣在《在園雜志》中記載了清初的戲曲劇種情況，指出，「近今且變『弋陽腔』為『四平腔』『京腔』『衛腔』，甚且等而下之為『梆子腔』『亂彈腔』……」戲曲史學家周貽白亦持此觀點，如其「放邊音」，當與弋陽腔的「幫腔」有關〔註132〕。

〔註125〕徐慕雲《中國戲劇史》，上海：上海古籍出版社，2008年，第76頁。
〔註126〕陝西省藝術研究所編《秦腔研究論著選》，西安：陝西人民出版社，1983年，第4頁。
〔註127〕陝西省藝術研究所編《秦腔研究論著選》，西安：陝西人民出版社，1983年，第172～173頁。
〔註128〕陝西省藝術研究所1982年編印《藝術研究薈萃（一）》，第100～102頁。
〔註129〕山西省晉南戲劇協會編印《蒲劇十年》，山西省晉南戲劇協會，1959年第9頁。
〔註130〕張庚、郭漢城《中國戲曲通史》，北京：中國戲劇出版社，1992年第892頁。
〔註131〕中國戲曲研究院編《中國古典戲曲論著集成（八）》，北京：中國戲劇出版社，1959年第225頁。
〔註132〕周貽白《中國戲劇史長編》，上海：上海書店出版社，2004年，第601頁。

（一）梆子腔的唱腔結構及其對後世戲曲的貢獻

梆子腔標誌了「板腔體」戲曲的形成。梆子腔在音樂結構上的最大特點，是以上下句為唱腔的基本結構單位。上下句分別由一個上句和一個下句構成，兩個句子通常字數相同，一般為七字或十字句，上下句在音樂上有明顯的標誌。梆子腔中連接上下句的器樂伴奏，被稱為「過門」。

「板腔體」是以一首樂曲為基礎，運用各種節拍形式（即板式），將這首樂曲作種種不同的變奏發展，屬於單曲體結構形式。板式音樂以一對上下句作為基本的結構單位，可以用一對上下句組成一段獨立的樂曲，也可以用若干對上下句組成一段樂曲，在組織形式和運用方法上比較靈活；節奏整齊，在襯字的運用上也更為自由；板式音樂可以靈活地運用原板（二四拍）、慢板（四四拍）、流水（一四拍）、二六、散板、導板、搖板等多種節拍形式，能夠充分發揮節奏變化的戲劇性功能，因此，在板腔體劇種中，節奏變化對於推動音樂形象的展開、表現戲劇矛盾衝突和劇中人物思想感情等方面，有著非常重要的作用。

（二）梆子腔劇種在各地的分布

秦腔，形成後即盛行於陝西，向西流行於甘肅、寧夏、青海、新疆等地；向東流行於山西、河南、河北、山東等地。在陝西境內，秦腔分為四種：即東路秦腔即同州梆子；中路秦腔也叫西安亂彈，以西安為活動中心；南路秦腔流行於漢中、安康一帶，也叫漢調秦腔、漢調桄桄、桄桄戲；西路秦腔以原鳳翔府所屬地區為活動中心，鳳翔府舊稱西府，因此西路秦腔也稱西府秦腔。

梆子腔在山西的流行、發展，形成了蒲州梆子、中路梆子、北路梆子、上黨梆子，並稱為山西境內的四大梆子戲。梆子腔流入河北，發展為河北梆子、老調梆子、蔚州梆子、武安平調、澤州調等。在河南，則有河南梆子、懷梆、宛梆、大平調等。在山東，有山東梆子、萊蕪梆子、章丘梆子、汶上梆子、棗梆等。山東梆子流行於菏澤、濟寧、曲阜以及河南、河北部分地區，因菏澤古稱曹州，山東梆子也曾稱為曹州梆子；章丘梆子也稱為東路梆子。此外，在安徽有安慶梆子、沙河梆子；在貴州，有貴州梆子戲；在雲南，有滇梆子（即現在的滇劇），等等。除了直接可歸屬於梆子腔聲腔系統的劇種以外，還有許多重要的戲劇劇種在其發展過程中受到梆子腔的影響。漢劇，舊稱楚調，也稱漢調，曾廣泛流行於湖北及河南、陝西、湖南、廣東、福建等省，對湘劇、川劇、贛劇、滇劇等劇種的形成和發展有重大的影響，清中葉進北京，與徽調融合而演變為京劇。漢劇的聲腔有西皮、二黃。陝西梆子傳入鄂西北後演變為「襄陽腔」，後改稱「西皮」；梆子腔入川，演變為獨具一格的「四川梆子腔」——彈戲，成為川劇的五大聲腔之一；在浙江，紹興亂彈（即現在的紹劇，也叫紹興大班）、溫州亂彈（即甌劇）、金華戲（即婺劇）、台州亂彈、黃岩亂彈、處州亂彈、浦江亂彈等亂彈戲，均受過梆子腔的重大影響，至今在其聲腔中，仍然保留著秦腔傳入南方後演變而成的成份，這些劇種的保留劇目中尚有不少來自秦腔的劇目；至於廣東粵劇的唱腔，博採多家，是先有梆子而然後與二黃合流；粵劇的梆子，係融合了南方梆子（安慶梆子）、亂彈諸腔、襄陽調、北方梆子諸因素形成的風格獨特的聲腔。

二、從皮簧腔到京劇的形成

皮簧腔的藝術特點及其流佈。皮簧腔是以二黃腔及西皮腔作為主要腔調的劇種，如徽劇、漢劇、京劇、粵劇、湘劇、贛劇、桂劇等 20 多個劇種均屬於皮黃腔劇種。皮黃腔劇種的共同特色是以胡琴為主奏樂器，板式上以原板為基礎派生衍變，詞格上均沿用七言或十言對偶句式，行當唱腔的分類和發聲方法也大體相似。（皮黃所屬劇種詳見附錄 1）

京劇是目前我國流傳範圍最廣、影響最大的劇種之一。清乾隆年間徽班進京，京劇逐漸形成。由徽商出資組織經營或主要由徽籍藝人組成的戲班，當時稱為「徽班」。乾隆五十五年，最早進京的是「三慶」徽班，「三慶」之後，又有四慶、五慶、四喜、和春、春臺等徽班接踵進京。徽班藝人演技高超，所唱聲腔和所演作品也有新的特點，而且很善於吸收北京的崑腔、京腔和梆子的長處，故很快形成所謂「四大徽班」（三慶、四喜、和春和春臺）稱雄北京劇壇的局面。漢調藝人於清嘉慶、道光年間（公元 1796～1850 年）進京。徽調和漢調在北京吸收了崑曲、梆子諸腔之長，形成早期京劇。一般認為，余三勝、張二奎和程長庚三位老生演員的出現，標誌著京劇的形成。被譽為「通天教主」的京劇旦角演員王瑤卿為旦角的表演開闢了新道路，對旦角唱腔的豐富和發展貢獻卓著。在各路藝人的共同努力下，二簧和西皮在藝術上不斷提高，皮簧戲的舞臺語音中又逐漸融入了北京音，演唱劇目也因藝人的多方吸取和積極創編而不斷擴充。經過百餘年來數輩藝人的耕耘，京劇的陣容不斷擴大，人才濟濟，流派眾多，藝術成就顯著，成為中國戲曲的代表性劇種。京劇音樂以皮簧腔為主。一般來說，二簧旋律平穩，節奏舒緩，唱腔較為凝重、渾厚、穩健，適合於表現沉鬱、肅穆、悲憤、激昂的情緒，有［慢板］

［原板］［散板］［搖板］等板式；西皮旋律起伏變化較大，節奏緊湊，唱腔較為流暢、輕快、明朗、活潑，適合於表現歡快、堅毅的情緒，有［慢板］［原板］［二六］［流水］［散板］等板式。用胡琴伴奏的還有四平調、反四平調，都從屬於二簧；南梆子從屬於西皮；高撥子則按反二簧定弦。

漢劇是湖北最有影響的皮簧腔劇種。「漢劇」名稱出現較晚，辛亥革命之後才出現，但漢劇的形成至少是在道光年間或者更早。皮簧腔在湖北各地流傳時形成過「襄河」「府河」「荊河」和「漢河」四個不同的支流。漢河路子分上下兩個路子，上路以漢口為中心，下路以黃岡為中心。隨著漢口經濟的發展，漢河路子逐漸成為漢劇。漢劇以皮簧腔為主，兼有崑腔、吹腔、雜曲。西皮也稱「下把」，定 la-mi 弦，高亢激越，爽朗流暢，板式豐富多樣，有慢西皮、中西皮（原板）、快西皮、西皮垜子、一字板及搖板、導板等；二簧也稱「上把」，定 sol-re 弦，曲調柔和委婉，板式有慢三眼、二流（原板）以及導板、搖板等。二簧西皮均有反調。還有四平調、三眼平板和走馬平板。

粵劇是主要流行於廣東的皮簧腔劇種，深受廣大粵語方言區人民的喜愛，在港、澳及東南亞一帶也有固定的班社組織和演出場地，在歐美等華僑聚集地區也常有粵劇演出。粵劇與京劇等其他皮簧腔劇種差異較大，這與其傳入廣東的過程以及方言、區域文化等方面的影響有關係。明末清初，弋陽腔、崑山腔由「外江班」傳入廣東，繼而出現了廣東「本地班」，演唱形式為一唱眾和，稱為「廣腔」。清嘉慶、道光年間，高腔、崑腔逐漸衰落，「本地班」便以梆子為主要唱腔，後來徽班影響日益擴大，又以「梆簧」（西皮、二簧）為主要腔調，同時保留了部分崑、弋腔，並吸收廣東樂曲及時調，逐漸形成粵劇。粵劇的唱腔和道白使用粵語方言，在逐漸發展的過程中，形成了與其他皮簧腔劇種不同的音樂形態，如西皮腔原有「眼起板落」的特點，有的粵劇梆子（西皮）慢板已變為「板起板落」。另外，粵劇中的「苦喉」即乙反調，強調乙、凡（4、7）二音，用以表現哀怨悲苦的情緒，與秦腔中的苦音相似。在伴奏樂器上，粵劇曾運用小提琴、薩克斯等西洋樂器，並改絲絃、高胡為鋼弦高胡，豐富了樂隊表現力。

三、弋陽腔的新變體

弋陽腔，簡稱「弋腔」，是宋元南戲在信州弋陽後與當地方言、民間音樂結合，並吸收北曲演變而成。它至遲在元代後期已經出現。明、清兩代，弋陽腔在南北各地繁衍發展，成為活躍於民間的主要聲腔之一。清李調元《劇話》說：「弋腔始弋陽，即今『高腔』」。故弋陽腔又通稱高腔。明初至明中葉，100餘年間，弋陽腔已流佈於今之安徽、浙江、江蘇、湖南、湖北、福建、廣東、雲南、貴州以及南京、北京等地，並且在各地群眾欣賞要求和趣味的影響下逐漸發生變化。嘉靖年間，弋陽腔在贛東北的樂平衍變為「樂平腔」，在徽州衍變為「徽州調」，在池州青陽衍變為「青陽腔」，或名「池州調」。萬曆時又出現「稍變弋陽，而令人可通者」的「四平腔」(顧起元《客座贅語》)。此外，一般認為屬弋陽腔繁衍而來的聲腔劇種還有義烏腔、太平腔。這些劇種都興起於贛東北、皖南、浙西南廣大地區，在南方造成了一種民間戲曲興旺發達的局面。在北方，由弋陽腔與北京語音結合衍變形成的「京腔」，清乾隆年間在北京演出時，曾出現過「六大名班，九門輪轉」的盛況，並被宮廷演戲採用，編寫出「昆弋大戲」。至清中葉，當各種地方戲曲蓬勃興起時，高腔也就成為新興的多聲腔劇種的一個組成部分，如四川的川劇，湖南的湘劇、辰河戲、祁劇，浙江的婺劇，江西的贛劇、瑞河戲，北方的柳子戲等都有高腔。其中有的還以演唱高腔為主。

由弋陽腔轉變而來的代表性劇種如川劇，早在唐代就有「蜀戲冠天下」的說法，川劇則是清代乾隆時在本地車燈戲基礎上，吸收融匯蘇、贛、皖、鄂、陝、甘各地聲腔，形成含有高腔、胡琴、崑腔、燈戲、彈戲五種聲腔的用四川話演唱的「川劇」。其中川劇高腔曲牌豐富，唱腔美妙動人，最具地方特色，是川劇的主要演唱形式。川劇幫腔為領腔、合腔、合唱、伴唱、重唱等方式，意味雋永，高亢激昂，引人入勝。川劇語言生動活潑，幽默風趣，充滿鮮明的地方色彩、濃鬱的生活氣息和廣泛的群眾基礎。「變臉」「噴火」「水袖」獨樹一幟，再加上寫意的程式化動作含蓄著不盡的妙味。川劇，流行於四川全省及雲南、貴州部分地區。原先外省流入的崑腔、高腔、胡琴腔（皮黃）、彈戲和四川民間燈戲五種聲腔藝術，均單獨在四川各地演出，清乾隆年間（1736～1795），由於這五種聲腔藝術經常同臺演出，日久逐漸形成共同的風格，清末時統稱「川戲」，後改稱「川劇」。高、昆、胡、彈、燈在融匯成統一的川劇過程中，各有其自身的情況。高腔，在川劇中居主要地位，源於江西弋陽腔，明末清初已流入四川，楚、蜀之間稱為「清戲」，在保持「以一人唱而眾和之，亦有緊板、慢板」的傳統基礎上，又大量從四川秧歌、號子、神曲、連響中汲取營養，豐富和發展了「幫、打、唱」緊密結合的特點，形成具有本地特色的四川高腔。高腔是川劇中最重要的一種聲腔，明末清初從外地傳入四川。高腔傳入四川以後，結合了四川方言、民間歌謠、勞動號子、發問說唱等形式，幾經加工和提煉，逐步形成了具有地方特色的聲腔音樂。

川劇高腔曲牌數量眾多，形式複雜。它的結構基本上可以概括為：起腔、立柱、唱腔、掃尾。高腔劇目多、題材廣、適應多種文詞格式。高腔最主要的特點是沒有樂器伴奏的乾唱即所謂「一唱眾和」的徒歌形式，它以幫打唱為一體。就曲牌而言，有的曲牌幫腔多於唱腔，有的基本全部都是幫腔，有的曲牌只在首尾兩句有幫腔，其具體形式是由劇目決定的。川劇高腔保留了南曲和北曲的優秀傳統，它兼有高亢激越和婉轉抒情的唱腔曲調。

贛劇是江西省地方戲曲劇種之一，發端於明代的弋陽腔，起源於贛東北地區。明、清兩代，以唱高腔為主，後來融合崑曲、亂彈腔諸腔於一體；贛劇的早期戲班如饒河班和信河班，都以演唱亂彈腔為主。其中「饒河班」以景德鎮、鄱陽、樂平為中心，保存了部分的高腔劇目，藝術風格也比較古樸、粗獷；「信河班」則是以貴溪、玉山為中心，沒有高腔，它的亂彈唱腔則相比較而言較為婉轉流利，舊時也統一稱作「江西班」。贛劇如今的高腔有弋陽腔和青陽腔兩種，其中弋陽腔一直保持「其節以鼓，其調喧」的原始風貌；青陽腔由安徽傳入江西北部的都昌、湖口、彭澤一帶，因它和弋陽腔有歷史淵源關係，弋陽腔高昂激越，青陽腔柔和婉轉。由於青陽腔具有通俗流暢的「滾唱」，在擴大上演劇目和豐富藝術表現力方面較弋陽腔更勝一籌。贛劇高腔的曲調結構均為曲牌聯套體，內容富有生活情趣，此外，在表演上它歌舞結合，歌啟舞動，舞在歌中，絲絲密扣。

湘劇，即湖南省的地方戲曲劇種，流行於長沙、湘潭一帶，源出於明代的弋陽腔，後又吸收崑腔、皮黃等聲腔，形成一個包括高腔、低牌子、崑腔、亂彈的多聲腔劇種。湘劇發源於明代，至清朝中葉已逐漸形成為多聲腔的劇種，又歷經變化而形成以高腔和亂彈為主要聲腔。其班社在康熙年間大多以唱高腔為主，或高、昆兼唱，如「福秀班」「老仁和班」。湘劇有傳統劇目千餘個，內容豐富：有來自北雜劇的劇目，如《單刀會》《誅雄虎》《回回指路》等；有來自早期弋陽腔的劇目，如《目連傳》等；還有來自弋陽腔和青陽腔的劇目，如《琵琶記》《白兔記》《金印記》等；另外還有大量的《三國》《水滸》《楊家將》等一大批劇目。戲曲地方戲劇種據統計曾有 367 種，這裡只是按照不同的聲腔作了舉例。

第五節　吹腔的啟示——吹腔的非定腔及其生態體系構成與生成機制

徽調、樅陽腔、吹腔，三者概念邊界長期以來並不明晰。尤其是吹腔的概念，爭議頗多，而吹腔對於中國戲曲發展的意義重大，亟待釐清。由於文獻資料的限制，吹腔概念及源流之爭，陷入難解。尤其是吹腔與昆弋腔、梆子腔，以及後世新興的地方戲如川劇、秦腔、青陽腔與高腔系統地方戲的關係，更是語焉不詳。然而如果在文獻之外，以地緣文化生態系統理論去重新梳理吹腔相關爭議性問題，以吹腔與川劇及魏長生的關係為切入例證，便能解釋學界過去難以解決的根本性問題。吹腔本質上是一種多腔雜陳的藝術生態體系，這一點與魏長生所唱諸腔雜陳以及後世川劇的五音雜陳相彷彿。從本質而言，吹腔與地緣文化生態親密的崑、弋更近，而與西北的梆子亂彈較遠。而在戲曲生態流播過程中，崑、弋並非迥然有別，各腔也絕非涇渭分明，這才是吹腔溯源應該葆有的基本科學態度。

一、無法索引的關鍵性史料與《綴白裘》的版本流變

目前而言，對於吹腔的源流和定義，論述較為詳盡、清晰的，是陸小秋、王錦琦二位先生。他們的論斷中，最為學界所注意，也最為引起爭議的，便是關於梆子腔、梆子和吹腔的概念界定。在他們的研究中，梆子和梆子腔不能混為一談，前者為西北戲曲聲腔；後者則是專指流行於南方地區，尤其是安徽一帶的安慶班子所傳唱的戲曲聲腔，主要包括昆弋調及其轉變而成的吹腔，以及由西部梆子傳入並演變而成的撥子。之所以稱為梆子腔，主要並非聲腔曲調中的梆子（撥子），而是安慶班子被訛稱為「安慶梆子」之緣故。而作出這一論斷的重要支撐材料，來自《綴白裘》。《綴白裘》第六集之《凡例》：

> 梆子秧腔即昆弋腔，與梆子亂彈腔，俗皆稱梆子腔。是編中，凡梆子秧腔則簡稱梆子腔；梆子亂彈腔，簡稱亂彈腔。

梆子秧腔，之所以能夠和弋陽腔相聯繫，乃是根據李調元《劇話》：「秧腔，即弋陽腔」〔註 133〕。因為弋陽二字連讀，恰好是發秧音。可是，梆子秧腔，又是如何能夠和崑腔相聯繫呢？難道僅僅是如陸、王二位先生所言，是因為安慶班子訛稱「安慶梆子」的緣故？因而梆子腔專指安慶班子所唱之昆

〔註 133〕李調元《劇話》卷上，《中國古典戲曲論著集成（八）》，北京：中國戲劇出版社，1959 年，第 46 頁。

弋腔及一切腔調？縱觀《綴白裘》收錄之「梆子腔」劇目，其實遠非安慶班子或徽調藝人所傳唱的劇目，而是眾多非正昆與正弋的其他聲腔，甚至民間小調的作品的大雜燴。因而，陸、王二位先生的論斷雖然明晰，但卻未必科學，未必經得起推敲。更為令學界感到困惑的是，所謂《綴白裘》第六集之《凡例》，目前根本無法索引。

至少，將吹腔定義為昆弋腔，是比較武斷的。而以為《綴白裘》中梆子腔就是徽調之吹腔與撥子，就更顯武斷。因為，《綴白裘》主要收錄崑腔戲，但也收錄雜腔雜調作品，統稱為「梆子腔」。後來，《綴白裘》在流播過程中，將所有「梆子腔」字眼，全部改為「昆弋腔」〔註 134〕。此舉並非說明「梆子腔」就是「昆弋腔」，而是因為清廷發布的禁演崑、弋以外之戲，而採取的折衷做法。換言之，所謂「昆弋腔」，並非是一種介於崑腔和弋陽腔之間的腔調，更非是徽調之吹腔或安慶班子傳唱之腔調，只是一種被《綴白裘》籠統稱呼的雜腔而已。這裡的梆子腔，自然也根本不可能等同於西北的梆子。

明白了這一點，或許就不難理解，所謂的《凡例》難於索引的根本原因，那就是因為並不符合《綴白裘》的編纂原旨，因而可以推斷，或並不確實存在。即便存在，也極有可能為後世加入。最早引用此條文獻的，是劉靜沅《徽戲的成長與現況》一文〔註 135〕。而據路應昆先生考證，杜穎陶先生當年引用的「凡例」當為轉引自劉靜沅先生。不僅如此，後來的學者，包括陸小秋等先生，在引用此條材料之時，均為轉引自劉靜沅先生。而如果《凡例》真實存在，但現實情況是已經難於索引，除了可能見過文獻的劉靜沅、杜穎陶先生，再無人得見。而當年杜先生在世之時，也是對這條文獻三緘其口，更加增加了後世研究者的困惑。

在這樣的困惑之下，要釐清吹腔與昆弋、梆子腔的源流關係，就顯得並不實際。而更為現實的問題是，一切推斷都只是推斷而已。因此，關於吹腔是昆弋腔，是梆子秧腔，抑或是梆子等等一切結論，都並不一定科學而嚴謹。

二、地緣文化生態的新視角——吹腔的親緣關係考論

無論《綴白裘》所載雜腔雜調，抑或是徽調藝人，安慶班子所傳唱之腔

〔註 134〕杜穎陶《談綴白裘》，《劇學月刊》，第三卷第七期，1934 年 7 月。

〔註 135〕劉靜沅《徽戲的成長與現況》，華東戲曲研究院編《華東戲曲劇種介紹》（第三集），新文藝出版社，1955 年版，第 60 頁。

調之豐富駁雜，都證明了這樣一個基本事實，那就是隸屬於徽調的吹腔，一定身處於這些雜腔雜調中間。如果在暫時無法釐清其準確屬性與概念的前提之下，可否就其親緣關係，做進一步的考證和分析？

在討論這個問題之前，我們不妨摘引一段中山大學陳志勇先生的論述：

梆子秧腔本質上也是一種吹腔，是梆子腔和弋陽腔融合的產物。

由此似乎可以知道，所謂吹腔的本質，就是弋陽腔和梆子腔之融合。《綴白裘》之梆子秧腔是一種名稱上的融合，即「梆子」加「秧」，所謂「梆子」顧名思義，是梆子腔，秧、據李調元《劇話》，為弋陽腔。如此顧名思義，其實是極為危險的。而做出這番論斷的學者，後來索性認為梆子腔具有「強大的涵容」特質，不僅可以吸收「崑腔、弋陽腔」藝術優長，而且可以衍生出「梆子秧腔」，還可以產生昆梆，可以實現不同聲腔之間的隨意優化組合。

這個論斷，自然是將梆子腔的地位抬高到了一個新的高度，與上文提到的陸小秋先生的論斷大相徑庭〔註 136〕。因為在陸先生那裡，所謂梆子，不過是「安慶班子」之訛誤，與西北梆子關係只限於安慶班子所唱的梆子範圍。而發生在梆子秧腔中，起到基礎性作用的，是安徽地方藝人的創造性融合，而非梆子之「強大的涵容」特質。不僅如此，在吹腔的內涵界定上，陸先生的範圍小得多，吹腔乃是安徽藝人將崑腔和弋陽腔進行的融合，而且更具親緣意義的是昆，弋陽腔只是在滾掉和上下句對仗等格式方面起到了補充作用。而至於梆子，那不過是在吹腔以外的所謂「撥子」，當然也早已經化為徽調的重要組成部分，是安徽腔調，而非西北梆子。

這兩種迥然不同的聲音，看似都有一定的道理。然而是什麼，導致一位學者拔高梆子腔的地位，而另一位學者卻不斷突出徽班藝人的創造，並突出崑、弋的價值？事實上，前一位學者雖然供職於中山大學，但卻是國內目前研究梆子腔的重要青年學者；後一位陸先生，則是研究徽調的大專家。可見，地緣的關係，對學者研究尚且有如此重要影響，是否對聲腔的流變毫無影響？

相比較而言，陸小秋先生的觀點，在學界更為人們所熟知和接受，乃是因為其中看到了地方戲班和藝人對聲腔流變和形成的重要作用，這一點，其實至關重要。比如陝西戲曲研究院等單位收藏的早期梆子劇本中，出現了以

〔註 136〕陸小秋，王錦琦《「梆子」「梆子腔」和「吹腔」》，《戲曲藝術》，1983 年第 4 期，第 80～84 頁。

公尺譜紀錄的曲本，其中出現了標注梆子腔，但唱曲牌的現象〔註 137〕。而在《綴白裘》所載的「梆子秧腔」中，則出現了標注「梆子點絳唇」「梆子皂羅袍」，曲文為長短句的曲本〔註 138〕。陳志勇博士將二者聯繫起來，認為是同一性質的問題的兩個方面的體現。

這個問題，如果不考慮藝人的創造，很容易得出陳博士那樣的論斷。但是設想，早期梆子劇本和《綴白裘》記錄的藝人本子，其地緣之差別，文化生態之迥然有異，都可謂天壤之別。這兩個東西怎麼能夠簡單地加以聯繫？按照陸小秋先生地邏輯，認為梆子秧腔乃是安慶班子藝人演唱的腔調，其本質並非梆子，因為這裡的梆子不過是「班子」的訛誤。雖然當時的徽調藝人也已經融入梆子形成了「撥子」唱腔，但梆子秧腔的本質是安慶班子藝人唱的秧腔，即弋陽腔。而所謂秧腔，乃是針對正印崑腔而言，之所以不再稱弋陽腔，一個更重要的原因是，它的藝術內涵的本質也未必是弋陽腔，而是所謂「昆弋」。至於「昆弋腔」究竟是偏向「昆」還是「弋」，這又是另一個問題。這個問題對於考察吹腔的形成，意義重大。因為吹腔，本質上，與「昆弋腔」的藝術生成機理，是一致的。吹腔，很有可能是「昆弋腔」的一個特別階段。我們研究的目的，不是簡單廓清昆弋腔為何，吹腔又為何，而是要闡明不同聲腔在創製孕育新聲過程中，遵循的藝術生成機理。掌握了這一機理和規律，才有可能發現新的時代的新的「昆弋」或「吹腔」。

三、川劇與魏長生的新視角——吹腔入川的新啟示

如果說吹腔在源頭關係上，可以和梆子、崑腔、弋陽腔發生緊密聯繫，但卻終究無法將其歸於具體某腔的話，那麼對吹腔的研究意義何在呢？如果說，吹腔是某腔與某腔的融合，那麼融和究竟是如何成為可能呢？是簡單的疊加，還是主輔相成，還是一方化掉另一方，又或者是形成全然的新腔？這一切，今天看來，似乎已經很難索解。安徽桐城、樅陽一帶依然傳唱的吹腔，與我們要探討的吹腔，必然又存在巨大的時代落差。因此關於這個問題，似乎真的如路應昆先生所言，「在最基本的資料還存在疑問的情況下，討論已經無法得出更切實的結果。」〔註 139〕

〔註 137〕劉紅娟《西秦戲研究》，廣州：中山大學出版社，2009 年，第 34 頁。
〔註 138〕常靜之《論梆子腔》，北京：人民音樂出版社，1991 年，第 32～52 頁。
〔註 139〕路應昆《「昆弋腔」辨疑》，《戲曲研究》，2015 年第 2 期，第 71～81 頁。

真的無從討論了嗎？事實上，何謂吹腔，除了從源頭生成上加以考量，也應該從後世轉變上加以審視。事實上，梳理吹腔與川劇及魏長生的關係，可以獲得諸多新的啟示。川劇五音雜陳，昆、高、胡、彈、燈，為首的「昆」就有一部分，乃是吹腔〔註 140〕。不僅如此，學界公認的四川籍藝人魏長生當年所唱的轟動京城的唱腔，也有一部分，乃是吹腔。

另一種意見則認為，在川劇中凡是以笛子以及一些用嗩吶為主奏樂器的唱腔曲牌，包括吹腔、安慶腔，都可以歸入川昆的範疇。〔註 141〕《川劇崑曲彙編》中，就確實收錄了吹腔、安慶腔的相關劇目。由此可見，吹腔與崑曲，至少在音樂伴奏，藝術風格方面，應該有可以比較，甚至是相似之處。所不同者，崑曲是曲牌體，為長短句詞格，而吹腔則多為七字句或十字句。

透過上述川劇中相關史料，我們不難發現，至少在川劇的流播中，吸收借鑒的那一部分吹腔，與崑腔是十分緊密的。換言之，從腔的意義上而言，吹腔的音樂性仍然源於崑腔，而文體格式則類似於弋陽腔之滚調或地方戲之齊言體。

遵循這一思路，可否大膽推測，所謂的新腔，本質上或許仍是舊腔，不過是在藝人口中，加以了靈活運用。而所謂融合，並非是深度的藝術基因的融合，而是藝人在創作過程中的即興組合，並結合演出效果而作的不斷改進。

事實上，更大膽的猜測還可以有兩種：一、不同聲腔之間或許本質上未必有不可逾越的差別，因此所謂融合，不過是本來無差別的彼此的混合而已；二、不同聲腔之間存在不可逾越的鴻溝，所謂融合，不過是簡單的並列，事實上無法真正和而為一。那麼吹腔，更接近於哪一種假設呢？

如果從川劇的史料而言，應該屬於後者，川劇五音雜陳，即便到了今天，仍然要標明所唱為何腔。川劇劇目常常要標明是高腔，彈戲或其他。川劇中的吹腔被納入昆，自然有杜建華教授所言的是為了方便起見，畢竟川劇五音雜陳，其他四腔更加無法收入吹腔。而這裡無意間透露了另一個重要信息，那就是川劇五音雜陳中的高為弋陽腔轉變而來的高腔，雖然直接源頭是湖南高腔，但本質是弋陽腔的支流；五音中的彈戲，即西北的梆子。吹腔入昆，而

〔註 140〕杜建華《21 世紀初川昆研究中幾個有待深入的問題》，《戲曲研究》，2009 年第 2 期，第 114～119 頁。

〔註 141〕杜建華《21 世紀初川昆研究中幾個有待深入的問題》，《戲曲研究》，2009 年第 2 期，第 114～119 頁。

不入高或彈，是否也是從另一個側面表明，吹腔的本質是昆？而如果考慮到吹腔以笛子伴奏，則似乎可以推斷，其與昆之血緣關係，當更近。

這樣的推斷是否過於武斷？魏長生或許能夠提供另一條思路。

魏長生，四川金堂人，乃「蜀伶」第一人，「幼習伶倫，困厄備至」。（吳長元）然而，魏長生一生三次進京，名動一時，可是他所唱之腔，長期以來，被認為是秦腔，近年來卻越來越成為疑問。

事實上，魏長生的成功，不在於他將某一固定聲腔帶到北京，而在於他作為蜀伶，借助蜀地多種聲腔雜陳的特殊地理文化優勢，帶去了作為一個生態體系化存在的聲腔體系。關於這一點，早已有專家指出：

事實上，無論作為秦聲範圍的甘肅西秦腔（琴腔），還是被直接謂之為「秦聲」的陝西亂彈腔（昆梆），甚至在此之外還有一種被稱做「與秦腔相等的吹腔」，俱都在川北綿州、金堂、成都一帶傳衍曠久。〔註 142〕

因此，魏長生所唱之「秦腔」事實上，並非一般意義上的關中梆子，而是一種「真正掌握和熟悉這三種聲腔」之後所取得的藝術生態體系化的昇華，是一種能夠融會貫通的新的「秦腔」，是一種聲腔生態體系。而吹腔，從某種意義上而言，也絕非一種定腔，絕非純屬於崑、弋、或梆，也是一種聲腔藝術體系化存在。惟其如此，魏長生才能夠成為那個「唯一能夠對以上三種聲腔，從伴奏、表演、化裝乃至內在情趣、特技絕活等諸多領域與之互鑒，作出圖變求新徹底改造後、從失敗走向成功的人。

任何一種新腔，本質上或都為一種新的藝術生態體系之生成。魏長生的更長遠啟示在於，所謂新聲，一定是先有藝人之融會貫通，才有新聲。因此，諸如《綴白裘》所記錄之昆弋腔（後改名為梆子秧腔），不能理解為現有此腔，藝人在遵循而為。而應該認為是藝人先有藝術嘗試，後有記錄。遵循此思路，所謂「梆子某腔」「昆梆」「昆弋」等腔，就或許更加不能簡單認為是不同腔調之間的融合或並列，而應該認為是某某腔藝人，傳唱的另一種腔調。久而久之，遂成新腔。

「腔」「調」二字在我國戲藝中的顯現的歷史時序，大致呈現為「調」→「腔」→「調」三個階段。這三個階段，是我國戲劇從文本文學向場上技藝轉化、從文體為主向樂體為主轉化過程的反映。

〔註 142〕王正強《西秦戲研究》，北京：中國人民出版社，2016 年。

從述說「調」→「腔」→「調」這三個階段中「腔」「調」二字的具體指義及其演化，對我國戲藝中「腔」「調」字義進行規範和定義。我國詞曲、戲藝、音樂中之「腔」「調」。「腔」為「腔」，「調」為「調」，籠統合稱「腔調」。〔註 143〕

然而如吹腔之形成與定名，仍然是一個頗為複雜的過程。除了上述藝術生態體系化的生成過程，與舊腔的關係和差別，仍然是千絲萬縷，不能一概而論的。如何對「腔調」分類別種，必須也只能根據其自身內在的結構；對音樂，必須也只能根據其自身內在的結構而不能是其他〔註 144〕。對於吹腔的研究，過去過多地著重於對名稱地探討，對於其內在結構體系，還有待深入。

四、崑、弋的流變與吹腔的關係——腔、調及其定名

如果說吹腔是一種舊腔之間的融合生成的新腔，或者說本質仍然屬於某種舊腔，又或者說是一種藝術生態機制下生成的聲腔體系化存在，似乎都有一定的道理。但事實上，這個問題，仍然沒有這麼簡單。因為至少，與吹腔關係緊密的崑、弋，究竟的歷史藝術形態如何，腔、調的定名究竟如何成立，這些問題即便在權威資料中，都語焉不詳。誠如魏長生所唱之秦腔所導致的疑問，崑、弋在明清到近代的流變，更是疑竇重重。這些疑問不解決，對吹腔的一切定名和結論，都只能算做合理化的推斷和猜測，包括前文所講的所謂藝術生態體系化的存在。

首先，對於四大聲腔，很多學者都曾經提出過疑問。比如洛地先生，曾撰文表示：「對於四大聲腔這個說法，我是有疑問的」。如果四大聲腔並不成立，那麼吹腔的過往研究，有相當一部分，將變為無稽之談。這個問題，是解決昆弋、昆梆、梆子秧腔、吹腔等定名問題的前提和關鍵。

明中葉的「四大聲腔」中的「腔」，似乎還並不具備劇種區分或音樂區分的意義，而僅僅只是「演出時的字讀言語音韻聲調。」換言之，不同的地域方言，有了所謂的不同聲腔。

「（南北）曲」及「曲唱」，其性質為「古典文藝」，但由於主客觀各方面原因，在歷史上並沒有完成其「古典文藝」的進程。今天，「曲」及其「唱」，作為「文化遺產」，首先，也是最根本在於

〔註 143〕洛地《「腔」「調」辨說》，《中國音樂》，1998 年，第 3～5 頁。

〔註 144〕洛地《「腔」「調」辨說（續）》，《中國音樂》，1999 年，第 3～5 頁。

「完成其『古典』化」。而推進其完成「古典化」的責任，主要在學校、在教學而不是在劇團，更不是在演員。〔註 145〕

從本質而言，中國的傳統歌唱中的「文」「樂」關係，文主樂從，文體決定樂體，樂體從屬於文體。因此，具體的文，披之以何種所謂「聲腔」（音樂）事實上是具有很大靈活性的。這就為不同聲腔之間的相互融合創造了條件。

因為本來並無邊界，所以藝人的跨界運用，並非難事。那麼，難的究竟是什麼呢？其實不是聲腔之間的融合，而是如何在不同聲腔的選擇上加以天才發揮，就如魏長生。聲腔的穩定和延續，就是在不斷地「個人天才發揮」，以及「長期以來在演出篩選中傳統性、創造性、穩定性交融累積而成的東西」〔註 146〕。而新腔，在形成之初，本質可能就是舊腔，或者說與舊腔並無差異。包括四大聲腔，在源頭上，或許僅僅是聲調不同。但在漫長的歷史過程中，崑腔何以獨霸劇壇？便是在「傳統性、創造性、穩定性交融累積」的結果。

更重要的事實還在於，首尾完整、可獨立成篇的戲曲唱腔，要到清中葉「以定腔傳辭」的亂彈類戲曲才顯現和成熟。「以文化樂」的崑、弋，不可能各有專用成篇的基本唱調〔註 147〕。因此所謂的聲腔特點難以把握，聲腔邊界也就模糊不明。這也給吹腔遊走於不同聲腔之間，創造了巨大空間。因而，不同人接受不同的吹腔劇目，或許就可能得出迥然有別的況味。有人聽到了昆，有人聽到了弋，有人則乾脆言說是昆弋。至於梆子，已經屬於亂彈，有一定之定腔定調，從某種意義上而言，似乎已經無法轉而變為吹腔。但是由於所謂腔調，本質上是藝人演出的記錄，吹腔藝人口中的梆子，也就可能成為吹腔的保留性腔調，成為與所謂崑、弋（本質上只是感覺像昆或弋，因為昆弋本質音樂邊界是模糊的），並列的一種吹腔的新質。

正是在這個意義上，關於吹腔的定名和內涵，需要跨越具體所謂聲腔，作新的解釋和認知。其基本認識前提，當如洛地先生所言：「我是非常贊同、擁護把『腔』定義為『唱腔』，把聲腔定義為戲曲音樂腔調及腔調系統。〔註 148〕」這一論斷恰好印證了本文前面的論述的兩個要點：一，所謂吹腔，是演

〔註 145〕洛地《「曲」「唱」正議》，《戲劇藝術》，2006 年第 1 期，第 4～13 頁。

〔註 146〕曾言梅《崑劇的困惑和醒悟——由觀看崑劇搶救繼承劇目彙報演出引起的感想》，《藝術百家》，1988 年第 3 期，第 37～40 頁。

〔註 147〕吳戈《海鹽腔縱談》，《中華戲曲》，2004 年，第 1 期，第 297～311 頁。

〔註 148〕洛地《「四大聲腔」問》，《南大戲劇論叢》，2013 年，第 13～24 頁。

唱過程中形成的唱腔，必須要依附於場上演出和藝人的展現；二，吹腔作為聲腔劇種，並無定腔，而是一個基於多腔調劇種，基於藝人不斷提高積累而形成的腔調系統，一個藝術生態的完整自洽的生成構成體系。那麼要進一步完成對這一問題的解釋，還需要對腔、調問題，再做一點討論。

與吹腔關係緊密的崑、弋腔的區分和定名，核心在於唱。然而，對於一個劇種而言，唱，不過是「場上藝術手段之一」，是「藝術形態構成中的一個局部。換言之，若以聲腔區分劇種，需要考慮的因素還有很多，諸如場上表現，服裝、道具等等。

如此看來，吹腔之與昆弋、梆子，若要加以區分，需要考慮的因素還有很多。因此，吹腔的意義，如果不拘泥於獨立的新劇種的意義，而視作在既有聲腔的基礎上，加入新的質料，予以體系化地融合而形成的藝術體系，或許會更容易廓清困擾吹腔研究的迷霧。在這樣一種認識下，對於一種新腔的生態譜系的體系化生成和存在方式，便成為必須討論的新的課題。

五、吹腔的新解——一種新腔的生態譜系的體系化存在

綜上，吹腔的意義如果不在於必須與相關聲腔加以嚴格區分，而在於以一種體系化的藝術生態生成途徑，去對既有聲腔及相關藝術質料加以體系化融合，在於一種體系化的藝術生態建構路徑，那麼這種生態建構到底何以可能，又涵蓋怎樣的層次和體系呢？

首先，從母體文化而言，中國戲曲的不同聲腔，都源於各自的文化土壤。這是從這個意義上而言，流行於安徽一帶，流播於南方諸省的吹腔，在文化上，與昆弋更為接近。因此，吹腔以齊言體或滾調形式唱崑曲況味的旋律，或以曲牌體唱弋陽腔況味的旋律，甚至以昆弋之體式唱梆子況味的旋律，就不足為奇。因為所謂況味，只是感覺類似，但並非一定就是。昆弋的南方文化況味和藝術母體文化，為吹腔所用；梆子的中華民族同共之母體文化，為吹腔所用，都並不奇怪。因此，吹腔雖然帶有昆弋甚至梆子之況味，但不再是昆弋或者梆子，它們的同，是作為藝術母體文化之同；不同處，在於具體的藝術呈現，藝術的本體特質，已經具備自足性和獨立性。這裡需要格外強調的，便是中國戲曲聲腔藝術獨立性的確立，不在案頭的劇本或曲本記錄，而在場上演出。只有經過漫長的演出實踐，才能在藝術創作者、展現者和觀看者之間達成一種藝術默契，及藝術本體存在的認識性基礎。

而從戲曲的藝術本體而言，依然不難發現長期以來困擾學界的諸多問題，其實或許並不應該存在疑惑。比如吹腔的源頭或內涵問題，吹腔到底是昆弋，還是梆子，抑或是其他。事實上，這些區分，在戲曲本體意義而言，並無分別。中國古典戲曲，在本體上，並無本質分別。案頭記錄的分別，並不是藝術本體之分別，藝術本體要在長期的演出實踐種加以確立。而演出實踐的主體，並非案頭作者，而是戲班和藝人。戲班和藝人唱什麼，怎麼唱，經過長期的積累，才能大致形成所謂的腔調況味和格局。誠如洛地先生在分析崑劇時所言：

> 「崑劇」沒有自己的劇作，崑班藝人對自己上演哪一類型戲劇哪一本戲、怎麼演，完全無所謂，沒有一本劇作是專門為「昆（班）」而寫作的。數以千百計的南北曲曲牌都不是因戲劇而產生，也不為戲劇所專用，「崑曲」（「崑劇」之「曲」）實在是沒有的。南北曲唱都不產生於「昆」，都不是崑班藝人（所能）唱（得）出來的。世人所謂的「崑曲（的唱）」真正所在是清曲唱而不在「昆（班藝人口中的）曲（的唱）」。故「崑劇」之劇、「崑曲」之曲、「崑曲」之唱，實際上都不是「昆」的。民族戲劇、民族詞曲、詞唱曲唱，原係我國傳統文化中的三支，各有其源，各有其流，此三者有一個匯聚點：戲劇場上演出，即崑班的演出。〔註 149〕

按照洛地先生的區分，清代以後的花、雅各部，事實上有一小部分屬於「戲弄」，大部分屬於「戲文」，基本無「戲曲」。戲曲乃是以「曲（曲體、曲文）」為本者，如《子陵垂釣》《介子推》等元曲雜劇。而清代以後的昆弋、梆子，包括吹腔，都屬於以「文（故事）」為本者，乃是「自《張協狀元》《琵琶記》以下的有眾多人物、有矛盾有情節有頭有尾的故事的真戲劇」。〔註 150〕如此，以所謂聲腔曲調區分不同劇種，本質上是不符合戲曲本體的。因此，吹腔在形成之初，甚至在形成以後，本體意義上與昆弋、梆子或並無本質差別。吹腔戲班的藝人根據「文」，即敷演故事之需要，或唱崑、弋、梆子，都是可能的。而在長期的演出過程中，結合母體文化的審美訴求，加以了體系化的融合和變動，漸漸形成自己的藝術風格。區分不同劇種，只能是這種長

〔註 149〕洛地《昆——劇曲唱——班》，《南大戲劇論叢》，2017 年第 1 期，第 21～42 頁。

〔註 150〕洛地《戲劇三類——戲弄、戲文、戲曲》，《南大戲劇論叢》，2014 年第 2 期，第 34～55 頁。

期藝術實踐過程中達到的觀演默契。比如崑曲折子戲，在京劇的長期觀演實踐種，達成默契，成為京劇的傳統折子戲。而事實上，京劇班子和崑曲班子在演出中，甚至伴奏、唱腔、旋律，還有服裝、化裝、道具都幾乎一樣。但由於不同劇種的審美默契，大家一看就知道，哪邊是崑曲，哪邊是京劇。

換言之，不同劇種的區分，在創作者而言，本質都是「戲文」，如果需要，是可以化用不同聲腔、曲調的；但在觀者而言，則由於長期以來，形成的藝術默契和審美訴求的獨立性，漸漸固定接受了本劇種的聲腔、曲調的體系化融合成果。聲腔由此漸趨穩定，但同時也漸趨僵化。在這種體系下，事實上，腔調本身仍然是不具備獨立的本體意義的，只是因為長期以來形成的審美默契，各種聲腔都融合進了所謂本聲腔。但如果把所謂不同聲腔中的某些部分加以比較，甚至會驚人地發現，本無差異。只不過是排列組合，或者添加的質料成分不同而已。吹腔的意義在於，以極大的靈活性和包容性，成為一種具有鮮活動力和不竭生命力的藝術發生器。從這個意義上而言，今天的所有新編崑曲，都應該被稱作「吹腔」，而且還是不甚合格的吹腔。

吹腔的最大意義，在於孕育了戲曲的新生態體系。如果說，戲曲母體文化、戲曲本體生態規定的都是既有的戲曲生態體系，那麼戲曲發展的關鍵，在於推陳出新，即孕育新的生態體系。而這個孕育過程，其實並非肇始於清代劇壇。在中國戲曲的發展歷程中，一直存在相互交織的兩條發展脈絡。以文人為主體的戲劇創作和以戲班為主體的戲劇創作。前者很容易區分不同文體、曲體；後者則常常難以嚴格區分。與文人化戲曲本體較近的戲班，比如文人家班，往往距離母體文化較遠，因而僵化，無孕育新生態可能。而恰恰是民間戲班，距離母體文化更近，具有融合不同聲腔曲調的可能，具有孕育新生態的可能。吹腔便是在這樣的意義之上生成並發展，最終確立藝術的獨立價值。

中國戲曲發展的主流，應該是吹腔式的戲曲生態體系。

第六節　從鄉土、都市到歌舞昇平

清末民初，是川劇成熟和成型的重要時期。川劇生態從清末到民國，再到新舊社會交替，經歷了母體鄉土生態階段、藝術本體的雅化與精緻化的都市生態階段。鄉土與都市的衝突與交融，一方面保留了鄉土母體文化基因中的民眾審美訴求和情感信仰，另一方面增加了都市風尚，尤其是都市市民對藝術的精緻化的訴求。尤其是隨著「三慶會」改良川劇的自覺和努力，川劇生態出現了二十世紀的第一個高峰。三十年代後，由於外部生態環境的影響，尤其是社會和時政方面的擠壓和盤剝，加之戰爭與經濟下滑的影響，川劇生態進入一個「歌舞昇平」的偏離本體和母體的新階段。「歌舞昇平」時代，藝術本體弱化、坍塌，母體文化淪喪，大量粗製濫造，甚至「壞戲」「凶戲」「淫戲」充斥舞臺。清末民國報刊為這一階段的川劇生態嬗變提供了鮮活的史料。川劇源於何時，這個問題一直爭論不休。自古「蜀戲冠天下」，長期以來，「蜀戲」被認為是最早的川劇，或者說是川劇的源頭。

「蜀戲冠天下」所言蜀戲，大約是唐代的「戲弄」根據洛地先生的研究〔註 151〕，這種「戲」與後來的宋元南戲，元雜劇都迥然有別，更別說今天的戲曲或川劇了。事實上，如果把「蜀戲」認為是古代「川劇」，這古代的蜀戲，未必與今天的川劇毫無聯繫。這種聯繫，並非藝術本體上的聯繫，而是母體文化基因上的紐帶關聯。巴蜀人民對於戲劇藝術的欣賞趣味和審美心理，歷經千年，仍有延續性。

比如唐代以干滿川、白迦、葉矽、張美和張翱 5 人所組成的著名戲班，演出的《劉闢責買》《麥秀兩岐》《灌口神》等作品，事實上和今天川劇的傳統劇目的精神旨趣十分類似。後唐莊宗李存勗作為四川戲劇的祖師爺，「因戲亡國」，其實也約略透露出四川先民「安逸」的生命品格，延續至今。

今天的川劇的源頭，為清代移民入川帶來的南北聲腔劇種共存。各地聲腔與四川方言土語、民風民俗、民間音樂、舞蹈、說唱曲藝、民歌小調融合，逐漸形成具有四川特色的聲腔藝術。但川劇的真正形成和成熟，則應該在清末民初〔註 152〕。

〔註 151〕如何對我國戲劇（不可以「戲曲」為稱）進行分類，是戲劇研究的大問題。現在通行的以時代來劃分（如「宋元南戲」「元雜劇」「明清傳奇」等）或者按現今的所謂「劇種」（如崑劇、京劇、越劇等）來劃分都顯然有問題。本文作者以為我國戲劇應大體分為三類：戲弄，戲文，戲曲。以「弄（調弄）」為本者，自唐《踏謠娘》等「參軍誤」以下的「雜劇、院本」直到現今可見的「二小戲、三腳戲」等，為「戲弄」。以「文（故事）」為本者，自《張協狀元》《琵琶記》以下的有眾多人物、有矛盾有情節有頭有尾的故事的「真戲劇」為一類，為「戲文」。以「曲（曲體、曲文）」為本者，如《子陵垂釣》《介子推》等元曲雜劇，為「戲曲」。見洛地《戲劇三類——戲弄、戲文、戲曲》，《南大戲劇論叢》，2014 年第 10 期，第 34～55 頁。

〔註 152〕周企旭《川劇形成於 20 世紀初誕生於現代》，《中國戲劇獎理論評論獎獲獎論文集》，中國戲劇家協會，2009 年，第 353～372 頁。

或可以說，川劇生態的完整體系性呈現，當在清末民初。在此之前的川劇生態，停留在母體性的藝術因子階段，如鮮活的目連戲，燈戲小調，會館演劇等等。清末民初以後，川劇生態則突破了傳統母體的鄉土文化狀態，向城市延伸。一方面吸收新的社會文化生態要素，帶有都市藝術品格；一方面借鑒新的藝術什麼訴求，推動川劇本體的藝術化、精緻化。

一、清末民初戲曲的鄉土生態遺留

四川演劇的鄉土意味是十分濃厚的，有清一代，關於四川的鄉土演劇，資料不少。其中，與「湖光填四川」相關的多聲腔合流，尤為引人矚目。巴山蜀水，一年四季，都有神會，每月都有節俗。凡是神會、節令，都有戲劇演出。嘉慶十八年刻本《夾江縣志》曰：民間賽會，從古蠟息之遺也。其中，外來的先民，更是利用節歲，演出家鄉的聲腔〔註 153〕。而外來聲腔，往往又迅速融入四川的母體文化，成為獨居特色的四川本體文藝，比如「川昆」〔註 154〕。

清代的四川戲劇，從藝術本體上而言，尚不是今天意義上的川劇，而是川劇的「母體」，承載這些戲劇形式的，是巴蜀的母體文化生態。

> 清代的四川戲，只是今日川劇劇種的母體。其演進歷程大致可按百年劃線，分為諸腔雜陳的戲曲化顯現、日漸趨同的地方化衍變、係時突變的現代化前奏三個不同的時期。而隨著辛亥革命勝利應運而生的「三慶會」劇社，即可以視為川劇劇種脫胎而出的標誌〔註 155〕。

不過，如果，僅僅將川劇的母體文化源頭追溯到清代，或者清代的外來劇種，顯然是比較片面而武斷的。事實上，在「蜀戲冠天下」的唐代，以及之後的各個朝代，都蘊含著川劇的母體文化源頭。最關鍵的問題還在於，川劇是一個獨立的藝術本體體系和生態體系，川劇的藝術本體因子，不能簡單地看作是來源於某種藝術聲腔或劇種。換言之，孕育川劇的不可能是他藝術，只能是巴蜀的母體文化土壤。

> 在川劇研究中，川劇史的研究一直是一個薄弱環節。由於文獻的奇缺，究竟何時有川劇？何時有川劇崑曲？何時有川劇高腔？何

〔註 153〕鄧運佳《「湖廣填四川」與川、楚戲劇整合考（下）》，《四川戲劇》，2010 年第 6 期，第 33～37 頁。

〔註 154〕鄧運佳《川昆的形成與振興》，《戲曲研究》，2009 年第 2 期，第 120～135 頁。

〔註 155〕周企旭《清代四川戲只是川劇劇種的母體》，《中華戲曲》，2008 年第 1 期，第 335～353 頁。

時有川劇胡琴戲？何時有川劇彈戲？何時有川劇燈戲？至今沒有達成共識。除「川昆」源於「蘇昆」以外，其餘四種川劇聲腔的來源，至今也沒有定論〔註156〕。

川劇的其餘四大聲腔，有無可能源於晚唐「雜劇」、南宋「川雜劇」；川劇高腔有無可能早於江西「弋陽腔」；清代蜀伶魏長生所唱秦腔是否是今天之秦腔，又或係四川之「琴腔」？

或曰，北派之秦腔起自甘肅，今所謂梆子者則指此，一名西秦腔，即琴腔。蓋所用樂器，以胡琴為主，月琴為副，工尺咿唔如語。乾隆末，四川金堂魏長生挾以入都，其後徽伶悉習之。然長生所歌為山陝梆子，非甘肅本腔，故或又稱山陝調為秦腔，稱甘肅為西腔。其後稍加變通，遂有山陝梆子、直隸梆子之別。直隸梆子又分別之曰京梆子，曰天津梆子〔註157〕。

魏長生這個山陝調，究竟為何，看來也不好說清，至少與今天的秦腔，應該差別極大。

這些問題迷霧重重。不過在戲曲生態學的視域下，這些問題或許本來也不需要回答。那就是所有前川劇時代的母體文化藝術因子，不論是否外來或本土，都必須在母體文化浸潤孕育下，注入新的文化基因〔註158〕。比如所謂秦腔，其實只有在特定文化母體下，才有意義：

戲曲自元人院本後，演為曼綽、絃索二種。絃索流於北部，安徽人歌之為樅陽腔，湖廣人歌之為襄陽腔，陝西人歌之為秦腔。秦腔自創始以來，音皆如此，後復間以絃索，實與崑曲同體，惟多商聲，故當用竹木以節樂，俗稱梆子，與崑曲之僅用綽板定眼者略異也〔註159〕。

可見，同樣的絃索，安徽、湖廣、陝西各不一樣，那麼四川為什麼不能有自己的絃索腔呢？或不過當時未加命名，後來只能籠統理解為源於陝西秦腔、漢調，云云。

〔註156〕運佳《關於川劇形成於明代的論爭》，《中華戲曲》，2008年第1期，第303～313頁。

〔註157〕〔清〕徐珂《清稗類鈔》，北京：中華書局，1984年，第十一冊，第5014頁。

〔註158〕參見周企旭《戲曲諸腔的入川與流變》，《戲曲研究》，2004年第1期，第309～324頁。

〔註159〕〔清〕徐珂《清稗類鈔》，北京：中華書局，1984年，第十一冊，第5014頁。

比如川劇高腔，如果高於江西，則說明川劇高腔本來就是四川母體文化下的藝術創造；如果晚於江西，在江西傳入四川後，仍然必須經過四川母體文化的孕育和改造。這兩條途徑，在藝術生態的建構而言，本質相同〔註 160〕。之所以會產生迷惑，一是因為目前資料不足，二則是因為川劇高腔確實在藝術上已經具有獨立的體系性和自洽性，在生態上也實現了川化。川劇高腔與江西古老的弋陽腔，以及今天江西贛劇高腔，在藝術生態的本質規定性上，已經不能相互取代。

事實上，清代四川演劇，確實是具備十分的獨立藝術價值，比如蜀中演出的「劉氏」，就完全是獨具一格，沒有任何地方的演出，具有可比性。而蜀中的「劉氏」與今天川劇的聊齋戲，神話劇的藝術品格和文化訴求，又是一脈相承的。這就是重新研究川劇生態嬗變的重要意義所在。

> 蜀中春時好演《捉劉記》一劇，即《目蓮救母》陸殿滑油之全本也。其劇至劉青提初生演起，家人瑣事，色色畢俱，未幾劉氏扶母矣，未幾劉氏及笄矣，未幾議媒議嫁矣，自初演至此，已逾十日。嫁之日，一貼扮劉，冠帔與人家嫁新娘等，乘輿鼓吹，遍遊城村。若者為新郎，噎者為親族，披紅著錦，乘輿跨馬以從，過處任人揭觀，沿途儀仗導前，多人隨後，凡風俗宜忌及禮節威儀，無不與真者相似。盡歷所宜路線，乃復登臺，交拜同牢，亦事事從俗。其後相夫生子，烹飪針黹，全如閨人所為。再後茹素誦經，亦為川婦迷信恒態。迨後子死開齋，死而受刑地下，例以一鬼牽挽，遍歷嫁時路徑。諸鬼執鋼叉逐之，前擲後拋，其人以苫束身，任並穿入，以中苫而不傷膚為度。唱必匝月，乃為劇終。川人恃此以袚不祥。與京師黃寺喇嘛每年打鬼者同意。此劇雖亦有唱有做，而大半以肖真為主，若與臺下人往還酬酢，嫁時有宴，生子有宴，既死有弔，看戲與作戲人合而為一，不知孰作孰看。衣裝亦與時無別，此與新戲略同，惟迷信之旨不類耳。可見俗本尚此，事皆從俗，裝又隨時，

〔註 160〕「高腔系統」是明代弋陽諸腔進入清代以後繼續發展而形成的，「高腔」這一名稱也是清代開始出現的。這幾乎又是迄今為止的中國戲曲史論文章和著作的共同結論。但川劇高腔何以例外呢？我以為有一個最基本的事實是：在明代的所有涉及弋陽腔的文獻中，沒有任何人說明代的弋陽腔在明代流入過四川境內。參見鄧運佳《川劇高腔不源弋陽考（下）》，《戲曲藝術》，1991 年第 4 期，第 20～26 頁。

故入人益深，感人益切，視乎詞鼓唱，但記言而不記動者，又進一層，具老嫗能解之功，有現身說法之妙也〔註161〕。

目連戲作為中國戲劇文化的活化石，有多重文化研究價值。隨著目連戲搬演的歷史演變，目連戲與不同地域文化結合，形成各自不同的特點。川目連在與巴蜀文化的融合中，形成了與眾不同的獨特風格〔註162〕。

清末明初，川劇漸次走向成熟。

從戲劇文化角度看，川劇是一個四川化的戲曲劇種；從地域文化角度看，川劇是一種戲曲化的地方文化；而從劇目形態及其不同時代特徵看，川劇不僅繼承了戲曲母體的遺產，更富有大量表現自身生命活力和體現先進文化前進方向的現代創造與發展。川劇作為一個以表演為中心的地方戲曲劇種，是巴蜀人民情感、觀點、興趣等審美意識的物態化〔註163〕。

民國戲劇生態，京劇最具典型性。民國時期，北京京劇的發展經歷兩個不同階段。自1911年至1927年前，京劇發展至巔峰；1927年後，京劇劇壇開始步入衰退、蕭條。這種盛衰更迭的現象既有外部政局、經濟等的影響，也有藝術本體演進及運用管理等方面的原因〔註164〕。川劇的情況也大抵如此。

清代末葉，由於維新運動的餘波所及，在我國新興資產階級改良運動的因子滲入到社會各個領域的形勢下，一些文化界人士，也發出了「改良戲曲」的呼聲，曾任四川提學使的方旭，便有過這樣的企盼：「阜財解慍雨茫茫，戲曲如何得改良？」當時，在社會改革的總體趨勢下，經四川巡警道繼任勸業道的周孝懷（善培）倡導，召聘在成都的一批有志於文化改革的耆舊、文人，以成都為緣起地和決策中心，在四川境內發起了一場戲曲改良運動。這場運動的發起人和參與人的身份，大多是曾經得志於科舉而後失意於科舉的人物。正如一位佚名作者在他所著《蓉城竹枝詞》裏介紹的那

〔註161〕〔清〕徐珂《清稗類鈔》，北京：中華書局，1984年，第十一冊，第5014頁。

〔註162〕李祥林《從地域和民俗的雙重變奏中看文化心理的戲劇呈現》，《民族藝術研究》，2000年第4期，第3～9頁。

〔註163〕周企旭《川劇形成於20世紀初誕生於現代》，《中華文化論壇》，2004年，第4期，第15～21頁。

〔註164〕倪紅雨《論民國時期北京京劇演劇之變遷》，《戲曲研究》，2018年，第3期，第250～266頁。

樣：「科舉文章無用處，改良戲曲作傳奇。」詞後注：「發起皆前科舉中人〔註 165〕。

川劇至此從「表演與風格」「編劇與創作」「理論與觀念」等方面，都更加接近都市現代戲劇劇種，與二十世紀初期的京劇、秦腔等劇種並列，成為大的地方劇種。而一旦由鄉土進入都市，又必然在理論觀念、創作規律及舞臺實踐等方面有新的創新和創造，「三慶會」便是承載這一歷史任務的最重要的戲劇組織。

二、民國川劇生態的基本脈絡——《新新新聞》的線索

如前所述，晚清至民國初年，川劇不斷成熟，到二十世紀二十年代，隨著三慶會對川劇的「改良」，現代意義的川劇宣告誕生。然而考慮到川劇生態作為一個延續性的發展體系，僅僅依靠目前的研究成果，是很難完全描繪川劇生態發展的基本脈絡的。尤其是上世紀二十年代末至建國前的數十年間，為川劇由母體文化生態層不斷向藝術本體的精進，向都市文化的靠近的關鍵階段。這幾十年間，川劇生態的母體文化、都市文化、藝術本體、外部生態環境不斷交織，呈現出極其複雜的生態嬗變格局。直接導致建國前，川劇生態狀況的複雜圖景。不廓清民國這段時間川劇生態的發展沿革，便喪失了二十世紀川劇生態嬗變的最重要的一環，因而得出的所謂發展規律，便不可能具有真正的藝術發展指導能力。

然而，這段時間的川劇史料，很難加以整理。根據民國其他大劇種，以及大都市戲劇生態的變革情況，大量鮮活史料存在於晚清民國開始興起的都市報刊中。巴蜀地處西南，刊物數量和規格，相比較而言，都弱於上海、北京、天津。

1898 年四川省第一個帶有近現代意義的《蜀學報》產生，到建國前，成都報刊有案可稽的共有六百七十餘種。然而大部分報刊持續時間較短。政治、經濟等多種因素造成成都的報紙競爭力弱、存活率低。四川軍閥混戰，民不聊生，民眾受教育程度極低，文盲率極高。據統計，成都斷續出版達十年以上的報刊僅有 5 家：《啟蒙通俗報》（後改名）《華西日報》《中央日報》《新中國日報》《黨軍日報》（後改名）。出版二十年以上的報紙僅僅 3 家：《國民公報》《成都快報》和《新新新聞》。這些刊物，宣傳性質的報紙佔據多數，其中

〔註 165〕戴德源《戲曲改良與三慶會》，《四川戲劇》，1990 年，第 5 期，第 39～42 頁。

不會花費版面用於刊登川劇史料。但連續出版二十年以上的《新新新聞》，卻雅俗並重，內涵大量川劇史料。

難能可貴的是，《新新新聞》由四川大學圖書館整理，可以完整查閱。因此，選取這份報紙，作為民國川劇生態嬗變的研究線索。

> 《新新新聞》1929 年 9 月 1 日創刊，終刊於 1950 年 1 月 13 日，是成都市建國前出報時間最長的一份報紙。它以成都市為中心，影響力輻射至四川各地，甚至滇黔陝甘接壤之處、省外、海外也有它的讀者。它自辦了印刷廠，自建的報館大樓是當時成都市的最高建築〔註 166〕。

這份報紙之所以能夠具有如此大的影響力，最大的原因就是它對成都的社會和文化歷史現狀，作了相對忠實的記錄。川劇藝術作為民國四川都市社會文化生活的重要組成部分，這份報紙也予以了比較詳盡的記錄。

二十世紀 20 年代末至 30 年代初，是《新新新聞》創刊並記錄川劇的時間起點。這一時期，川劇的影響力應該是處於一個擴張和上升期。1932 年春，外東電影院行將改演川劇〔註 167〕，西蜀舞臺改演川劇〔註 168〕。由於川劇的影響力日益增加，川劇票友數量日漸龐大〔註 169〕。其中，作為鄉土母體文化遺存，川劇也積極發揮社會補助功能，賑災演出，並編演應時、應節戲。事實上，此一時期，戲曲生態的格局已經悄然發生改變。

> 二十世紀上半葉，是中國戲曲生態格局發生重大轉折的關鍵歷史時期。總體而言，清代中後期形成的戲曲生態格局，在二十世紀以後，受到多重外部生態要素影響，不斷發生改變。其中，從鄉土到都市的變遷，是所有影響要素中最大的影響因子。內在的母體鄉土文化的驅動力漸次減弱，戲曲不再單純敘說農耕文明與傳統封建士大夫主張的文化價值體系。戲曲本體生態雖然延續了清代中後期戲曲生態體系中的精緻化表演傳統，但都市興起的新的觀劇訴求，又在悄然內耗著戲曲表演的體系。尤其是西方舞臺經驗和技術的傳入，以及商

〔註 166〕王伊洛《〈新新新聞〉報史研究》，四川大學，2006 年。

〔註 167〕〔作者不詳〕《外東電影院行將改演川劇 刻正籌備一切》，《新新新聞》，1932 年 5 月 14 日。

〔註 168〕〔作者不詳〕《西蜀舞臺將改演川劇 已呈市府立案》，《新新新聞》，193 年 4 月 11 日。

〔註 169〕〔作者不詳〕《遊藝募賑處感謝川劇票友》，《新新新聞》，1933 年 11 月 20 日。

業化票房的驅使，母體生態、本體生態隨著外部生態嬗變，隨著母體文化的驅動力喪失，都市戲曲新生態的獨立品格訴求突出〔註 170〕。

這種都市戲曲新生態的獨立品格，首先便要求川劇在藝術不斷精進。1934 年，兩劇園組聯成導進社〔註 171〕，在悅來茶園演出。同年，「三慶會謀改良川劇，積極整頓內部〔註 172〕」。改良的結果，是使得川劇得以融入都市新文化體系，甚至連學校，都開始教唱川劇〔註 173〕。這對於傳統鄉土文化狀態下，跑商幫，走碼頭的江湖川劇藝人而言，是絕對難以想見的。

至抗戰前，川劇在四川，確立了都市文化的中心地位。1936 年，川劇冬季施米遊藝募捐，甚至吸引了閨閣名媛參與其中，登臺演戲〔註 174〕。這一年，川劇的唱片發行數量過萬〔註 175〕，不同行當的名角都灌製了川劇唱片。除了成都，四川下屬的縣，比如灌縣，川劇院的生意都極為暢銷〔註 176〕。

1936 年，川劇都市化的重要一步，是旅滬演出。這次演出，成渝兩地的班社強強聯合〔註 177〕。其中，三慶會伶人派出了強大陣容〔註 178〕。1926 年 7 月，川劇團到滬，在新光公演〔註 179〕。對這次旅滬，《新新新聞》作了詳盡報導〔註 180〕。這次在滬演出，最開始票價一元五都銷售一空〔註 181〕，到後來卻

〔註 170〕吳民《從鄉土到都市：晚清民國報刊「應節應景戲」「義務戲」史料與近代戲曲生態嬗變》，《新疆藝術學院學報》，2019 年，第 17 期，第 90～99 頁。

〔註 171〕〔作者不詳〕《川劇將放光彩兩劇園組聯成導進社 定廢曆元旦開幕表演地點在悅來茶園》，《新新新聞》，1934 年 2 月 8 日。

〔註 172〕〔作者不詳〕《三慶會謀改良川劇 積極整頓內部》，《新新新聞》，1934 年 4 月 4 日。

〔註 173〕〔作者不詳〕《省三中校演習川劇 請玩友會唱師到校教導演唱》，《新新新聞》，1934 年 6 月 26 日。

〔註 174〕〔作者不詳〕《冬季施米遊藝募捐川劇名票大會串 並以各戲園乾坤角配演閨閣名媛有三女士參加》，《新新新聞》，1936 年 1 月 8 日。

〔註 175〕〔作者不詳〕《川劇留聲唱片到萬 天籟賈培之等均有戲》，《新新新聞》，1936 年 2 月 20 日。

〔註 176〕〔作者不詳〕《灌縣川劇院 生意暢銷》，《新新新聞》，1936 年 6 月 13 日。

〔註 177〕〔作者不詳〕《成渝川劇社將離渝赴申表演》，《新新新聞》，1936 年 7 月 2 日。

〔註 178〕〔作者不詳〕《三慶會伶人組川劇旅行團 約月半赴滬演唱》，《新新新聞》，1936 年 7 月 13 日。

〔註 179〕〔作者不詳〕《川劇團到滬 不日在新光公演》，《新新新聞》，1936 年 7 月 22 日。

〔註 180〕〔作者不詳〕《川劇名伶到上海表演》，《新新新聞》，1936 年 7 月 23 日。

〔註 181〕〔作者不詳〕《川劇團將在滬開演 票價一元五已銷售一空》，《新新新聞》，1936 年 8 月 6 日。

無人問津甚至官司纏身〔註 182〕。最後藝人甚至只能變賣衣箱才得以回到四川。對於這次高開低走的出訪演出，《新新新聞》並未加以認真總結。但遠在上海的滬上媒體，如《大公報》《申報》，都做了認真的分析，值得研究〔註 183〕。

> 春申江頭曲已闌川劇團離滬回川。演員坐食山空潦倒異響，薛艷秋、白玉瓊受了拖累決跑碼頭沿江露演〔註 184〕。

回到四川後，川劇界也反思了上海之行的教訓。其中，明確提出，從鄉土社會到都市演劇〔註 185〕，藝術的要求，對演員伶工的要求，都不一樣。川劇改良，必須找到與都市的契合點，不能一味沿襲過去的劇目和表演手段〔註 186〕。

對於演員的改進，首先就是要提高文化修養，增強國民意識〔註 187〕。此外還要互相促進，其實就是要在藝術上不斷完善和提高〔註 188〕。在這種情況下，傳統的「科班」制度，受到了一定的衝擊。而嚴苛的「科班」訓練制度的漸次退場，實際上也為川劇此後表演藝術上的退化埋下了一定的伏筆。

在都市化的過程中，有一個現象在民國戲曲生態嬗變過程中，十分顯眼。在京劇，是老生行當漸漸將高光讓位於旦角；在川劇，則是丑角審美，漸次讓位於旦角。在傳統鄉土社會，巴蜀民眾是十分鍾愛丑角的。川劇丑角表演藝術在川劇藝人代代相傳的傳承與創新中博採眾長、集腋成裘，成為中國戲曲百花園中獨具一格的風景〔註 189〕。這是因為，笑的哲學，是巴蜀人民人生哲學的重要部分〔註 190〕。

> 川劇丑角很注意笑，醜的特徵是笑。人需要笑，笑能使人精神煥發，使人年輕。古詩曰：「一雙笑眼常無淚，日夕孩童不作翁」。戲劇也需要笑，笑是劇裏的「人參湯」〔註 191〕。

〔註 182〕〔作者不詳〕《川劇在上海吃官司盧翰丞等被判無罪》，《新新新聞》，1936 年 9 月 11 日。
〔註 183〕這部分內容將在本文下一章節詳細闡述。
〔註 184〕〔作者不詳〕《川劇的過去與將來》，《新新新聞》，1936 年 8 月 23 日。
〔註 185〕〔作者不詳〕《川劇伶工應具之條件》，《新新新聞》，1936 年 8 月 23 日。
〔註 186〕〔作者不詳〕《改良川劇之正路》，《新新新聞》，1936 年 9 月 6 日。
〔註 187〕〔作者不詳〕《川劇伶工改進的辦法》，《新新新聞》，1936 年 9 月 27 日。
〔註 188〕〔作者不詳〕《川劇伶互改進的辦法》，《新新新聞》，1936 年 10 月 5 日。
〔註 189〕蘭家富《川劇丑角表演藝術的傳承與實踐》，《四川戲劇》，2019 年第 7 期，第 99～101 頁。
〔註 190〕唐永嘯《川劇丑角笑的哲學》，《戲曲研究》，1996 年，第 11～22 頁。
〔註 191〕唐永嘯《川劇丑角笑的哲學》，《戲曲研究》，1996 年，第 11～22 頁。

不過，進入都市以後，除了對「鬧熱」「趣味」的需求，對「風情」性的色藝的訴求，更為強烈。因為演劇的環境，看戲的目的都發生了一定的變化。演劇從露天或會館、神廟到了戲樓茶園；看戲從廟會、祭祀、神社轉移到相對悠閒的都市消遣。在此情形下，對旦角的推崇，成為民國各個劇種的通常形態。

川劇當年除了薛豔秋，川劇名旦何翠俠也是一時之選。何翠俠在三益公劇院登臺，連續三天，場場爆滿，也算得上盛況空前〔註 192〕。1937 年，川劇再次進入上海，但因為抗戰很快爆發，第二次旅滬，成效平平。抗戰爆發後，川劇界也積極響應，川劇坤伶白麗娟捐薪救國。〔註 193〕

> 1938 年 5 月，成都市戲劇界聯合勞軍公演委員會特煩二十八集團軍正心俱樂部及全川川劇票義務助演空前拿手好戲〔註 194〕。

雖然在思想上，此時期的川劇積極響應號召，以種種方式響應抗戰。但從川劇生態而言，已經進入鄉土母體、都市藝術本體之後的過渡階段，即依存於外部生態環境的「繼續改良」階段。所謂「繼續改良」，與三慶會的「改良」相比，更加脫離藝術本體，而是注重宣傳效果和社會政治效果。1938 年 12 月，為響應中央社會部改良京川劇號召〔註 195〕，成都舉辦戲劇訓練班。可以想見的是，這種短期的訓練班，除了在思想上進行一定的灌輸而外，在藝術上，提高的可能性不大。

雖然藝術上不一定精益求精，但精神層面，卻動人心魄。街頭劇〔註 196〕，寒衣公演〔註 197〕，可謂激蕩人心。反映了川劇藝術在民族大義前的凜然正義之氣。

隨著社會經濟狀況的惡化，以及國民黨當局不抵抗政策的實行，當局對

〔註 192〕〔作者不詳〕《川劇名旦何翠俠　今夜起在三益公劇院登臺　三天打泡戲排》，《新新新聞》，1937 年 2 月 18 日。

〔註 193〕〔作者不詳〕《旅滬川劇團　一行返川抵萬》，《新新新聞》，1937 年 4 月 29 日。

〔註 194〕〔作者不詳〕《成都市戲劇界聯合勞軍公演委員會特煩二十八集團軍正心俱樂部及全川川劇票義務助演空前拿手好戲》，《新新新聞》，1938 年 5 月 9 日。

〔註 195〕〔作者不詳〕《中央社會部改良京川劇　　將辦戲劇訓練班》，《新新新聞》，1938 年 12 月 9 日。

〔註 196〕〔作者不詳〕《旅外川劇隊昨日演街頭劇》，《新新新聞》，1939 年 1 月 23 日。

〔註 197〕〔作者不詳〕《京川劇藝員將舉行寒衣公演》，《新新新聞》，1939 年 11 月 12 日。

文化領域的監管和盤剝，開始變本加厲。這一時期，當局對川劇藝術橫加干涉，無端禁止〔註198〕。允許的演劇，則多為點綴局面的「歌舞昇平」。「歌舞昇平」則是民國川劇生態的第三階段，這個階段的最後結果，就是建國後「戲改」需要改革的對象，這是後話。

在三慶會成立三十週年之際，川劇的現狀實際上已經不容樂觀〔註199〕。新成立的青年京劇川劇實驗團〔註200〕，更多的是為當局演劇，離人民越來越遠。

此時的川劇，更多地活躍在所謂的「慶祝會」〔註201〕、聯歡會〔註202〕、欣賞會〔註203〕。而在藝術嚴重疲軟和不足之時，便臨時組織所謂訓練班。而所謂訓練班，又是文化當局斂財的手段之一〔註204〕。由於川劇藝術本體傳承的艱難，訓練班的效果並不明顯。以1944年為例，僅有7名學員准予畢業〔註205〕。

由於藝術母體文化的淪喪，加之本體藝術水準的降低，加之當局的壓制、盤剝，經濟社會動盪不安，川劇的生存狀況舉步維艱。為了持續經營，不少劇院開始演出一些藝術水平拙劣，滿足低級趣味的戲，當然也有一些是與當局思想意識形態相違背的新戲。1944年4月，當局禁止了十六種川劇劇目〔註206〕。一方面是禁止，另一方面又加強對川劇的剝削，一個縣劇團，居然被盤剝十萬元勞軍〔註207〕。

可見這個歌舞昇平階段，實際並不太平！

〔註198〕〔作者不詳〕《京川劇協會懇請當局准照常演劇》，《新新新聞》，1940年3月31日。

〔註199〕〔作者不詳〕《成都三慶會川劇社三十週年祝詞》，《新新新聞》，1941年4月16日。

〔註200〕〔作者不詳〕《青年團將成立京川劇實驗團》，《新新新聞》，1941年1月25日。

〔註201〕〔作者不詳〕《元旦慶祝會 籌演京川劇》，《新新新聞》，1941年12月22日。

〔註202〕〔作者不詳〕《川劇研究社舉行》，《新新新聞》，1943年5月28日。

〔註203〕〔作者不詳〕《蓉外勤記者發起川劇欣賞會》，《新新新聞》，1943年6月21日。

〔註204〕〔作者不詳〕《川劇人員訓練班教部補助經費九萬 省府核委九市縣民教館長》，《新新新聞》，1943年8月27日。

〔註205〕〔作者不詳〕《川劇訓練班學員 川七名准予畢業 第二期調劇員四十餘受訓》，《新新新聞》，1944年4月8日。

〔註206〕〔作者不詳〕《十六種川劇已禁止非演》，《新新新聞》，1944年4月29日。

〔註207〕〔作者不詳〕《榮縣川劇社數十萬元勞軍》，《新新新聞》，1945年1月4日。

第七節　川劇旅滬慘敗與都市戲曲生態的畸變

民國川劇生態變遷的重要轉折點，包括由鄉土到都市，再到「歌舞昇平」。然而由於社會動盪、經濟凋敝、戰爭頻仍等原因，中國的都市化並不徹底，因此所謂都市戲劇生態，本質上無法構成。此即川劇旅滬慘敗的根本原因：鄉土不可丟棄，但又不可完全照搬，都市過濾掉了傳統鄉土的信仰和情感價值，留下獵奇與相對低俗的旨趣。都市無從建構，帶來的也是獵奇和相對低俗的旨趣。畸形的戲曲生態，建構了一個畸形的審美區域，剛好成為由鄉土到都市的畸變交集。這種畸變狀態經過抗戰和內戰的反覆顛簸，最後淪為「歌舞昇平」，實質是在畸變審美之外，加入時代社會與政治當局的高壓，成就了敗壞的藝術本質。雖然從三慶會到上海知識精英，看到了生態嬗變過程的若干問題企圖改良。但最終文化精英的力量在大的生態環境中是弱小的，在藝術本體的堅強傳統下是無力的，在母體文化的輻照下是持同情甚至本身就難以出逃的，最後只能被湮沒。

二十世紀中國戲曲生態的變革，過去的學界，總是一廂情願地過於強調文化精英或改良的意義。比如五四新文化運動前後對舊劇的改革，三慶會、易俗社的改良，建國後的戲改等等。事實上，這些改革的本質，不盡一致，不能籠統歸類。改革的幅度、力度，最後的效果目前看來，都需要重新評估。而隨著西學東漸，西方戲劇理論和實踐進入中國，被認為是先進文化。從啟蒙者開始浩浩蕩蕩的戲劇現代化運動，可以說持續了整個二十世紀。然而結果是，中國並未建構屬於自己的所謂話劇體系，話劇並未成為現代化意義上的國劇。與此同時，京劇也逐漸萎縮為大城市的都市劇場性藝術，其他地方大劇種，比如秦腔、川劇，則更加在生態上處於日漸萎靡。今天的生態實際是，若要在成都或西安這樣的城市，完整觀看哪怕一場高水平的地方戲劇演出，是十分艱難的。從生態學的意義上而言，相當數量的地方劇種，在生態意義上，已經消亡。其中，或就包括川劇、秦腔這樣的大劇種。因為這些劇種從生態體系意義上而言，既沒有保留母體文化的造血能力，又未能保留藝術本體的審美本質和藝術化的自洽體系，更無法從新的外部生態中汲取養分。事實上，生態的母體和本體的保留，是適應外部生態的前提條件。這就是阿甲先生曾經說過的首先要有好的技術，所謂技術便是「本體」。但即便是阿甲先生，也忽略了母體文化的重要價值，過分強調思想性和宣傳性，走的太急、太快。

因此，重新梳理戲曲生態在二十世紀的發展脈絡，找到嬗變節點的問題，十分必要。以川劇為例，二十世紀出現過若干次生態的繁盛，比如三慶會時期，建國初期的傳統戲整理改編，改革開放後的傳統戲恢復上演以及後來的「探索劇」運動。然而問題的關鍵是，我們過分強調了所謂繁盛的本質，未能看到繁盛背後的生態隱憂。

饒有趣味的是，《大公報．上海版》在三慶會最繁盛的時候，記錄了一次川劇的空前慘敗。《大公報．重慶版》則在川劇被定義為「國劇」的時候，忠實記錄了川劇在「歌舞昇平」「欣欣向榮」背後的敗壞本質。川劇女皇后陳書舫在內江被滋擾，成為民國川劇生態畸變最真實的寫照。

從川劇旅滬慘敗到「歌舞昇平」，川劇生態到底是如何一步步畸變的，時代文化精英為何無法力挽狂瀾，今天的川劇到底應該向歷史汲取哪些經驗和教訓？《大公報》或能給與我們一個全新的視角。

一、川劇旅滬慘敗與三慶會川劇改良

《大公報》是一份十分具有參考價值的報紙。《大公報》雖然並不在成都出版，但歷史上先後擁有天津版、上海版、漢口版、桂林版、重慶版、香港版。至少在上海版和重慶版，川劇史料豐富。而天津版的內容中，在談及京津地區的戲曲生態時，多有與川劇相比對者，亦可作為參考性史料。

二十世紀，川劇最繁盛的時段，大抵就是二十年代到三十年代前期。這一階段，川劇在藝術上，達到了較高的水平。川劇劇本經過三慶會等巴蜀文人的改良，脫離了俗味，獲得了較高的審美價值。當時川劇名伶薈萃，各個角色行當都有相當的人才。正是在這種情況下，川劇準備去上海公演。然而，讓人不可思議的是，川劇旅滬，空前慘敗，最後甚至變賣戲箱，沿長江露天演出，簡直淪為江湖藝人。對於這次慘敗，學界的研究很少。這是因為，過去的研究，格局過於狹隘，沒有從藝術生態嬗變的高度去關照戲曲發展。而一旦將種種要素重新歸入生態系統，問題或許並不複雜。

（一）改良川劇與上海都市觀眾的「獵奇」

如果說，三慶會的改良，目的和意義何在？那麼最大的動力，是為了促進川劇由鄉土轉而入都市。川劇改良完成後，為何需要旅滬？為的是在最大的都市上海，去實驗川劇改良的效果。可是為何最後慘敗？

首先，川劇是否真的都市化了？三慶會到底改了什麼？

《大公報》對川劇的最早記錄，是當年中國科學社社員成都考察。而當時成都方面接待的節目，就是川劇。

> 成都名伶天籟白牡丹等、亦到場獻技、劇自為山伯訪友及重臺分別等、唱做與漢劇近似其音調則叉似北方所謂之幫子腔〔註208〕。

從這則消息可見，川劇確實努力要融入現代社會，甚至主動與科學社發生聯繫。然而觀看者，根本就不具備川劇藝術的解碼能力。換言之，現代化的都市觀眾，很有可能與川劇藝術，不處於同一母體文化圈。這樣的強行都市化邁進，無異於「雞同鴨講」。

不過，有趣的是，1935 年，川劇的唱片在天津、上海等地都獲得了暢銷。

1935 年，天津方面還專門派人前往成都，灌製唱片，因為「現在市上所售留聲唱片、各省戲劇、俱有灌製、惟川劇唱片、竟付缺然、茲聞上海高亭公司、以川劇腔調特殊、別有風味、而錦城絲管、素有天上人間之號、省外戲迷、常苦無從知音、咸以為憾〔註209〕」。

然而誠如《大公報》所言，這是因為川劇腔調特殊、別有風味，其實就是獵奇。事實上，天津人對於川劇的獵奇性，確實大於欣賞性，比如對於《情探》，他們則津津樂道於作者趙熙的風流往事，而非劇本〔註210〕。

上海的都市觀眾，對戲曲的審美趣味，又在何處呢？首先體現出來的是一種十分矛盾的欣賞態度。

> 蹦蹦的唱詞，粗淺鄙俚，比皮黃更甚。即以白話眼光看來，亦祇是鄉嫗的爭吵，與村豎的漫罵，脫不了低級的趣味。若以表演論，距漢調、川劇尚遠〔註211〕。

然而，就是這粗鄙的蹦蹦戲，在上海，可謂風靡一時。而所謂表演更加精緻的川劇，來了上海，居然完敗給上海的蹦蹦戲。

〔註208〕〔作者不詳〕《中國科學社社員 川遊紀勝（2）成都名勝多被軍隊占駐》，《大公報天津版》，1933 年 9 月 11 月。

〔註209〕成都通信《川劇灌音 製灌備籌正司公亭高 間人布流將管絲城錦》，《大公報天津版》，1935 年 8 月 28 月。

〔註210〕憂忠餘生《閭吾》，《大公報天津版》，1947 年 7 月 14 日。榮縣趙堯老，文章書法，彪炳一時，川劇中之情探詞白，即為趙改編，早已炙人口，後於家弦戶誦也，性頗詼諧，有名妓王五者，慕趙書，請題其香集之門額，以為榮，趙即書閭吾兩字，王妓欣腼顏。其見者駐足，皆莫解其意，有叩趙者，趙笑曰，此正切合其人之身份者，蓋閭吾是，拆開為王五門口，而客之來者，均足潤吾也，聞者莫不解頤焉。

〔註211〕〔作者不詳〕《談蹦蹦戲》，《大公報上海版》，1936 年 4 月 1 日。

這至少反映出這麼一種矛盾的事實：那就是，一方面，在上海的都市審美中，對表演的技藝是十分看重的，比如海派京劇。另一方面蹦蹦戲的流行，則又說明，即便在都市上海，鄉土的「俗」的趣味，依然有存在的土壤。換言之，上海的藝術生態的所謂都市化，是不徹底的。上海都市文化藝術的獨立品格，是無從談起的。

那麼，川劇在表演上是有優勢的，為何慘敗呢？

因為在鄉土到都市的嬗變過程中，上海都市觀眾，找到了一個折衷的交叉地帶——新奇。也就是要追逐新的東西。這種追逐，似乎構成了一種都市特有的審美品格。

> 由京劇而拍崑曲，是復古。由京劇而演話劇，是革新。由京劇而習跳舞，是時代的進步。由京劇而產生歌舞團是藝術上的改良。但不知由京劇而大捧其蹦蹦戲，這又是什麼呢？這也許應該說是藝術的普羅化罷〔註 212〕？

然而這種品格，是何其孱弱，因而只是曇花一現，難以持久。對於川劇，他們也是作為一種新奇的玩意兒。1935 年，「上海的勝利公司，邀集川劇名角唐廣體，白玉瓊等到滬灌片後，出品十餘張，均風行一時，獲利頗豐。這纔引起川劇到申表演的動機。〔註 213〕」而上海都市的訴求，則主要是「獵奇」。

〔註 212〕馬二先生《京劇講座 正名篇（二續）》，《大公報上海版》，1936 年 7 月 4 日。
第一類：大劇
（甲）崑劇（高腔附）
（乙）京劇（決不可稱為平劇說詳後）
（丙）梆子劇
（丁）漢劇
（戊）徽劇
（己）川劇
（庚）粵劇
第二類：小劇
（子）紹興劇
（丑）四明文劇
（寅）蹦蹦劇
（卯）申曲
（辰）揚州劇
（巳）花鼓劇
（午）落子

〔註 213〕〔作者不詳〕《初次來滬表演之 本月五日在新光演出 最高票價是一元五角 川劇團訪問記》，《大公報上海版》，1936 年 8 月 2 日。

「好奇的上海人，屆時又有一新耳目的花樣翻陳在面前了〔註 214〕。」

上海都市觀眾都是「獵奇」嗎？當然不是。在戲曲生態體系中，上海都市觀眾，對於可以解碼的母體文化圈層內的藝術，是頗具審美能力的。比如上海的越劇、京劇，甚至來自蘇北的淮劇。這是因為這些劇種，在上海的母體文化圈層內。而對於外來的藝術品類，比如蹦蹦戲，就必須要挑動「獵奇」，甚至某些「低級、粗鄙」的趣味。而川劇，在藝術品格上而言，是與「川劇」一樣的大的劇種，甚至帶有三慶會文人的「雅化傾向」。這讓前來獵奇的人或尋找所謂「低級趣味」的人，大失所望。

（二）改良川劇的艱難與矛盾

川劇有沒有上海觀眾所期待的「獵奇」因子，以及蹦蹦戲的「粗鄙趣味」呢？這其實便是討論川劇旅滬慘敗的第二個問題？

所謂獵奇，實則是都市審美體系無從構建的一種盲目的自我找尋。成都、重慶作為巴蜀的大城市，自然也有這樣的自我追尋，只不過可能不如上海那樣「摩登」和「時髦」。一種文化當不斷喪失自我，方向不明的時候，才最容易「獵奇」和「求新」。如果新的文化品格一直無從建構，無從承載人的精神和思想價值，無法承載人的內心信仰和人生意義，那麼人就必然退卻。退回對所謂「粗鄙趣味」的追逐和放縱。這就是為什麼「獵奇」和蹦蹦戲的「粗鄙」成為上海都市審美的兩個畸形的寵兒。事實上，由於從鄉土到都市嬗變過程中的艱難，即便是京劇、越劇等上海母體文化範圍內的藝術，也事實上在往「獵奇」和「粗鄙」方向邁進。縱然確實有相當數量的時代精英，或堅持鄉土，比如魯迅〔註 215〕。或堅持改良，比如三慶會。但由於魯迅畢竟不再生活於「魯鎮」，三慶會的文人也畢竟來自「鄉土」，在都市文化的獨立品格為建成之前，鄉土與都市的矛盾必將一直存在。這就是川劇改良的艱難和矛盾。這種矛盾，在旅滬慘敗的事實上，得以放大。

事實上，所謂「獵奇」的都市畸變趣味，「粗鄙」的低級趣味，本來也源自鄉土文化。鄉土文化藝術為了吸引觀眾，達到鄉土文化建構的目的，常常需要照顧到「下里巴人」的趣味。然而，很多時候，看似粗鄙、獵奇的戲劇演出，其實卻有極強的藝術感染力、民俗儀式性和美感價值，比如蜀中的

〔註 214〕《初次來滬表演之 本月五日在新光演出 最高票價是一元五角 川劇團訪問記》，《大公報上海版》，1936 年 8 月 2 日。

〔註 215〕《魯迅戲曲觀》。

目連戲〔註216〕。而在都市化的過程中，粗鄙的手段被當做了是審美的目的，民間的智慧和藝術的真義被消融瓦解，被抽空了。

這便是都市審美的所謂畸變，它與母體文化的隔閡，在於放棄了對「情」的執著，滿足於一種「欲」的滿足。川劇改良的最大成功之處，就在於堅持了對「情」的描摹。

> 寫情，修辭，如「情探」等戲意致纏縣，文藻淒豔，恐任何歌劇無能望其背項，故演唱極難〔註217〕。

然而這種情，在畸變的上海都市審美環境下，未必能夠獲得認可。更何況，上海和巴蜀，文化上還存在天然的隔閡。川劇為了表現「曲盡其情」，在角色行當上，十分齊備。所謂後臺組織七行半〔註218〕，反映了川劇在藝術本體上的完整體系。然而這種本體上的完善，要求的是欣賞者擁有對等的藝術解碼能力。就如上海觀眾聽崑曲、京劇，能細緻精微，但對川劇，並不會產生共鳴。

綜上，雖然川劇名旦薛艷秋，白玉瓊，楊雲鳳等，皆蜀中特出之材，並聞今夜及明後諸夜所排各戲，皆係各角拿手好戲。然而「新光觀川劇，謂成績並不見佳。〔註219〕」

（三）上海觀眾眼中的所謂「川劇」

川劇旅滬的失敗，還有一個重要原因，就是上海觀眾眼中的所謂川劇，和他們看到的川劇，其實並不一致。原來，上海的觀眾，對川劇的審美期待，除了獵奇之外，還停留在對「魏長生、陳銀官」的想像。

> 然川劇在舊京戲劇史上，則曾一度發現奇蹟，即清乾嘉年間蜀伶魏長生及陳銀之色藝，顛倒朝野，震撼京華，在吾國劇史上，實占重要之一頁。

這種期待本身可以說是缺乏對川劇的瞭解，但仔細一想，卻別有一番意

〔註216〕《蜀中春時》。

〔註217〕《初次來滬表演之 本月五日在新光演出 最高票價是一元五角 川劇團訪問記》，《大公報上海版》，1936年8月2日。

〔註218〕就是七個半的小組織。擔任那一類工作的，就得加入那一種會，組織是這樣的：文昌會（鬚生，太子會（小生），財神會（花臉），土地會（小丑），娘娘會（小旦），得勝會（跑龍套等），集賢會（場面等），這是七個具體的組織；另外半個是負催角（即傳達）責任的，叫親音會，因為牠並不出場，所以祇算半行。方面，共有七腳色八十人。

〔註219〕秋《藝壇總報告》，《大公報上海版》，1936年8月8日。

味，那就是都市審美對母體鄉土的眷戀。魏長生、陳銀官代表的，恰是川劇的母體藝術形態，即清代的四川戲劇。換言之，在三慶會改良之前，四川戲劇比蹦蹦戲，或者更加吸引人。

> 久之士大夫階級，亦羣起叫絕，劇無陳銀，舉座不樂，因之所得金綺珠玉，累至數萬，其風魔一時之情景，比之今日蹦蹦名旦白玉霜在滬之風頭尤健，可想見其聲名之盛。故自魏陳入都以後，平劇之聲腔，及旦角之化裝與表演，均受重大之影響〔註 220〕。

可見，經過改良之後的「川劇」，遭遇了由鄉土而都市的兩難。而對於新興都市上海而言，一方面言「蹦蹦戲」粗鄙，一方面又趨之若狂，也反映出都市趣味在脫離鄉土審美過程中的艱難。都市戲劇的獨立品格的建立，由此可見繁難。

二、民國川劇生態嬗變的各個層面

如果說，旅滬慘敗是一面鏡子，那麼更重要的事情，未必是照鏡子，而應該是正衣冠。然而即便是當時，這件更重要的事情顯然並沒有被重視。

（一）川劇慘敗或是川劇之幸

一種聲音是對川劇現狀的自我陶醉。甚至找出許多相關的佐證，比如這篇評論所言：

> 去夏徐虛舟君，為我談川劇中《捉王魁》一齣，並述其詞，雖已不憶，然似較京劇為優美，但我認其清處，不專在於劇詞。
>
> ……
>
> 此種編劇，不但合於現代之所謂三一律，其結構虛實相半，由後度前，臺下觀眾自無不瞭解者。既省時間，亦耐人尋味，若必加入前節情事，一一演出，轉成笨伯矣〔註 221〕。

確實，川劇的這齣戲，曲詞優美，或許也符合所謂的「三一律」。然而至少這種認識，是嚴重偏離了川劇生態體系的內在藝術規定性的。川劇的成功，僅僅依靠「優美的唱詞」，顯然是嚴重忽略了對母體文化中「俗」與「情」的辯證性繼承。而西方戲劇理論的所謂「三一律」，顯然並非川劇自我解救的良方。

更令人啼笑皆非的是，川劇旅滬劇團為了吸引觀眾，標榜改良川劇「不

〔註 220〕繆公《偶因川劇話陳銀》，《大公報上海版》，1936 年 8 月 11 日。
〔註 221〕馬二先生《談川劇並及劇本做法》，《大公報上海版》，1936 年 8 月 14 日。

涉荒誕，不露淫蕩」。很顯然，這種自我標榜沒有問題，問題是，標榜者枉顧上海觀眾所處的「母體文化圈層」，居然以貶低「灘簧」來拔高川劇。以今天的目光而言，確實顯現出當年川劇者的無知和無畏。這件事情甚至引起了上海申曲界的嚴重不滿，讓旅滬川劇的主辦方官司纏身〔註222〕。而更有趣的是，川劇界為了進一步說明川劇之特色與改良成績，甚至專門在大公報刊載了一篇介紹性評論，其中對上海蹦蹦戲，京劇都有品評。這份品評的意義在於，讓我們得知當時的川劇人是如何看待川劇的變革。

> 蹦蹦戲在上海之所以能受南方人歡迎，絕不是由於牠本身的號召力，主要的是因為牠已經變了牠的那種小型的《純粹土戲》的形態，而成了《京劇化》的戲了〔註223〕。

其實所謂純粹土戲，就是鄉土母體形態的演劇，而京劇化，就是都市化以後的戲劇。可見，川劇改良的努力方向，也是向「京劇化」看齊的。而在這位四川論者看來，四川戲的愛情主題，神話主題，細膩的心理刻畫，多聲腔的音樂特性，都讓川劇高於一切舊劇〔註224〕。這種自信雖然說有一定的道理，但是以此就貶低其他劇種，顯然是狹隘而武斷的。更讓人覺得遺憾的是，川劇在上海的展演，並沒有充分展示川劇的優長，而是不斷迎合上海的都市趣味。薛豔秋甚至排演了「醉酒」〔註225〕。

可以說，川劇的上海演出，並未認清都市化戲曲生態格局下，川劇所處的尷尬地位。那就是在鄉土和都市之間的兩難，而上海的觀眾，早已經選擇了拋棄鄉土的精神和情感內核，果斷擁抱其中的「俗」。並進一步將這種「俗」

〔註222〕〔作者不詳〕《川劇特刊中漫談蜀劇一文 引起申曲業不滿 延周律師函該刊要求道歉》，《大公報上海版》，1936年8月15日。本月五日川劇特刊《漫談蜀劇》一文，其第三段《劇本》中，於盡情論列蜀劇劇本意義如何正確，情節如何離奇，取材如何《都不涉荒誕，不露淫蕩》之後，殿以《決不像時下的申曲灘簧，以應合一般人的而忘了低級趣味戲劇育的使命》，幾句評語，對準申曲灘黌，橫加攻擊。幾乎說得申曲灘簧的價值，不值半文！為川劇營業起見，而散發之特刊，有此黨同伐異，我上天堂人入地獄之言詞，顯係惡意誹謗，妨害本會會信用名譽員以具有悠久歷史，趕上時代教育之申曲，突來此意外之遭遇，莫不憤慨填膺為特委託貴律師代為去函該刊負責編輯人，告以對此務須以川劇特刊負責編輯人名義，分登本埠申報新聞報民報及原刊物，以釋眾表示道歉。

〔註223〕沙梅《四川戲評站》，《大公報上海版》，1936年8月16日。

〔註224〕沙梅《四川戲評站》，《大公報上海版》，1936年8月16日。

〔註225〕〔作者不詳〕《川劇名角 薛豔秋之〈醉酒〉》，《大公報上海版》，1936年10月30日。

代入了都市的「獵奇」趣味。這種畸變的審美趣味，讓包括川劇竭力學習的「京劇」都十分艱難。海派京劇的不斷探索，正是為了適應上海不斷變化的畸變審美訴求，以至於後來的《盤絲洞》、真刀真槍、機關布景等劇目和舞臺手段層出不窮。而川劇則基本停留在三慶會的改良之中，既保留了川劇的鄉土的情懷，又注入了文人的雅化情致。然而這種本來是積極的改良，在畸變的都市戲曲生態下，顯得那麼不合時宜，處境艱難。

> 川劇薛艷秋等，近在愛多亞路大華舞廳樓頭演唱，座客頗形寥落，余亦以友人之約，曾往一觀，實覺索然無味，幾欲不待終場而去。蓋其唱工聲調，既少婉轉頓挫之節，又無絲竹之聲，為之調和，僅由場面上人，同聲和腔，絕無音樂之美感。至其作派，亦似漫不經心，無多精彩。綜觀唱作，胥難引人入勝。因思前清乾嘉時代，蜀伶魏三陳銀之流，以色藝傾動朝野，殆非如此單純之川劇，而必別有所化，（如崑劇化或亂彈化）或則人雖蜀伶，戲非川劇，否則何能負此盛名耶〔註 226〕？

川劇慘敗，就足以否定川劇生態嗎？當然不是。甚至可以說，川劇上海的慘敗，恰是川劇的幸運。回想川劇入滬的原因，是因為「十四年的秋天，上海勝利唱片公司邀請了川劇名角唐廣體、白玉瓊等到上海灌片，出品十餘張，居然風行，獲利頗厚，這件事使川劇界發生了錯覺，誤認川劇已能為外省人所接受〔註 227〕」。

事實上，由此推斷川劇人就盲目自信是相當武斷的。因為川劇等傳統劇種，除了可以觀，還可以聽。觀與聽的趣味出發點是不甚相同的。川劇唱片的暢銷，無論銷往何處，至少證明川劇的片段演唱藝術，在音樂聲腔上，是有一定的受眾基礎的。事實上，川劇的唱腔、曲詞，本來就是近代改良川劇最值得珍視的傳家衣缽。

那為什麼曲能聽，劇卻不足觀呢？

這其實反映了川劇由鄉土而都市的變革的不徹底。因為外省觀眾，最不能忍受的是「鑼鼓忒響」「幫腔」。而川劇鑼鼓和幫腔，其實就是源於鄉土文化的酬神戲、神廟戲演出。其實質是為了讓露天觀眾能夠進入戲劇，在「鬧

〔註 226〕耳《滬濱劇話川劇不甚受歡迎梆子班上座尚好只可歎崑曲不見》，《大公報上海版》，1936 年 11 月 12 日。

〔註 227〕張篷舟《漫談川劇》，《大公報上海版》，1946 年 6 月 16 日。

熱性」的方面與戲劇達到一致。通俗講就是為了吸引觀眾，更好傳達戲劇演出的藝術信息。然而進入室內劇場後，這些「遺留」就未必不需要改。三慶會的文人當然創造了不少好的劇目，或可以規避打鑼打鼓和無謂的幫腔，但這些劇目恐怕在川劇的劇目總和中，佔據的數量是極為微弱的。所以一旦上演傳統的老戲或全本戲，就不容易為觀眾所接受。

然而這種鄉土藝術的遺留，事實上恰恰也可能成為川劇的特色藝術手段，今天看來，需要改革但未必需要消除。

（二）改良的限度——川劇劇目嬗變的軌跡

川劇最初的形式是連臺整本戲，《劉氏四娘》等可以一唱月餘，這是農閒時節的社戲形式。清末民初川戲的「鄉班子」進入了都市的舞臺，有閒的農民觀眾換了都市的各階層，誰也沒有這種逸致來連看月餘的連臺戲。同時又受了平劇入川的影響，於是都市舞臺上出現的川劇，已不復是連臺戲而變為「花折子」。如前所述，這些「演出腳本」經過改良的，其實只是很小的一部分。

> 據沙梅兄的搜集，川劇現行的腳本已有二百多種。其中經過民初的戲曲改良會新編和訂正的，共有十多種〔註 228〕。

因此，以改良的若干最優秀劇目，概括川劇整體，是不符合歷史真實的。從這個意義而言，改良顯然是有限的，也是不徹底的。讓人遺憾的是，隨著戲曲生態嬗變逐漸偏離主體，川劇藝人的生存狀況舉步維艱。

一方面，鄉土文化的精神價值在四十年代後幾乎徹底鍛鍊，藝人的出走和流亡以及自然死亡，讓川劇舞臺的本體遭到重創。最重要的是外部生態環境已經成為對藝術的壓制和剝削，川劇藝術生態進入「歌舞昇平」的新階段。

而在這「歌舞昇平」前夕，川劇的最後努力，編演的新編整本戲《木蘭從軍》《浣花夫人》《梁祝》，已然是歌舞化和話劇化的傾向。

三、歌舞昇平與川劇生態嬗變的主體性偏離

（一）抗戰後川劇的話劇化與歌舞化

抗戰後川劇又有一種新發展，可以說是一種話劇式的發展。擯棄了錯綜複雜而在同時演出的「花折子」，採用了劇情一貫而且特重對白的「耿本戲」，

〔註 228〕張蓬舟《漫談川劇》，《大公報上海版》，1946 年 6 月 16 日。

《院花夫人》《李三娘》《孟姜女》《木蘭從軍》。這些劇目和田漢的京劇歌舞劇實驗，以及延安的新歌劇運動中的「話劇加唱」相彷彿，實際上，以及偏離了川劇生態的藝術主體。在藝術上，這些劇目，沒有可延續性。

即便是抗戰後，最受歡迎的，依然是四川名士趙堯生、黃節庵、尹仲錫、劉豫波諸先生的作品，如《情探》《柴市節》《江油關》《三盡忠》。

然而川劇生態在抗戰後的現實是，本體層面也遭受了巨大衝擊，最重要的就是演員的不斷離場。

> 其中《情探》〔註229〕一劇的情文並茂，公認為川劇的代表作。可惜《戲中聖人》康二鑾和名旦劉芷美．劉世照等死後，繼演者都有格格不入之歎〔註230〕。

這段時期，一個突出的新現象是坤伶的崛起，二鶴（鶴卿、鶴玲姊妹），二瓊（白翠瓊善演悲劇；飛瓊可稱四川之紡男大王）。名丑有周企何，三慶會之三老周慕老、賈培老、蕭楷老。然這些演員都已經是耋耄之年，仍執劇壇牛耳。其中的奇蹟是周慕老，化裝登臺，望之亦不過徐娘半老，演《情探》等劇，體貼入微，至今亦無人能出其右〔註231〕。這種青黃不接的局面，在此後，一直到今日，都未得到改觀。

在重慶，川劇甚至獲得了所謂國劇的地位。然而事實上，上演的戲碼，依舊是九龍山，夜奔，刁窗，斷橋，草詔，秋江。而此時改良川劇的目標，正是這些四川名劇〔註232〕。而對這些劇目，在內容形式上加以改革，實則便是對川劇藝術生態本體的偏離。

（二）川劇生態延續的艱難

川劇在四十年代後，開始進入所謂「歌舞昇平」的階段。

其實，在此之前的抗戰期間，川劇界也積極響應，川劇坤伶白麗娟捐薪救國。〔註233〕

> 1938年5月，成都市戲劇界聯合勞軍公演委員會特煩二十八集

〔註229〕張篷舟《情探論》，《大公報上海》，1946年9月22日。
〔註230〕張篷舟《漫談川劇》，《大公報上海版》，1946年6月16日。
〔註231〕張篷舟《漫談川劇》，《大公報上海版》，1946年6月16日。
〔註232〕〔作者不詳〕《改良川劇　文化工作會公演研究》，《大公報重慶版》，1941年10月28日。
〔註233〕〔作者不詳〕《旅滬川劇團　一行返川抵萬》，《新新新聞》，1937年4月29日。

團軍正心俱樂部及全川川劇票義務助演空前拿手好戲〔註 234〕。

雖然在思想上，此時期的川劇積極響應號召，以種種方式響應抗戰。但從川劇生態而言，已經進入鄉土母體、都市藝術本體之後的過渡階段，即依存於外部生態環境的「繼續改良」階段。所謂「繼續改良」，與三慶會的「改良」相比，更加脫離藝術本體，而是注重宣傳效果和社會政治效果。1938 年 12 月，為響應中央社會部改良京川劇號召〔註 235〕，成都舉辦戲劇訓練班。可以想見的是，這種短期的訓練班，除了在思想上進行一定的灌輸而外，在藝術上，提高的可能性不大。

雖然藝術上不一定精益求精，但精神層面，卻動人心魄。街頭劇〔註 236〕，寒衣公演〔註 237〕，可謂激蕩人心。反映了川劇藝術在民族大義前的凜然正義之氣。

隨著社會經濟狀況的惡化，以及國民黨當局不抵抗政策的實行，當局對文化領域的監管和盤剝，開始變本加厲。這一時期，當局對川劇藝術橫加干涉，無端禁止〔註 238〕。允許的演劇，則多為點綴局面的「歌舞昇平」。「歌舞昇平」則是民國川劇生態的第三階段，這個階段的最後結果，就是建國後「戲改」需要改革的對象，這是後話。

在三慶會成立三十週年之際，川劇的現狀實際上已經不容樂觀〔註 239〕。新成立的青年京劇川劇實驗團〔註 240〕，更多的是為當局演劇，離人民越來越遠。

此時的川劇，更多地活躍在所謂的「慶祝會」〔註 241〕、聯歡會〔註 242〕、

〔註 234〕〔作者不詳〕《成都市戲劇界聯合勞軍公演委員會特煩二十八集團軍正心俱樂部及全川川劇票義務助演空前拿手好戲》,《新新新聞》,1938 年 5 月 9 日。

〔註 235〕〔作者不詳〕《中央社會部改良京川劇　將辦戲劇訓練班》,《新新新聞》,1938 年 12 月 9 日。

〔註 236〕〔作者不詳〕《旅外川劇隊昨日演街頭劇》,《新新新聞》,1939 年 1 月 23 日。

〔註 237〕〔作者不詳〕《京川劇藝員將舉行寒衣公演》,《新新新聞》,1939 年 11 月 12 日。

〔註 238〕〔作者不詳〕《京川劇協會懇請當局准照常演劇》,《新新新聞》,1940 年 3 月 31 日。

〔註 239〕〔作者不詳〕《成都三慶會川劇社三十週年祝詞》,《新新新聞》,1941 年 4 月 16 日。

〔註 240〕〔作者不詳〕《青年團將成立京川劇實驗團》,《新新新聞》,1941 年 1 月 25 日。

〔註 241〕〔作者不詳〕《元旦慶祝會　籌演京川劇》,《新新新聞》,1941 年 12 月 22 日。

〔註 242〕〔作者不詳〕《川劇研究社舉行》,《新新新聞》,1943 年 5 月 28 日。

欣賞會〔註 243〕。而在藝術嚴重疲軟和不足之時，便臨時組織所謂訓練班。而所謂訓練班，又是文化當局斂財的手段之一〔註 244〕。由於川劇藝術本體傳承的艱難，訓練班的效果並不明顯。以 1944 年為例，僅有 7 名學員准予畢業〔註 245〕。

由於藝術母體文化的淪喪，加之本體藝術水準的降低，加之當局的壓制、盤剝，經濟社會動盪不安，川劇的生存狀況舉步維艱。為了持續經營，不少劇院開始演出一些藝術水平拙劣，滿足低級趣味的戲，當然也有一些是與當局思想意識形態相違背的新戲。1944 年 4 月，當局禁止了十六種川劇劇目〔註 246〕。一方面是禁止，另一方面又加強對川劇的剝削，一個縣劇團，居然被盤剝十萬元勞軍〔註 247〕。可見這個歌舞昇平階段，實際並不太平！

戲劇界甚至不得不集體呼籲「減輕娛樂捐，劇本審查從寬」〔註 248〕。而這時候的所謂戲劇節與抗戰時期相比，已然淪為點綴昇平的工具。這時候所謂的改革，多少帶有一些先入為主的官方色彩。

把戲劇當做下賤的東西，頂多也不過是一種供人消遣的玩藝；其二，把戲劇當做危險的東西，舊戲不免誨淫誨盜，話劇總帶點革命色彩〔註 249〕。

因此，提出川劇應該和話劇一樣成為文化戰鬥的武器，要接近真實！如果考慮到當時國民黨當局的所謂戰鬥，不過是內戰，這樣的川劇改革號召，又是多麼令人遺憾。唯一的欣慰是川劇人自己並不甘願坐以待斃。

其中不少伶人自己編演新劇目，如《浣花夫人》：

努力作劇的也不限於文人，《浣花夫人》一劇即川伶中名丑周企何所編這些劇本故事大體完整，修辭亦多雅潔，演出亦有採用現代手法者〔註 250〕。

〔註 243〕〔作者不詳〕《蓉外勤記者發起川劇欣賞會》，《新新新聞》，1943 年 6 月 21 日。

〔註 244〕〔作者不詳〕《川劇人員訓練班教部補助經費九萬 省府核委九市縣民教館長》。《新新新聞》，1943 年 8 月 27 日。

〔註 245〕〔作者不詳〕《川劇訓練班學員 川七名准予畢業 第二期調劇員四十餘受訓》，《新新新聞》，1944 年 4 月 8 日。

〔註 246〕〔作者不詳〕《十六種川劇已禁止非演》，《新新新聞》，1944 年 4 月 29 日。

〔註 247〕〔作者不詳〕《滎縣川劇社數十萬元勞軍》，《新新新聞》，1945 年 1 月 4 日。

〔註 248〕〔作者不詳〕《戲劇界之呼籲 減輕娛樂捐 劇本審查從寬 十五日戲劇節各地籌備慶祝》，《大公報重慶版》，1944 年 2 月 10 日。

〔註 249〕劉念渠《團結 普及 提高 論當前戲劇工作者的任務 紀念三十六年戲劇節》，《大公報天津版》，1947 年 2 月 16 日。

〔註 250〕〔作者不詳〕《川戲的新傾向》，《大公晚報》1944 年 9 月 6 日。

然而事實上，所謂現代手法者，所謂故事完整者，已絕非川劇藝術的本義。

（三）川劇生態的瓦解和斷裂

由於整個川劇體系遭受重創，川劇生態面臨瓦解和斷裂。

一方面，川劇本體性的審美體系，已經難以為繼。即便是最優秀的藝人的最優秀劇目，也已然難獲共鳴。如果說三十年代都市化的「獵奇」多少還帶有對鄉土的眷戀，對本體的尊重；「歌舞昇平」時代的都市觀眾的趣味，已經徹底淪為無聊甚至變態，而非簡單的畸形。這種民間接受層面的變態與官方「歌舞昇平」的宣揚，構成巨大的鴻溝。其結果是，在璀璨的表面之上，掩蓋著腐敗的本質；在膿瘡的傷口，做所謂的「改進」或「禁止」的掙扎。

這時候的所謂「改進」和「禁止」實際上在川劇生態的建構而言，已經毫無意義。

1948 年，川劇皇后陳書舫在內江獻藝，居然被人糾纏氣得吐血。

> 劇皇后陳書舫（成都錦屏戲院臺柱，女性），來內獻藝，係應內江華勝戲院之聘，消息傳出，哄動全城。十七日晚正式登臺表演《遊龍戲鳳》，觀眾空前擁擠。七鐘左右開鑼，書舫的做，有些味，化裝很像，因此院內有人大吼《耍得！》《踢進去！》不料招待員觀眾竟因此演出一場武劇，嗣經該院負責人出面調解，十九日道歉，並花費酒席一千餘萬始行了事。十八日晚書舫表演《情探》，仍然沒有得到觀眾好評。二十日書舫在民樂著電影時，又被戲迷糾纏，當即出圍，但仍不可解說，聞書舫會因此吐血數口〔註 251〕。

根據這則資料，可見川劇生態的瓦解，其實不只是觀眾審美趣味的變質。作為主體的表演者，其實也已然沒了「精、氣、神」。這是一個充斥著怨、戾之氣的觀演場域，是畸變瓦解的川劇生態的真實縮影。更加雪上加霜的是，川劇的經營本來就耗費巨大，成本極高。而另一方面，是民生凋敝，當局甚至要限制戲票價格，以保持所謂「歌舞昇平」之局面〔註 252〕。

雖然當局准許「惟一川劇院特許賣四角」，但川劇之難以為繼，由此可見一斑。而即便如此，川劇還必須時常參與勞軍，賑災，募捐等活動。而此時的

〔註 251〕〔作者不詳〕《川劇皇后 陳書舫在內江獻藝 被人糾纏氣得吐血》，《大公報重慶版》，1948 年 4 月 25 日。

〔註 252〕〔作者不詳〕《社會偽限定戲票價 影劇一角五京川劇三角 惟一川劇院特許賣四角》，大公報重慶版，1949 年 6 月 30 日第 3 版。

戲劇電影捐稅之娛樂稅，已經高達百分之四十，甚至百分之五十〔註 253〕。由於苛捐雜稅，川劇的演出水平也很低。

> 謝謝影劇院老闆的恩惠，能給我們這一批既窮又苦的丘八在每星期一次的勞軍公演中，開開眼界，換換空氣。可是，沒有化錢的慰勞戲，似乎終不能和平日相比：每次當我們遵照規定時間整隊到達劇院時，不是雙門緊閉，站在馬路旁邊等上幾十分鐘，就是上演已久，要在黑暗中摸索坐處，擾亂了全場的秩序〔註 254〕。

事實上這種「歌舞昇平」，連看戲的人，也終於覺得寡淡無味。而當局為了剝削，不僅收稅，甚至以入股的方式，加入經營。由於公家入股，於是動用警察查票。常因為查票問題而大打出手〔註 255〕。此外，為捧角而大打出手的鬧劇也時常上演〔註 256〕。到 1947 年的戲劇節，幾乎淪落到「自己演戲自己看」的尷尬境地〔註 257〕。

雖然說「歌舞昇平」讓川劇生態遭遇前所未有的危機，但川劇還是為未來的發展做了相應的努力。這是這個偉大劇種特別值得讚歎的地方。其中《五臺會兄》便是一齣比較好的作品。洪深教授曾說：表演最主要的就是把握住劇中人的身份。這確是一個最淺顯而又顛撲不破的道理〔註 258〕。這個《五臺會兄》就是一個刻畫得比較好的作品。建國後的第一次北京觀摩演出，川劇還帶了這個劇目進京。改良川劇《西施》，也反響很好〔註 259〕。

而當此時，川劇也有很多極為駭人的所謂「表演」。比如血腥的劇目《拷吉平》。這是做工戲，著重在「拷」字上下工夫。但太寫實了。「用燒紅的烙鐵

〔註 253〕〔作者不詳〕《話劇捐稅較去年減低百分之十》，《大公晚報》，1944 年 9 月 19 日，第 1 版。

〔註 254〕兵八《如此勞軍公演》，《大公晚報》，1945 年 2 月 7 日第 1 版。

〔註 255〕〔作者不詳〕《合川連演武劇 搗毀了一家戲院 搗毀了銀行公庫》，《大公晚報》，1947 年 1 月 3 日第 1 版。【合川二十四日通訊】本市詠霓川劇院，昨夜演《龍鳳再生》開鑼後不久，劇院職員為了查票問題，與某總隊員發生爭執。

〔註 256〕〔作者不詳〕《巴山蜀水戲院傳出喊打聲為捧角幾乎動武》，《大公晚報》，1946 年 11 月 21 日，第 1 版。

〔註 257〕〔作者不詳〕《戲劇節 劇人將有慶祝會 自己演戲自己看》，《大公晚報》，1947 年 2 月 13 日，第 1 版。

〔註 258〕王凡《川戲的五臺會兄》，《大公晚報》，1947 年 11 月 1 日，第 2 版。

〔註 259〕〔作者不詳〕《改良川劇〈西施〉得勝舞臺將上演》，《大公晚報》，1948 年 3 月 31 日。

直接在背上烙，但見烙鐵到處，隱陣青煙，一股子焦肉味。〔註260〕」除了血腥暴力，還有所謂標新立異的怪劇，比如給兒童編演的《千里送京娘》〔註261〕，怪誕之極。

此外還有，色情「淫」戲。

> 悦來近日上演韓仙聞一劇，頭本故意插入美國式香艷肉應之大腿場面，以號召觀眾，該劇開始時，即由玉容飾仙子出浴，全身僅著三角褲乳罩，在霓虹燈光的布景下，作他中戲水之演出，每當演至是處時，園極紊亂，狂呼亂叫，甚有蜂擁至臺前。在第三幕，玉容又於蟠桃會上作肉麻舞蹈。該劇上演以來，連夜客滿，可謂事動蓉城，顛倒眾生。現治安當局以此劇劇情，有傷風化，影響人心，特勒令予以取締，立即停演〔註262〕。

這些演出，已經完全與戲劇藝術無涉了。然而即便如此，截止解放前，據省府調查，全川影劇院，三十六年度計有川劇院一六二所，平劇院五所，電影院一〇七所，其中川劇院數目較前銳減，據二十四年初度調查，全省共有川劇院存二五〇所以上，因生活高漲，近來從業人員改業者甚多〔註263〕。

解放前夕，川劇生態已經完全土崩瓦解，和舊中國一樣，千瘡百孔。

所有這些問題，都需要建國後的戲改運動加以解決。然而就如建國後《大公晚報》最後一篇川劇報導文章所言：《戲不夠神仙湊》的神怪湊合，算是舊劇中陳腐不堪的廢物，是戲劇藝術上的贅疣，是阻塞在川劇發展途徑上堆積的垃圾，現在已是人民的世紀。若要便川劇從合理中去求改善，那麼，首先必定要清除了那堆渣滓，割掉了疣。

然而這人民的一刀，能夠真正復興川劇藝術生態嗎〔註264〕？

〔註260〕亦五《拷吉平》，《大公晚報》，1947年5月17日。

〔註261〕王大虎《從〈千里送京娘〉說起》，《大公晚報》，1948年1月11日。

〔註262〕成都十日航訊《美國文化毒害川劇 韓仙傳中也表演大腿 觀眾亂叫蜂擁至臺前 蓉治安當局令其停演》，《大公晚報》，1948年1月12日。

〔註263〕〔作者不詳〕《全川影戲院 有二七四所》，《大公晚報》，1948年7月24日。

〔註264〕黃零九《談談川劇的〈戲不夠神仙湊〉》，《大公晚報》，1949年11月16日。